Omslag:	B'@RT
	grafischebom@gmail.com
Binnenwerk:	B'@RT & Hester Buwalda
Drukwerk:	Drukkerij Hooiberg Salland, Deventer

ISBN 978-90-8660-072-4

© 2009 Uitgeverij Ellessy
Postbus 30227
6803 AE Arnhem
www.ellessy.nl

REIS NAAR HET NOORDEN

liefdesroman

SANDRA BERG

Door Sandra Berg
Hjälmaryd, Liljebo Forsheda
Zweden

De reis.

Ellanor

HOOFDSTUK 1

De oude pastoor was klein en kaal en had een typische manier van praten, alsof hij doorlopend een preek hield. Hij leek gemaakt voor zijn beroep. Of kon je bij een pastoor niet van beroep praten? Was het een roeping of simpelweg een manier van leven? Ellanor wist het niet. Na alle kerken die ze had bezocht en alle pastoors die ze had gesproken, was ze daar nog steeds niet over uit.

En op dit moment was ze ook niet in de stemming om daarover na te denken. Ze was ook niet in de stemming om naar het verhaal van de pastoor te luisteren over de geschiedenis van de kerk, hoewel ze dat niet liet merken. Ze was in feite nergens voor in de stemming. Behalve dan misschien om een serviesgoed tegen de muur stuk te gooien en eens flink te gillen. Maar het leek haar niet erg gepast om dat nu, in deze stille kerk, te doen. Bovendien was hier geen servies voor handen. Daarom liep ze braaf achter de pastoor aan en maakte zo nu en dan een geluid, wat de illusie moest opwekken dat ze luisterde. Af en toe huiverde ze even.

Pas toen hij haar de muurschildering wees, waar Maria liefdevol haar kind vast hield, lukte het haar om haar aandacht van haar eigen gedachten naar de pastoor en de muurschildering te verleggen.

Terwijl de pastoor met een wat lijzige stem de boodschap vertelde die in het schilderwerk was verwerkt, maakte Ellanor een inschatting van het jaartal en de gebruikte materialen en kleuren. Ze nam de schade op die door de tijd en een vochtprobleem was ontstaan en in haar hoofd vormde zich al een planning.

Het zou geen eenvoudige opdracht worden, maar het zou haar wel lukken. Het was nog iedere keer gelukt. Het was iedere keer zo goed gelukt dat ze steeds opnieuw in kerken terechtkwam om dergelijke muurschilderijen weer tot leven te wekken.

Geen oninteressant werk, maar een beetje meer afwisseling zou welkom zijn. Helaas had ze die keuze niet.

"Wat denkt u?" vroeg de pastoor wat zorgelijk.

"Het gaat wel lukken," verzekerde Ellanor hem. "Het zal een paar weken duren, maar het komt wel in orde."

"Een paar weken?"

"Ik moet eerst de schade nauwkeurig bekijken, materialen en kleuren vaststellen, alle loszittende verf verwijderen, de lijnen vaststellen en ermee aan het werk gaan. Dat kost tijd."

De pastoor knikte een beetje. "Wanneer denkt u dat u kunt beginnen?" vroeg hij. "Over enkele weken is het kerst. Ik weet niet of het veel gevraagd is om dan…"

"Met de kerst is het klaar," verzekerde Ellanor hem. Haar ogen bleven gericht op de schildering.

"Oh. Dat zou wel fijn zijn. Als ik iets kan doen…"

"U kunt mij even alleen laten. Ik wil de muurschildering goed bekijken. Dat doe ik het liefste alleen."

De pastoor knikte weer kort en verdween geruisloos uit zicht.

Ellanor bleef alleen achter. Haar blik was gericht op het schilderwerk, maar ze zag de afbeelding niet. Ze had het koud en huiverde opnieuw. Waarom was het altijd koud in kerken?

Ze dacht aan de ruzie tussen haar en John de vorige avond. Waar was het ook alweer mee begonnen? Met de rommel die hij in de badkamer had gemaakt? Of de sokken in de wasbak? Ze wist het niet eens meer precies. Ze wist alleen maar dat het was geëindigd in over en weer verwijten maken over huishoudgeld wat niet goed werd besteed, voetbalavonden, rommel en seks. En uiteindelijk was het uitgelopen in een diep stilzwijgen. Datzelfde zwijgen hadden ze gehandhaafd toen ze naar bed waren gegaan en zij had zijn poging om haar met een aanraking weer terug halen kribbig afgeweerd. Ze was woedend geweest. Woedend en gekwetst. En hij had de boodschap begrepen en had zich omgedraaid. Enkele tellen later had hij liggen snurken en had ze hem het liefst met de schemerlamp op zijn kop geslagen omdat het hem blijkbaar allemaal zo weinig interesseerde. Om haar punt duidelijk te maken was ze die morgen niet met hem opgestaan en hij was alleen naar zijn werk gegaan. En hij had niets meer laten horen.

Tot vanmorgen was ze ervan overtuigd geweest dat ze volledig in haar recht had gestaan, maar nu, in deze stille kerk, sloop de twijfel als een dief haar hersens binnen. Was het dat allemaal waard geweest?

Ze speelde met de mobiele telefoon en keek naar de display. Ze kon wachten tot hij een berichtje stuurde. Hij stuurde meestal een berichtje als er iets was geweest. Ze kon ook zelf een eerste stap zetten. Al had hij dingen gezegd die haar behoorlijk hadden gekwetst.

Ze keek weer naar de muurschildering en toen weer naar de telefoon.

Een klein berichtje. Zo weinig moeite…

Ze zuchtte diep en zocht zijn naam op in het adressenboek van haar telefoon. Ze gaf aan dat ze een bericht wilde intoetsen, maar voordat ze het eerste woordje had geschreven, ging haar mobieltje over.

In een eerste impuls dacht ze dat hij het was. Ze glimlachte en keek naar de nummerweergave. Maar het nummer dat ze zag kende ze niet. Het kon een nieuwe opdrachtgever zijn.

Ze overwoog even of ze hem over zou laten gaan. Ze kon later altijd terugbellen. Ze had geen zin om over een nieuwe opdracht te praten. Maar uiteindelijk nam ze het telefoontje toch maar aan. Gewoon omdat ze nu eenmaal het idee had dat ze het niet kon maken om dat niet te doen.

De stem aan de andere kant van de lijn kende ze vaag. Ze kon hem niet meteen thuisbrengen. Net zo min als de naam. Harry Duiven. Het zei haar wel iets, maar ze kon de man niet plaatsen.

"Een collega van John," maakte Harry duidelijk.

"Oh sorry. Stom van mij. Nu je het zegt. Harry. Natuurlijk. John heeft het vaak genoeg over je. Hij zei nog…"

"John heeft een ongeluk gehad, Ellanor."

"Wat?" Ellanor huiverde opnieuw. "Hoe bedoel je?"

"De steiger stortte in. Ik weet niet hoe het kon gebeuren. Maar opeens hoorden we een hoop kabaal en toen gebeurde het. John stond op die steiger."

"Wat heeft hij? Breng je hem naar huis? Of moet hij naar een dokter? Natuurlijk moet hij naar een dokter. Hij moet nagekeken worden." Ze wist dat ze aan een stuk door vragen stelde maar ze kon het niet helpen. Harry liet haar een paar tellen haar gang gaan. Toen onderbrak hij haar. Zijn stem sloeg over.

"Het gaat niet goed met hem, Ellanor. Ze hebben hem naar het ziekenhuis gebracht. Het Laurentius. Ik ben bang…" Hij maakte de zin niet af.

"Naar het Laurentius? Maar wat heeft hij dan? Hoe… of nee…"

"Je kunt er maar beter heen gaan. De baas is daar ook. Hij is met hem meegegaan."

Ellanor verbrak de verbinding zonder iets te zeggen. Als ze al had geweten wat ze had moeten zeggen, had ze dat niet gekund. In haar keel had zich een dikke brok slijm gevormd die haar dreigde te verstikken. De kou in de kerk drong nu door haar huid heen haar lichaam binnen.

Ze rende door de smalle gang tussen de houten bankjes door naar buiten. Haar kleine witte bestelauto wachtte op haar op de parkeerplaats. Ze sprong erin en reed in een veel te hoog tempo weg. Haar handen trilden en tranen liepen over haar wangen.

"Rustig nu," zei ze tegen zichzelf. "Rustig blijven. Hij is gewond geraakt. Hij komt er weer bovenop. John komt altijd overal bovenop."

Twee keer veroorzaakte ze bijna een ongeluk, maar ze bereikte het ziekenhuis zonder nog meer problemen te veroorzaken.

Ze nam niet de moeite om haar auto af te sluiten. Ze parkeerde hem op een parkeerplaats voor invaliden, bij de trauma-ingang, en rende naar binnen.

Ze kon nauwelijks uit haar woorden komen toen ze informeerde naar haar man, en haar gevoel van angst en ellende werd groter toen ze de zorgelijke uitdrukking op het gezicht van de verpleegster aan de balie zag.

"Hij is naar kamer negen gebracht, maar...."

Ellanor gaf haar niet de kans om haar zin af te maken. Ze rende langs haar door de gang in. Ze had geen idee waar kamer negen ergens was, maar ze nam aan dat ze het wel zou zien. Ze was halverwege toen ze Johns baas, Laurens, zag. Hij zag haar op datzelfde moment. Hij keek haar aan en ze las iets op zijn gezicht wat ze niet wilde weten.

"Waar is hij?" schreeuwde ze. "Waar? Wat heeft hij?"

Laurens pakte haar vast. Zijn greep was zo stevig dat het pijn deed. "Hij is dood Ellanor. Hij heeft het niet gehaald."

"Nee," schreeuwde ze. "Nee, dat kan niet. Hij kan niet dood zijn. Harry zei dat hij gewond was geraakt. John gaat niet zomaar dood."

Ze begon Laurens te slaan. Ze wist niet waarom ze het deed. Ze deed het gewoon. Laurens bleef haar vasthouden, totdat haar woede verdween en plaats maakte voor wanhoop. "Het kan niet," zei ze steeds opnieuw. "Het kan niet."

Ze wist niet hoelang ze daar hadden gestaan, maar op een bepaald moment lukte het haar om iets rustiger te worden.

"Ik wil hem zien," zei ze.

Laurens knikte alleen en begeleidde haar naar een kamer. Er waren geen artsen meer. Alleen een verpleegster, die Ellanor met dezelfde zorgelijkheid bekeek als de verpleegster aan de balie.

John lag op een tafel. Hij zag eruit alsof hij sliep. Er waren wonden aan zijn gezicht. Een lange snee bij zijn wenkbrauw en zijn lip was kapot. En er zat bloed in zijn haren. Maar hij zag er niet dood uit. Het was werkelijk alsof hij sliep. Ze raakte hem voorzichtig aan. Er was nog geen kou. John was gewoon John.

De verpleegster kwam naast haar staan en legde haar hand op de arm van Ellanor.

"Hij had geen schijn van kans," zei ze. "Zijn hersens zijn beschadigd en hij heeft zijn nek gebroken. Hij heeft niets meer gevoeld."

Ellanor begon te huilen. Ze draaide zich om en rende de kamer weer uit, naar buiten.

Een gure wind voerde regen met zich mee en verkilde haar gezicht. Ellanor keek naar haar bestelauto en zag hoe een parkeerwacht een bon uitschreef. Ze kon het niet opbrengen om erheen te gaan. Het kon haar niet schelen. John was dood. Maar de wereld draaide door.

HOOFDSTUK 2

Een half jaar later.

Ellanor zette koffiekopjes en de schaal met koekjes klaar in de woonkamer. In de keuken pruttelde het koffiezetapparaat en de koffiegeur drong de kamer binnen. Heel even overwoog ze om de kaarsen op de tafel te zetten, maar ze deed het toch maar niet. De kaarsen waren het laatste half jaar de kast niet meer uitgekomen en ze geloofde niet dat het ooit nog zou gebeuren. Net zo min als dat ze verwachtte dat het huis ooit nog de kilte zou verliezen die erin verborgen leek sinds John was gestorven.

Ze wist niet zeker of ze blij moest zijn met het voornemen van Nina en Letty om haar vanavond te bezoeken. Natuurlijk was ze gek op haar vriendinnen. Ze waren er altijd voor haar geweest, maar het laatste half jaar had ze meer op hen geleund dan ooit van tevoren. En de meiden hadden nooit geklaagd. Ze hadden geduldig naar de verhalen geluisterd die ze al minstens duizend keer hadden gehoord en ze hadden oude fotoalbums een oneindig aantal keren met haar doorgebladerd. Bovendien hadden ze zich enorm uitgesloofd om voor afleiding te zorgen. Ze hadden haar meegenomen op lange strandwandelingen en getrakteerd op gebak met room, ze waren met haar gaan winkelen en hadden vruchteloze pogingen gedaan om haar nieuwe kleding te laten kopen, ze hadden eindeloos met haar door Ikea geslenterd op zoek naar opfrissertjes voor haar huis en ze hadden haar meegenomen naar theatervoorstellingen, films en concerten. Ze hadden niets nagelaten om haar te helpen met het verwerken van het leed en Ellanor had zich werkelijk ingespannen om op zijn minst de schijn te wekken dat het allemaal wel hielp. Maar van binnen was de kou gebleven. En het schuldgevoel.

Ze liep gehaast naar de hal en keek nog een laatste keer in de spiegel. Ze zag er niet zo slecht uit als ze zich voelde. Haar schouderlange blonde haar glansde alsof het blaakte van gezondheid en de fijne rimpeltjes die haar gezicht het laatste half jaar had gekregen, waren nauwelijks zichtbaar, mede dankzij goeddekkende foundation, die ook de rode vlekken deskundig verborg. De trui die ze droeg, had ze gekocht toen ze met Nina in de stad was geweest. Het was niet haar smaak, maar hij zag er netjes uit en Ellanor voelde geen verlangen om zich naar haar smaak te kleden. Het tegendeel was eerder waar. Tuttige kleding; een lelijk uiterlijk… snel oud worden. Haar verdiende loon. Dat wilde ze.

Ze draaide zich om en liep terug naar de woonkamer. Ze keek nog een keer naar de kopjes en schaaltjes. Wat een vertoning, schoot door haar heen. Ze voelde een bitterheid die ze de laatste jaren voor Johns dood nog maar zelden had ervaren, maar die ze maar al te goed herkende. Maar zelfs dat maakte niet uit.

Toen de bel ging, haalde ze diep adem en spande zich in om iets van een glimlach op haar gezicht tevoorschijn te toveren. Of het erg geloofwaardig overkwam, was nog maar de vraag, maar het was het enige wat ze kon opbrengen.

Zoals te verwachten viel, stond Nina aan de deur. Het was tenslotte acht uur en Nina was altijd precies op tijd. In tegenstelling tot Letty, die uiteraard nog nergens te bekennen was.

Het viel Ellanor op dat Nina een soortgelijke glimlach op haar gezicht had geplakt als zijzelf. Misschien omdat ze vond dat ze in Ellanors buurt opgewekt moest zijn, al had ze net bedorven soep gegeten, haar mans zweetsokken in haar toilettas aangetroffen en het bericht gekregen dat hun bedrijf failliet was. Geen van die dingen was natuurlijk werkelijk gebeurd, want Nina was een te goede huisvrouw om bedorven soep te serveren, Danny kwam waarschijnlijk niet in de buurt van haar toilettas –al verdacht Ellanor hem wel van zweetvoeten- en het bedrijf liep als een trein. Maar als het wel was gebeurd, zou Nina precies op deze manier hebben gekeken. Alleen al om Ellanor niet te verontrusten en omdat ze vond dat het zo nu eenmaal hoorde.

Ellanor begroette Nina zo hartelijk als ze kon opbrengen. Ze mocht Nina werkelijk. Maar ze had tegenwoordig nu eenmaal wat problemen met hartelijkheid.

Nina wreef Ellanor vriendschappelijk bemoedigend even over de rug tijdens een korte omhelzing en hing haar beige zomerjas aan de kapstok. Zoals altijd schikte ze bij de spiegel even haar korte bruine haren. Ze had er een week geleden een ander model in geknipt en dat aan Ellanor laten zien, maar Ellanor had nauwelijks een verschil opgemerkt. Ze had dat uiteraard niet gezegd.

"Oh… je hebt de trui aan die we laatst hebben gekocht," merkte Nina op. Ze deed haar best om vrolijk te klinken, maar ze was het overduidelijk niet.

"Ja… ik wilde mij eens een beetje netjes aankleden," zei Ellanor met een soortgelijke valse vriendelijkheid. "Anders zeggen jullie weer dat ik verslons."

Ze lachte een beetje zuur.

"Hij staat je," vond Nina. Natuurlijk vond ze dat. Het was haar smaak. Een simpele beige trui, zonder frutsels, plaatjes of ander siersel, enigszins tuttig van model. Nina kleedde zich meestal wat ouwelijk, waardoor ze er een stuk ouder uitzag dan de eenendertig jaar die ze telde. Ook nu liep ze rond in een rechte rok die haar moeder niet zou misstaan en een donkere, modelloze trui met daaroverheen een ketting met nepparels. Als Ellanor haar toevallig ergens was tegengekomen, had ze geen enkele reden gezien om contact met haar te zoeken. Maar de dingen in het leven liepen nu eenmaal vaak anders. Nina was lange rijd

Ellanors buurvrouw geweest en op die manier hadden ze elkaar leren kennen en leren mogen. Ondanks de verschillen.

Dat Nina twee jaar geleden naar het industrieterrein was verhuisd om daar met haar man een eigen klussenbedrijf op te zetten, had Ellanor dan ook erg moeilijk gevonden. Gelukkig had hun vriendschap stand gehouden.

"Ik neem aan dat Letty er nog niet is?" merkte Nina op, terwijl ze alvast naar de woonkamer liep.

"Je weet hoe Letty is," zei Ellanor.

"Ja, dat wel. Waarschijnlijk zouden we ons rot schrikken als ze opeens op tijd voor de deur zou staan." De opmerking was als grap bedoeld, maar noch Nina, noch Ellanor slaagde erin om te lachen.

Ellanor zag dat Nina even nerveus met haar mond trok, alsof ze wilde lachen, maar halverwege was vergeten hoe dat ook alweer moest. Ze zag nu ook de rode vlekken in Nina's hals. Ze kende dat verschijnsel bij Nina. Het gebeurde als ze erg nerveus was.

"Wat is er, Nina?" vroeg ze toen ze eenmaal in de woonkamer stonden. Nina keek haar een paar tellen aan. "Niets," zei ze toen. "Helemaal niets."

"Nina…"

Nina liet zich op de bank zakken en begon te huilen.

Ellanor ging naast haar zitten en sloeg haar arm om Nina's schouder, zoals Nina zo vaak bij haar had gedaan.

"Jer gaat weg," wist Nina eruit te brengen.

"Hoe weg? Wat bedoel je met 'weg'?"

"Hij gaat bij mij weg," snikte Nina. Ze begon steeds harder te huilen, als een dam die eerst lekte, maar uiteindelijk volledig brak. "Hij zei het daarstraks. Hij zei dat hij bij mij weg ging. Misschien had ik het moeten zien aankomen, maar ik wilde het niet… kon het niet… ik weet het ook niet." Ze deed haar handen voor haar gezicht en bleef huilen. Ellanor zat daar maar naast haar met haar arm over de schouders van haar vriendin en wist niet wat ze moest zeggen. Ze had dit niet verwacht.

Nina huilde nog steeds toen de deurbel ging. Ellanor stamelde een verontschuldiging, stond op en liep gejaagd naar de voordeur.

Het was uiteraard Letty.

"Sorry dat ik zo laat ben… ik was pas laat terug van het werk en ik moest nog douchen en zo… nou ja… je weet hoe dat gaat."

Haar bewegingen waren onrustig en hortig als altijd, terwijl ze haar spijkerjack op de kapstok hing en haar lange donkere paardenstaart even in model trok.

Van de drie vriendinnen was zij zonder meer het mooist. Ze had een knap gezicht dat veel jonger leek dan de dertig jaar die het was. Levendige bruine ogen, lang bruin haar en een prachtig figuur. Maar ze droeg die schoonheid alsof het iets was wat toevallig bij haar hoorde. Geen bijzondere gunst of prestatie. Gewoon handig als ze af en toe een baantje als model aannam, naast haar gebruikelijke tijdelijke baantjes. Niet meer en niet minder dan dat.

"Is Nina er al?" vroeg Letty. "Ach ja… natuurlijk is Nina er al. Stomme vraag ook." Ze lachte even en wilde doorlopen naar de woonkamer, toen Ellanor haar arm even vastpakte.

"Het gaat niet goed met Nina," zei ze tegen Letty.

Letty keek haar verbaasd aan. "Wat bedoel je?"

"Jeremy gaat bij haar weg."

"Oh?" Het klonk wat twijfelachtig. Letty keek Ellanor vragend aan. "Waarom? "Geen idee. Ik weet alleen dat hij weg gaat. Hij heeft het haar daarstraks pas gezegd. Ze is nogal van streek."

"Oei." Letty veegde een pluk haar uit haar gezicht en leek even na te denken. Toen haalde ze diep adem en liep de woonkamer binnen.

Nina keek Letty aan, wilde iets zeggen, maar ging in plaats daarvan weer harder huilen.

Letty stond wat onhandig bij haar. "Het spijt me, Let. Ik hoorde het van Ell."

"Hij heeft niet eens gezegd waarom," huilde Nina.

"Rot…" Letty ging eindelijk naast Nina zitten en pakte haar stevig vast. "Huil maar eens stevig uit meid. En daarna vertel je maar eens precies wat er aan de hand is."

"Ik zal even de koffie halen," mompelde Ellanor. "Volgens mij kunnen we het allemaal wel gebruiken."

Ze verdween gehaast naar de keuken en haalde daar opgelucht adem. Ze vond het verschrikkelijk, maar ze verdroeg Nina's verdriet nauwelijks. Het was alsof ze juist daardoor weer geconfronteerd werd met haar eigen verdriet en haar eigen ellende. Ze bleef een poosje tegen het aanrecht staan en probeerde haar ademhaling goed onder controle te houden. Adem inhouden betekende huilen en ze wilde niet huilen. Een paar minuten later had ze zichzelf weer redelijk onder controle en schonk ze de koffie in de thermoskan. Met de kan liep ze de woonkamer in, waar Nina nog steeds huilde en Letty haar nog steeds vasthield.

"Ik wist dat er iets was," wist Nina eruit te brengen. "We waren… het ging zo… hij was altijd zo chagrijnig. Ik probeerde er met hem over te praten maar het liep altijd uit op verwijten van zijn kant. Alles was mijn schuld. Ik had daar geen zin in en schoof het hele onderwerp maar weer aan de kant. Maar hij bleef steeds vaker weg. Misschien is er een ander. Ik heb het gevraagd, maar hij gaf er geen antwoord op. Hij zei eigenlijk alleen maar dat het er niet toe doet. Dat er niets meer was tussen ons en dat hij zou vertrekken. Vandaag nog. Ik snap het niet. Ik bedoel… misschien ook wel. Ik weet het niet. Ik kan het allemaal niet bevatten."

"Och meisje toch," zei Letty terwijl ze Nina over haar rug bleef wrijven.

"Hoe moet dat nu verder met de zaak," snikte Nina. "Hoe wil hij dat doen?"

"Is dat niet zijn probleem?" merkte Ellanor op. Meteen had ze spijt van die opmerking. Het kwam zo koud over. Ze wilde zo niet klinken. Maar was dat dan toch onvermijdelijk? Dat ze zo zou worden...

"Ik hoop dat zijn zaak ontploft," zei Nina toen. "Ik hoop dat hij ontploft. Ik hoop dat zijn zaak ontploft. Ik haat hem. Ik hoop dat hij op de bouwplaats tot aan zijn buik in de modder zakt. Ik hoop dat hij een plank tegen zijn kop krijgt. Wat zeg ik nu... hij heeft allang een plank voor zijn kop. Ik hoop dat hij iets in zijn handen krijgt wat een allergische reactie veroorzaakt en zijn gezicht bedekt met blauwrode pukkels die zo erg jeuken dat hij de komende twaalf maanden geen oog meer dicht doet. Ik hoop dat hij een spontane, nieuw ontdekte snotziekte krijgt. Ik hoop... ik hoop.... Ik hoop dat hij zich bedenkt." Ze begon weer te huilen.

"Denk je dat het erin zit, dat hij zich bedenkt?" vroeg Letty.

"Nee. Hij was de koffers al aan het pakken toen ik wegging."

"Misschien moet je daar dan ook niet op hopen," meende Letty. "Dat maakt het alleen moeilijker. En je hebt gelijk. Het ging niet zo goed meer tussen jullie. Iedereen merkte dat. Niemand durfde het te zeggen, maar zo gaat dat altijd. Misschien is het uiteindelijk beter zo..."

"Nee, het is niet beter. Ik hou nog van hem. Ik haat hem."

Ellanor was zich ook gaan zitten en keek naar Letty en Nina. Ze wist niet goed wat ze moest zeggen. Daarom zei ze maar niets en schonk de koffie in. Het voelde een beetje onwerkelijk. Nina huilde omdat haar wereld instortte en zij schonk koffie in. De wereld draaide door. Ook na een scheiding. Ook na de dood.

Nina dronk haar koffie, maar ze knoeide er nogal bij. Iedere keer als ze een slok nam, begon ze opnieuw te huilen. Alsof het de koffie was die dat gevoel bij haar opriep. Ellanor wilde haar zo graag helpen, zoals Nina steeds had geprobeerd om haar te helpen, maar op de een of andere manier kon ze geen juiste woorden vinden, niet de juiste gebaren maken. Ze zat daar maar tegenover Nina en dronk met kleine teugjes koffie.

Letty zat tegen Nina aan en wreef haar af en toe over de arm. Maar ook zij leek af en toe af te dwalen met haar gedachte. Totdat Nina naast het snikken ook nog begon te rillen.

"Misschien moet je maar eens een stevige borrel drinken," stelde Letty voor.

"Alcohol lost niets op," wist Nina er met moeite uit te brengen. Ze leek bijna letterlijk te stikken in haar verdriet.

"Natuurlijk lost het niets op, maar soms heb je het gewoon even nodig om tot rust te komen en helder na te denken."

"Alsof je helder na kunt denken als je dronken bent."

"Ik heb het niet over dronken worden, maar gewoon over een stevige borrel die ervoor kan zorgen dat je de zaken heel even op een rij zet. Het vermindert de pijn gewoon even."

Maar die pijn komt weer terug, dacht Ellanor. Als iemand dat wist, was zij het wel. Ze had vaak genoeg een borrel gedronken om haar verdriet te vergeten en de kou uit haar lijf te verdrijven, maar het was altijd weer terug gekomen. Tot vandaag toe. Maar ze zei het niet hardop. Ze zei ook niet hardop wat haar nog meer door haar hoofd schoot. Namelijk dat Jeremy tenminste nog leefde.

Ze stond op en liep naar de kast om een fles drank te halen. "Ik heb geen echte borrel. Ik neem aan dat brandenwijn het ook doet?" Ze keek naar Nina en Letty.

Letty knikte meteen. Nina reageerde niet en Ellanor accepteerde dat als een bevestiging,

Ze pakte drie glazen uit de kast, liep met de fles naar de salontafel en schonk voor ieder een brandewijn in. De koffiekopjes ruimde ze op, zoals ze dat al jaren deed zodra ze met haar bezoek overging op een andere drank. Het was een gewoonte die er dusdanig in was gesleten dat ze het zelfs direct na het overlijden van John had gedaan. Iedere keer opnieuw. Zoals ze zoveel dingen deed die ze altijd al had gedaan. Dingen waarvan ze zich afvroeg of het wel nut had. Waarvoor ze het deed. Voor wie ze het deed. En waarom ze er over nadacht.

Nina werd rustiger na haar eerste glas. Ze dronk het vrij snel op, alsof het een brand in haar binnenste moest blussen. Van haar aanvankelijke twijfel was niets meer te merken. Letty deed niet voor Nina onder. Ook zij werkte haar glas wat gejaagd naar binnen. Bijna alsof zij degene was die het nodig had. Ellanor voelde zich bijna verplicht om daaraan mee te doen. Al wist ze niet waarom het zo voelde.

Na het tweede glas was Nina definitief gestopt met huilen. Ellanor haalde opgelucht adem. Nu pas realiseerde ze zich dat het huilen bij haar voor een enorme spanning had gezorgd. Ze wist niet precies waarom dat zo was. De therapeut bij wie ze een blauwe maandag in behandeling was geweest, zou waarschijnlijk hebben beweert dat Nina's huilen haar met haar eigen verdriet confronteerde en dat ze dat eigen verdriet liever wegduwde. Hij had er steeds maar op gestaan dat ze over de dood van John praatte, huilde en nog meer praatte. En uiteindelijk had hij zelfs gevonden dat haar jeugd moest worden geanalyseerd en dat was Ellanor te ver gegaan. Daarop was ze met de therapie gestopt en had ze een teleurgestelde therapeut achter gelaten die zojuist enthousiast was begonnen met het eruit trekken van jeugdervaringen. Bij voorkeur de slechte.

Maar ergens had hij misschien gelijk gehad. Er was iets met verdriet verwerken bij Ellanor… of was het niet het verdriet wat het zwaarste tilde?

Was het iets anders?

Ellanor schudde ongeduldig haar hoofd.

"Wat is er?" Informeerde Letty.

"Niets. Wat bedoel je?" vroeg Ellanor.

"Je schudde je hoofd."

"Niets. Ik was in gedachten verzonken."

"Waar dacht je dan aan?"

"Niets bijzonders."

"Ik wel," kwam Nina ertussen. "Ik bedacht dat ik eigenlijk een fles rode wijn in het koffer van Jerry had moeten leeggooien, zodat zijn hele kleding van die paarsrode vlekken hadden gekregen die er nooit meer uitgingen."

"Moet je er niet witte wijn overheen gooien?" vroeg Letty zichzelf af.

"Witte wijn geeft geen vlekken," meende Nina.

"Dat weet ik. Nou ja… dat weet ik niet, maar ik bedoelde eigenlijk… als je rode wijn over je kleding krijgt, moet je er dan niet witte overheen gooien om de vlek weg te krijgen?"

"Geen idee. Maar het was niet mijn bedoeling om die vlekken dan weer weg te krijgen. Hoewel het idee om eerst een fles rode wijn en daarna een fles witte wijn in het koffer leeg te gooien best aantrekkelijk is."

"Ach…" zei Letty wat neutraal. Ze nam gejaagd nog een slok en wierp Nina een zijlingse blik toe. *Als Nina het zou weten…* Ze nam nog een slok. Nina hoefde niets te weten. Ellanor hoefde niets te weten.

Nina was zich niet bewust van Letty's blik. Haar gedachten

dwaalden af naar Jeremy. Ze had werkelijk van hem gehouden. Meer dan hij zich realiseerde. Maar het was niet genoeg geweest. Het was eenvoudigweg niet genoeg geweest. Want het kwam niet echt onverwacht. Ze had alleen gehoopt dat de dingen die ze had gedaan voldoende waren om hem bij zich te houden. Ze had verkeerd gedacht. En nu… Ze nam nog maar eens een slok.

Ellanor zat met haar glas in haar handen naar haar vriendinnen te kijken. Ze waren hierheen gekomen om met haar te praten. Om haar aan te sporen haar werk en haar leven weer op te pakken omdat ze nu lang genoeg had gerouwd. Ze begrepen niet dat het rouwen niet haar enige probleem was. En ze hoefden het niet te begrijpen. Ellanor was blij dat de aandacht nu niet meer bij haar lag. Maar ze voelde zich ook schuldig. Zoals altijd.

"Als ik weet waar hij gaat wonen, gooi ik zijn ruiten in," zei Nina.

"Weet je dat dan niet?" vroeg Letty.

"Hij heeft niet gezegd waar hij heen ging." Dat was waar. Hij had het werkelijk niet gezegd. Toch wist Letty bijna zeker waar hij was. Maar dat toegeven betekende toegeven dat er veel meer aan de hand was. En dat wilde ze niet.

"Hield je nog van hem?" vroeg Letty op een bepaald moment. Ze had haar derde glas bijna leeg en ze voelde zich op een prettige manier zweverig.

"Natuurlijk hield ik van hem," antwoordde Nina. Ze stond zichzelf niet toe om ook maar de minste twijfel in haar stem door te laten klinken.

"Oh." Een paar tellen was het stil. Letty nam nog een slok. "Ik weet niet of ik nog van Tom hou," zei ze toen.

Ellanor en Nina keken Letty verbaasd aan. Letty zat wat onderuit gezakt op de bank en staarde naar het glas in haar handen. "Ik word soms niet goed van hem," bekende ze.

"Tom is toch een fijne vent?" vond Nina wat onzeker. "Je kunt van hem op aan. Ik geloof niet dat hij opeens zijn koffers pakt en verdwijnt. Zoals sommige anderen." Dat laatste kwam er wat nijdig uit.

Of zomaar dood gaat, dacht Ellanor.

"Nee, dat klopt," gaf Letty toe. "Tom zal zoiets niet doen. Tenminste... ik geloof niet dat hij zoiets zal doen. Hij doet nooit iets onverwacht. Misschien heeft het wel met zijn werk te maken. Degelijkheid, betrouwbaarheid... Hetzelfde als de verzekeringen die hij verkoopt. Je moet ervan op aan kunnen. Van hem en van zijn verzekeringen."

"Wat is daar mis mee?" vroeg Nina zich af.

"Strikt gezien niets. Behalve dan dat het dodelijk saai is," zei Letty. "De voorspelbaarheid... de regelmaat. Op maandag is zijn kaartavond, op dinsdag kijkt hij naar discovery -een of andere reeks over de bouw van gigantische gebouwen-, elke woensdag kijkt hij naar CSI en elke donderdag gaat hij er bij Jeroen eentje drinken en over computers praten. Elke vrijdagavond brengt hij achter de computer door en op zaterdagavond hebben we seks. Sporadisch ook op zondag, maar dan springt hij voor zijn gevoel waarschijnlijk erg uit de band. Het is altijd hetzelfde. Hij doet dezelfde dingen, zegt dezelfde dingen en hij maakt zelfs altijd dezelfde grapjes. Om nog maar te zwijgen over de verhalen van zijn cliënten waarop hij mij dagelijks vergast."

"Waarom praat je er dan niet met hem over?" vroeg Ellanor. Ze wilde dat zij meer had gepraat. Maar praten was nooit haar sterkste kant geweest.

Letty haalde haar schouders op. "Alsof dat wat uithaalt."

"Nou... je kunt het proberen," meende Nina ook. "Als Jer en ik meer hadden gepraat..." *Wie maak je wat wijs?*

"Ach..." meende Letty. Ze maakte een wegwerpgebaar en nam

nog maar eens een flinke slok. "Soms denk ik dat ik maar beter kan vertrekken…"

"Scheiden?" vroeg Nina geschrokken.

"Misschien. Ik weet het niet. Ik probeer erover na te denken, mij voor te stellen hoe het is… maar op de een of andere manier krijg ik de zaken gewoon niet op een rij. Het is alsof mijn hoofd af en toe zo vol zit…."

"Nou ja… je bent in elk geval niet de enige die de zaken niet op een rij krijgt. Nu is jouw man niet hals over kop vertrokken…" hals over kop, dat was een goeie… Maar mijn kop lijkt ook niet te werken. Ik kan mij gewoon niet voorstellen dat ik straks gewoon naar huis ga en morgen weer naar mijn werk, alsof er niets is gebeurd. Ik kan mij gewoon niet voorstellen dat alles gewoon doorgaat. Ik weet ook helemaal niet of ik dat wel wil, dat alles gewoon weer doorgaat. Alsof er niets is gebeurd…"

"Dat gaat niet," merkte Ellanor op. "Je kunt niet doorgaan alsof er niets is gebeurd."

Heel even ontstond er een pijnlijk stilzwijgen. Ellanor was het typische voorbeeld van iemand die niet doorging alsof er niets was gebeurd. Ellanor was eigenlijk gewoon niet doorgegaan.

"Alles verandert," zei Ellanor zacht. Ze nam een flinke slok brandewijn en staarde voor zich uit.

"Ik denk dat ik dood ga," zei Letty na een poosje. De twee anderen keken haar geschrokken aan.

Letty grijnsde. "Van verveling dus."

"Je moet er gewoon iets van maken," meende Nina. *En dat zei zij…*

"Met hem praten," zei Ellanor. *Dingen uitpraten… alsof zij daar zo goed in was geweest…*

"Ach…," zei Letty. "Ik weet het eigenlijk niet. Soms denk ik dat ik van hem hou. Soms niet."

"Scheiden is geen oplossing," vond Nina. Had ze het nu tegen Letty of tegen zichzelf. "Jer wil scheiden. Ik denk toch dat hij een ander heeft. Een of ander jong grietje… de laatste tijd besteedt hij opeens zoveel aandacht aan zijn kleding. Hij gaat naar de sportschool. Alleen al denken aan sport maakte hem vroeger moe. Maar nu sleept hij met gewichten rond en loopt erbij als een haantje met nieuwe veren. Misschien is het zijn midlifecrises…"

"Hij is pas zesendertig," bracht Letty haar in herinnering.

"Nou en?"

"Waarom hebben jullie nooit kinderen gekregen?" vroeg Letty.

Heel even was Nina stil. "Het is er nog niet van gekomen," zei ze toen. Ze keek Letty niet aan.

Letty leek het niet te merken. "Groot gelijk," riep ze. "Kinderen huilen altijd. Je wordt er zo moe van. Laatst was ik nog op kraamvisite bij een collega. Duwde ze mij opeens die kleine schreeuwlelijk in mijn armen. Of ik hem niet even wilde vasthouden… Nou… hij krijste alles bij elkaar, was zo lelijk als de nacht en lekte aan alle kanten. Waar beginnen ze aan?"

"Wil jij geen kinderen?" vroeg Nina.

"Nee. Ik heb een man. Dat is al meer dan genoeg kind." Ze nam een flinke slok. "Wie wil er nu kinderen?" gromde ze.

"Massa's mensen," meende Nina. "Jer wilde eerlijk gezegd wel kinderen."

"Weet ik," zei Letty. Ze schrok van haar eigen reactie, maar Nina had het blijkbaar niet gehoord.

"Het lukte niet," ging Nina verder. "Gezien de situatie nu, is dat ook maar goed ook. Als ik nu eens wat dingetjes in de boekhouding verander. Een paar kleine wijzigingen waardoor het lijkt alsof hij de zaak besodemietert voor de belasting. En dan natuurlijk een controle laten uitvoeren…"

"Zodat ze hem oppakken?" vroeg Letty.

"Ja. Oppakken en in de gevangenis zetten. Liefst op water en brood, maar dat doen ze hier in Nederland niet meer hè. Maar dat zou ik wel kunnen doen. Zorgen dat hij opgesloten wordt, de huur van zijn appartement opzeggen…"

"Heeft hij al een appartement?" vroeg Ellanor.

"Nee. Weet ik niet. Ik neem aan dat hij ergens heen gaat. Misschien," reageerde Nina haastig.

"En dan wijn over zijn kleding?" vroeg Letty.

"Tuurlijk."

"Goed idee. Ik kan een minnaar nemen. Kan ik Tom aanhouden voor het gemak en een minnaar voor de lol."

"Dat is afschuwelijk," riep Nina uit.

Letty grijnsde. "Weet ik."

"Als het een knappe minnaar is kun je hem misschien af en toe lenen," merkte Ellanor naar Nina toe op.

"Ah bah…"

"Ach…"

"Ik neem wel een kat," zei Nina.

"Je wil toch niet zeggen dat je met een kat…" Letty begon te lachen.

"Een kat als gezelschapsdier. Dwaas. Een kat is veel beter dan een man."

"Welnee," meende Letty. "Een kat is precies hetzelfde. Hartstikke eigenwijs. Doet waar hij zin in heeft. Hij heeft verder maling aan de mening van het baasje. Ze zeggen niet voor niets dat een hond een baas heeft en een kat personeel. Dus wat is dan het verschil…"

"Ze heeft een punt," was Ellanor het met haar eens. "Hoewel de hond van de buurvrouw ook overal maling aan heeft en zij doorlopend achter hem aanrent."

"Dat komt omdat ze hem niet als een hond behandelt."

"Zou je mannen als een hond moeten behandelen?" vroeg Nina zich af. "Duidelijk maken wie de baas is en zo? Zouden ze dan volgzaam worden?"

"Lijkt me ontzettend saai," vond Letty. "En saaiheid heb ik al genoeg in mijn huwelijk."

"Misschien moet je ook een kat nemen," zei Nina.

Heel even was het stil. "Dit is toch belachelijk," riep Letty opeens uit. "Hier zijn we dan…we luchten onze hart over onze hopeloze huwelijken… nou ja, Nina heeft strikt gezien geen huwelijk meer…"

"Wrijf het er maar in," reageerde Nina gepikeerd.

"Sorry. Nou ja… het is wel zo. Maar we… nou ja, Nina en ik dan, hadden afgesproken dat we hierheen kwamen om Ellanor eens flink onder handen te nemen. Om haar duidelijk te maken dat er nu maar eens een eind moet komen aan dat depressieve gedoe en het doorlopend laten hangen van dat koppie en dat ze eindelijk eens iets moet ondernemen. Dingen moet gaan doen. Haar werk oppakken, reizen maken… daarvoor waren we hier. En nu zitten wij hier te janken over het onrecht wat ons is aangedaan. Dit gaat toch eigenlijk helemaal nergens over." Letty dronk haar glas demonstratief leeg.

"Toen we dat afspraken, wist ik nog niet dat Jer zou vertrekken," verdedigde Nina zich.

"Nee, dat is waar… maar toch… in plaats van Ellanor met onze problemen op te zadelen, moeten we haar opvrolijken. Haar aansporen om iets te gaan doen."

"Zoals wat?" vroeg Ellanor.

"Werken."

"Oh ja. Dat is leuk."

"Je hebt je werk altijd graag gedaan."

"Ja. Maar ik heb er gewoon nog geen zin in."

"Dan moet je zin maken."

"Makkelijk gezegd."

"Waarom ga je niet op vakantie? Je zinnen verzetten… aan andere dingen denken. Dan komt de rest vanzelf terug," meende Nina. "Lekker naar een of ander verdorven toeristisch oord met knappe zuidelijke mannen die de benen onder hun kont uitrennen om je aandacht te krijgen. In de zon bakken en je vol laten lopen met tropische drankjes met parapluutjes. Dat soort dingen."

"Goed idee," zei Ellanor spottend. "Daar heb ik nu net behoefte aan. Nepgeliefden die alleen uit zijn op seks en je als cadeautje een of andere geslachtsziekte schenken waar je thuis dan ook nog wat aan hebt, ziek worden van de drank en een zonnesteek oplopen."

"Weet je nu overal een negatieve draai aan te geven?" reageerde Letty wat gepikeerd.

"Ach… het idee om een paar dagen weg te gaan om je gedachten te verzetten is helemaal niet zo slecht," vond Nina. "Al zou ik ook niet voor een dergelijke locatie kiezen. Laten we eerlijk zijn… de toeristische gebieden waar het uitgangsleven een reden van bestaan is, worden vooral bezocht door pubers en de gladjanussen die een score bij te houden hebben. Die kerels kiezen bij voorkeur meiden onder de twintig omdat ze niet zitten te wachten op iemand die het verstand gebruikt. En de hele dag in de zon liggen geeft wel erg veel tijd om te piekeren. Dan kun je beter naar Griekenland of Egypte of zo gaan. Culturen bestuderen, gebouwen bekijken en kennis maken met andere beschavingen, andere rituelen."

"Dat is meer iets voor Tom," meende Letty. "Het lijkt mij dodelijk saai. Voor mij zou het dan geen verschil uitmaken of ik op vakantie was of mijn dagen met Tom doorbracht. Nee… als ik wegga… en eigenlijk trekt dat idee mij zelf ook wel aan- als ik wegga, dan moet er wel wat te beleven zijn."

"Mannen?" vroeg Ellanor.

"Verleidelijk. Maar waarschijnlijk inderdaad niet verstandig. Gezien ik het huwelijk met Tom niet bij voorbaat wil afschrijven…"

"Waarom gaan we niet met zijn drieën op vakantie?" vroeg Nina.

Ze keek de andere twee vrouwen een voor een aan.

"Met zijn drieën?" Letty klonk alsof ze de woorden letterlijk proefde.

"Op vakantie?" reageerde Ellanor. Vakantie was iets wat je verdiende. Zij verdiende het niet.

"Waarom niet?" vroeg Nina zich hardop af. "Ik heb het hard nodig om de zaken op een rij te zetten en voor Ellanor zou het een goede afwisseling zijn. En voor jou, Letty…jou kan het de kans geven om eens goed na te denken. Wie weet ga je Tom wel zo erg missen, dat je hem met andere ogen gaat bekijken."

"Behalve dan als ik een knappe zuiderling tegenkomt," grinnikte Letty.

"Dan moeten we ergens naartoe gaan waar je die niet tegenkomt," vond Nina.

"Dat zou zonde zijn."

"Nee, dat zou verstandig zijn. Als je je meteen in een of ander avontuur stort, geef je jezelf niet de kans om bij je huwelijk stil te staan. Je bent vijf jaar met Tom getrouwd. Toch iets om over na te denken, vind ik. Bovendien heb ik geen behoefte aan slijmerige toeristenjagers en Ellanor zit er duidelijk ook niet op te wachten."

"Maar ik zie het ook niet zitten om vervallen gebouwen te bekijken en een of andere rare cultuur te bewonderen. Je weet hoe ik ben. Ik heb daar geen geduld voor. Daarom heb ik nu problemen met Tom."

"Nou… dan weten we in elk geval wat we niet willen," zei Nina.

"Ik weet niet eens of ik op vakantie wil," zei Ellanor. Eigenlijk had ze gewoon willen zeggen dat ze niet op vakantie wilde, maar Ellanor was erg slecht in dingen gewoon zeggen.

"Dan weet je het nu," bepaalde Nina. "Letty… wat vind jij?"

Letty nam nog een flinke slok wijn en knikte langzaam, terwijl er een grijns op haar gezicht verscheen. "Waarom ook niet? Als we met zijn drieën op vakantie gaan, bieden we Ellanor de kans om haar gedachten te verzetten. Nou ja… misschien dwingen we haar er wel toe, want ik geloof niet dat ze erg veel zin heeft om op vakantie te gaan…" Ze keek Ellanor met een grijns aan. Ellanor gaf maar geen antwoord.

"Maar dat maakt niet uit. Sommige mensen moet je gewoon tot geluk dwingen. Jij Nina, hebt dan de afleiding die je zoekt en ik ben even weg van Tom. Dat voorkomt dat ik doodga en misschien kan ik dan wel zoiets doen als nadenken. Hoewel ik niets kan beloven."

"Precies. Maar de zuidelijke landen en de cultuur vallen dus af."

"Het mag niet te duur zijn," zei Ellanor. Ze schrok van haar eigen reactie. Had ze niet net nog gedacht dat ze nergens naar toe wilde? Maar haar hoofd begon een beetje te tollen en opeens vond ze het onzin om niet weg te willen. Ze had lang genoeg in huis gezeten. Ze zou de wereld wel eens gaan verkennen. Ze begon zich wat moediger te voelen. Niet in de laatste plaats door de alcohol. Maar wat maakte het uit? Zonder alcohol was Nina waarschijnlijk niet eens op het idee gekomen om zomaar onverwacht met zijn drieën op vakantie te gaan. "Ik heb bijna niets meer omdat ik geen bal heb uitgevoerd sinds John dood is," bekende ze. Het was de eerste keer dat ze dat openlijk toegaf en ze verwachtte niet dat haar vriendinnen dit werkelijk tot zich door lieten dringen. Ook al niet erg.

"Goed…" vatte Nina samen. "Geen zuidelijke landen, geen cultuur of oude gebouwen en niet te duur. Afrika, Indonesië, Amerika en dat soort reizen vallen dus ook af.

"Als we niet naar het zuiden gaan, moeten we dus naar het noorden," wist Letty.

"Naar het Noorden dus. En niet al te ver. Wat is in het Noorden?"

"Rusland, Littouwen, Estland….." noemde Ellanor op.

"Daar worden we vermoord," meende Nina.

"Denemarken," noemde Letty.

"Dat is wel erg dichtbij," vond Ellanor.

"Denemarken is niet eens zo anders dan Nederland," meende Nina. " Zo plat als een pannenkoek."

"In Denemarken is Legoland," zei Letty.

"Wil je naar Legoland?" vroeg Nina verbijsterd.

"Ach… lijkt me wel leuk."

"Legoland is toeristisch en ongetwijfeld duur," vond Nina.

"Ik haat lego," zei Ellanor. De opmerking was nergens op gebaseerd, maar dat maakte niet uit.

"Noorwegen, Zweden en Finland liggen in het noorden," wist Nina.

"Noren vermoorden walvissen," zei Ellanor. "Ik hou van walvissen. Ik hou ook van Free Willy."

"Fins in een rare taal," meende Letty. "Ik heb eens een programma gezien waar ze een interview hadden met een Fin. Ik kan mij niet voorstellen dat die mensen zichzelf verstaan."

"Zweden dus?" stelde Nina voor.

"In Zweden is het koud," dacht Letty.

"Welnee. Alleen in de winter," zei Nina.

"Weet je dat zeker?"

"Nee. Maar heel veel mensen gaan in de zomer in Zweden kamperen. Dan zal het er heus niet steenkoud zijn. Anders deden ze dat niet."

"Er zijn ook mensen die in de sneeuw kamperen. Van die fanatiekelingen," meende Letty.

"Geen hele volksstammen."

"Zweden is duur," wist Letty.

"Ja?"

"Kom," zei Ellanor... "We kijken op de computer. Ze wachtte geen reactie af en liep naar de computer, die bij het tuinraam op het bureau stond. Ze zette het ding aan en begon te googlen. De andere twee vrouwen schoven een stoel bij en bekeken de vele plaatjes met eindeloze bossen, meren en houten huisjes. Ze lazen de informatie en wat reacties van vakantiegangers.

"Hier staat dat het niet duurder is dan Nederland. Niet sinds de invoering van de euro," zag Ellanor.

"Waarom verbaasd mij dat niet?" vroeg Letty zich af. "Zou het ermee te maken hebben dat het leven nog betaalbaar was voor de euro?"

"Welnee. De politiek beweert toch dat het niets uitmaakt," reageerde Nina spottend.

"Dat komt omdat de mensen in de politiek ervoor hebben gezorgd dat hun riante salaris ook is verdubbeld, net als hun uitgaven. Dan merk je dat niet. Voor de mensen die moeten werken voor hun geld ligt dat anders."

"Je kunt vrij kamperen," las Ellanor.

"Hoe vrij kamperen?" vroeg Letty.

"Gewoon gratis."

"Ga weg. Je wilt toch niet zeggen dat de campings gratis zijn?"

"Natuurlijk niet, slimpie. De campings zijn niet gratis, maar je hoeft niet op een camping te gaan staan. Je kunt gewoon overal in de bossen of bij de meren kamperen en dan hoef je dus niets te betalen."

"Kamperen in de bossen? Lijkt me nogal gevaarlijk…," meende Nina.

"Mij lijkt kamperen op zich al heel gevaarlijk," meende Letty. "Ik heb nog nooit in mijn leven gekampeerd. Ik bedoel… Wie weet welke enge beesten er in je slaapzak kruipen. Om nog maar te zwijgen over de kou."

"Zweden is in de zomer niet koud," wist Ellanor inmiddels.

"Het is nog geen zomer."

"Bijna."

"Ik heb ook nog nooit gekampeerd," gaf Nina toe. "Ik weet niet eens hoe je een tent moet opzetten."

"Ik ook niet," zei Ellenor. "Maar het zou wel voor afleiding zorgen."

"Dat wel," was Letty met haar eens. "Laten we eerlijk zijn… als ik een spin zie, schreeuw ik moord en brand, maar toch… kamperen, survivallen in de bossen. Terug naar de basis. Als echte kerels… nou ja, vrouwen dan. Het heeft misschien wel iets."

"Als we dat kunnen, kunnen we alles," zei Ellanor dromerig.

"We kunnen in elk geval iedereen laten zien dat we ons redden," was Nina het met haar eens. Ze dacht aan Jeremy.

"We kunnen onszelf laten zien dat we ons redden," vond Ellanor.

"Als we ons redden," mompelde Letty erachteraan. Wat haar een vernietigende blik van de andere twee vrouwen opleverde.

"Natuurlijk," zei Nina… "Hoewel… dat kamperen in het bos… als er nu een moordenaar of zo komt?"

"Er kamperen daar hele families in het bos," zei Ellanor. Ze had er net een aantal reacties gelezen en dat had haar het idee gegeven dat het in de zomer een mierennest was in de bossen. "We zijn er heus niet helemaal alleen. En het kost niets." Het idee beviel haar steeds beter. Gewoon weg zijn van iedereen en alles.

"En anders meppen we hem gewoon met een wijnfles op zijn kop," meende Letty. "We nemen toch wijn mee, hè?"

"Massa's… volgens mij kun je die daar niet kopen."

"Aj," reageerde Letty.

"Maar meenemen kan toch?" stelde Nina haar gerust.

"Dus we gaan naar Zweden?" besloot Ellanor. "Kamperen in Zweden?"

"Absoluut," zei Nina. "Rondtrekken en kamperen. Survival in de wildernis. Min of meer dan."

"Zouden daar ook stoere houthakkers rondlopen?" vroeg Letty zich hardop af terwijl ze nog een keer aan haar glas dronk.

"Letty… het is juist de bedoeling om een keer weg te zijn van kerels," bracht Nina haar in herinnering.

Letty trok haar schouders op. "Nou ja…"

Ellanor staarde naar het beeldscherm van de computer, waar nog steeds foto's van houten huizen en eeuwig zingende bossen zichtbaar waren en stelde zich voor hoe het zou zijn om daar gewoon voor altijd te verdwijnen. Het idee kwam haar niet slecht voor. Niet erg reëel, maar op dit moment had ze geen behoefte aan realiteit. Ze haatte de realiteit. En ze nam ook nog maar een flinke slok.

"Wanneer gaan we?" vroeg Letty. Oncomfortabele bedden, spinnen, lekkende tentdoeken… alles was beter dan die wegterende verveling. En van het schuldgevoel. Als je al voor zoiets kon vluchten.

"Zo snel mogelijk," vond Nina. Ze dacht aan het lege huis wat op haar wachtte. "Liefst ging ik nu meteen."

"We hebben nog niets gepakt," bracht Ellanor haar in herinnering. "Nog even afgezien dat we geen uitrusting hebben. Ik tenminste niet."

"En ik zal vrij moeten vragen," zei Letty.

"Kun je vrij krijgen op korte termijn?" vroeg Ellanor.

"Ja. Als het nodig is wel. Dat is een van de redenen waarom ik bij dat uitzendbureau ben gaan werken. Dat ik meteen kan opzeggen als ze mij bij een bedrijf neerzetten waar ik niet wil werken."

"Handig."

"Soms ook nodig."

Ellanor keek even naar Nina. "En jij?"

"Hé… ik werk in het bedrijf van Jer. Wat denk je? Hij kan de pot op met zijn bedrijf. Hij doet zelf de boekhouding maar. Ik ben niet van plan om er nog één vinger naar uit te steken."

"En ik werk op dit moment helemaal niet," zei Ellanor. "Potentiële klanten zijn waarschijnlijk al vergeten dat ik besta."

"Krijg je geen aanvragen meer?" vroeg Letty wat verbaasd. Ze wist hoe druk Ellanor het voorheen had.

"Soms…"

"Ach nou ja… die kunnen ook de pot op," besloot Letty. "Uiteindelijk kunnen oude schilderingen nog wel even wachten op renovatie."

"Ik werk niet alleen met oude schilderingen."

"Nee, je werkt niet," zei Letty en ze lachte.

Ellanor lachte mee. Ze had geen flauw idee waarom. Zo grappig was het nu ook alweer niet. Maar ze lachte even goed. Het was lang geleden dat ze dat had gedaan. Het voelde eigenlijk wel grappig.

"Goed…Als we dan eens overmorgen gaan?" stelde Nina voor.

Alles was beter dan in dat lege huis te zitten en te piekeren over een man die het niet waard was.

"Dinsdag al?" vroeg Letty.

"Of lukt het niet om dan vrij te krijgen?"

"Dinsdag is misschien wat moeilijk. Woensdag?"

"Goed. Woensdag dan." Beide vrouwen keken naar Ellanor.
"Woensdag?"

"We moeten nog kampeerspullen halen."

"Dat kunnen we maandag doen," meende Nina. "Maandag kampeerspullen halen en dinsdag spullen pakken, alles voorbereiden en zo."

"Goed... dan gaan we woensdag," vond Ellanor. Wat maakte het allemaal ook uit? Ze voelde zich goed. Ze voelde zich vrolijk. Ze voelde zich ongelooflijk sterk. Natuurlijk ging ze kamperen.

"Ik moet maandag werken, dames," maakte Letty duidelijk. "Dus dat shoppen..."

"Nina en ik kunnen dat doen," zei Ellanor. "Als je dat tenminste goed vindt..."

"Ik vind alles best," zei Letty en ze nam nog maar eens een slok. Alles was best. In elk geval op dit moment.

"Goed. Maandag halen Ellanor en ik de uitrusting, dinsdag pakt ieder zijn spullen en regelt de zaken thuis en woensdag vertrekken we. Vroeg in de morgen uiteraard, zodat we 's avonds in het beloofde land van de eeuwige bossen zijn."

"Eeuwig zingende bossen," verbeterde Ellanor haar.

"Wat een onzin. Bossen zingen niet."

"Ze ruisen. Ze noemen het zingen," wist Ellanor.

"Alleen vanwege die film," meende Letty. "En voor de rest vind ik het goed. Met welke auto gaan we?"

"Die van Ell," zei Nina, terwijl ze Ellanor aankeek. "Jij hebt een jeep. Als we de bossen in willen, hebben we een jeep nodig."

"Mij best," vond Ellanor.

"Hoe laat gaan we?" vroeg Letty.

"Ligt eraan hoe lang het rijden is," zei Nina. "Volgens mij twaalf uur of zo. Misschien moeten we gewoon supervroeg gaan. Vijf uur of zo?"

"Vijf uur is prima," vond Ellanor. Ze sliep toch al hopeloos slecht, dus voor haar maakte het niet uit.

Letty vond het erg vroeg, maar besloot om maar gewoon te knikken. Wat Nina betrof… ze kon niet vroeg genoeg vertrekken.

Ze proosten nog maar een keer op de voorgenomen reis, dronken hun glas leeg en kwamen tot de ontdekking dat ze allemaal eigenlijk behoorlijk moe waren. Een beetje duizelig misschien ook wel.

Letty was de eerste die vertrok, gevolgd door Nina, die allang begreep dat ze uiteindelijk toch een keer dat lege huis binnen moest en daar op dit moment minder moeite mee had dan ze had verwacht.

Ellanor bleef alleen achter. Ze nam niet de moeite om de glazen op te ruimen. Ze zette niet eens de computer uit. Voor een keer was ze werkelijk moe. Ze ging rechtstreeks naar bed, plofte met kleren en al tussen de dekens en viel in slaap.

HOOFDSTUK 3

Ellanor deed haar ogen open en zag dat het al licht was. Hoe lang was het geleden dat ze pas wakker werd als het licht was? Nu was het tegenwoordig vroeg licht, maar ze was er toch nog steeds in geslaagd om voor die tijd wakker te worden. Behalve nu.

Een bleke ochtendzon drong de kamer binnen, ongehinderd door de nog geopende gordijnen, en scheen recht in Ellanor gezicht.

Ellanor kneep een paar keer met haar ogen en kwam moeizaam overeind. Haar hoofd protesteerde meteen bonkend en ze was een beetje misselijk. Ze had ook niet zoveel moeten drinken. Ze ging helemaal recht zitten en kneep haar ogen nog een paar keer dicht om aan het felle licht te wennen.

Ze had in elk geval eindelijk eens een keer goed geslapen. Als ze zich nu ook nog eens goed zou voelen…

Ze stond kreunend op, keek naar haar kleren aan haar lijf die eruit zagen alsof ze van kreukkatoen waren gemaakt, maakte een wegwerpgebaar met haar hand en slofte naar de douche. Een hete douche was precies wat ze nodig had. Een hele hete douche en daarna sloten koffie. In de badkamer deed ze haar gehavende kledingstukken uit, schopte ze in een hoek en zette de douche aan. Nog steeds suffig ging ze eronder staan toen het water goed op temperatuur was. Vermoeid liet ze het hete water over haar gepijnigde hoofd, haar verkrampte nek en haar gevoelige rug lopen. Wat een avond! Het was wel gezellig geweest, dit keer met de meiden. Ze hadden best gelachen. Waar hadden ze het ook weer over gehad? Ze pakte de fles met douchegel, kneep iets van de groene smurrie op haar hand en liet opeens de fles uit haar handen vallen. Zweden! Ze hadden het over kamperen in Zweden gehad. In de bossen, notabene.

Ze liet zich met de rug tegen de koele wandtegels zakken en

sloot haar ogen. Hadden ze dat werkelijk afgesproken? Dat ze in Zweden gingen kamperen. Zij? Terwijl geen van hen wist hoe je zelfs maar een tent moest opzetten? En dat in een land wat ze niet kenden, waar het vast koud was en waar beren in de bossen woonden?

Ellanor schudde haar hoofd. Hoe hadden ze nu zoiets idioots kunnen afspreken?

Maar eigenlijk hoefde ze zich dat niet af te vragen. Ze wist hoe ze zoiets idioots hadden kunnen afspreken. Ze hadden te veel gedronken. Ze waren wel vaker op idiote ideeën gekomen als ze teveel hadden gedronken. Zo waren ze keer op een of ander heavy metall concert terechtgekomen, hadden ze een kuurweekend geboekt op een plek die erg veel overeenkomst had getoond met een militair kamp, hadden ze een keer een hindernisbaan genomen die ze nauwelijks hadden overleefd en waren ze er bijna in geslaagd alles te breken tijdens een snowboardavontuur in een overdekte hal met nepsneeuw. En zo waren er meer dingen geweest. Maar het was allemaal niets geweest in vergelijking met dit voornemen. Dit sloeg alles. Bovendien had Ellanor helemaal geen zin om ergens heen te gaan. Tegenwoordig vond ze het al te veel om de voordeur uit te lopen. En nu zou ze dus naar Zweden gaan. Ze kon natuurlijk tegen de andere twee meiden zeggen dat het niet doorging. Dat ze gewoon te dronken was geweest om logisch na te denken en ze daardoor met het plan akkoord was gegaan. Maar dat ze niet van plan was om echt te gaan. Maar ze wist nu al dat ze dat niet zou doen. Dat leverde teveel gezichtsverlies op en daarin had ze net zo min zin als in een trip naar zweden. Bovendien zouden die andere twee zich vast nog bedenken.

Een hete douche en drie mokken koffie later galmde de bel van Ellanors voordeur door het huis.

Ellanor verstarde even. Meteen daarna dacht ze aan Nina. Hoe had ze het kunnen vergeten? Ze zou vandaag met Nina erop uit gaan om kampeerspullen te kopen. Ellanor kreunde nog maar een keer en stond op.

Het was pas negen uur in de ochtend en daarmee dus erg vroeg om boodschappen te doen. Nina had zich vast bedacht. Was dat niet eerder die ochtend ook al door haar hoofd gegaan? Dat die twee zich nog wel zouden bedenken? Natuurlijk bedachten ze zich. Zij was niet de enige die niets met kamperen had. Nina was het typische voorbeeld van degelijkheid. Ze had al een hekel aan stof en zand in haar woning, laat staan dat ze ergens in het zand en de modder zou gaan kamperen. Dat ze met een gasstelletje zou gaan rommelen om een of andere prak in elkaar te knutselen die in de verste verte niets weg had van de verantwoorde maaltijden die ze normaal maakte. Om nog maar even te zwijgen van de verontwaardiging waarvan ze blijk had gegeven als ze in een appartement terecht was gekomen tijdens een van haar korte vakanties aan de kust, waarvan de keuken of het keukengoed niet helemaal schoon was geweest. En die zou gaan kamperen met een tent in een vochtig bos temidden van wilde dieren, prak met erin gewaaid zand eten uit een bordje wat slechts met koud water was afgespoeld? Nina, die al bang was voor de poedel van haar buren? Nee... zoiets zou Nina niet doen.

Ellanor nam zich voor teleurgesteld te kijken als Nina haar zou vertellen dat het allemaal een vergissing was geweest en liep naar de voordeur om haar binnen te laten.

Nina groette Ellanor zwakjes bij de deuropening en liep op uitnodiging van Ellanor verder door naar binnen. Ze zag er wat verkreukeld uit, zag Ellanor. Nina... die normaal gesproken zelfs geen ongestreken onderbroek aandeed, liep nu rond in een katoenen broek, die eruit zag of hij onder de trein gekomen was, en een scheef zittend shirt. Zelfs haar haren staken futloos alle kanten uit.

Ja, het was Ellanor helemaal duidelijk. Nina had nachtmerries gehad van hun voornemen om te kamperen. Zelfs al was ze zelf op het idee gekomen. Met het wegebben van de alcohol was ongetwijfeld het gruwelijke besef gekomen van het voorgenomen plan en had ze geen oog meer dicht gedaan. En nu kwam ze duidelijk maken dat het niet doorging. Ongetwijfeld had ze een excuus. Ze zou zeggen dat het niet kon omdat ze toch nog de boekhouding van de zaak fatsoenlijk wilde overdragen. Of een andere soortgelijke reden.

En Ellanor zou doen alsof haar dat speet.

"Je ziet er moe uit," merkte ze liefjes op... "Wil je koffie?"

"Graag. Ik kan wel een paar liter gebruiken. Ik heb het gevoel alsof ik onder de intercity heb gelegen."

"Ik heb nog wat koffie in de kan. Ga zitten. Ontbijtje?"

"Nee, dank je. Ik heb vanmorgen geprobeerd om een cracker naar binnen te krijgen, maar zelfs dat lukte niet. En dat terwijl ik normaal gesproken altijd juist begin te eten als ik gestresst ben of mij ergens druk om maak."

"En je bent nu gestresst?"

"Wat denk je? Nu Jer zomaar is vertrokken…"

Nou ja, zomaar…

"Oh ja…" Verdorie…natuurlijk maakte ze zich daar druk over. Ze was gisteren helemaal van de kaart geweest.

"Je wilt toch niet zeggen dat je het was vergeten?" vroeg Nina. Het zou het wel wat gemakkelijker hebben gemaakt… Als iedereen gewoon alles was vergeten. Maar dan was er natuurlijk dat lege huis…

"Natuurlijk niet," zei Ellanor snel. "Zoiets vergeet ik heus niet. De ellendeling."

"Ja... dat wel."

Ellanor haalde koffie voor Nina en herhaalde steeds dat ene zinnetje in haar hoofd. "Laat haar spijt hebben van het kampeervoorstel. Alsjeblieft. Laat haar spijt hebben."

Ze zette de koffie voor Nina neer en glimlachte bemoedigend naar haar. Iets wat haar nogal moeite kostte. Ze had al lang niet meer bemoedigend naar iemand geglimlacht. Het waren steeds anderen geweest die dat naar haar toe hadden gedaan en het had niets uitgehaald. Maar ze deed het nu toch maar zelf.

"Heb je nog een beetje kunnen slapen? We hebben natuurlijk wel de nodige alcohol achterover geslagen gisteravond, dus misschien heeft het wat geholpen."

"In de eerste instantie wel. Ik ging in bed liggen en viel meteen in slaap. Maar rond vier uur was ik weer klaar wakker. Ik heb nog ruim een uur geprobeerd om weer in slaap te vallen, maar het lukte niet meer. Daarom ben ik toen maar opgestaan."

"Om vijf uur al?"

"Om vijf uur al. Als ik mij niet vergis, heb jij daar het laatste half jaar ook al veel ervaring mee."

"Ja, dat wel," gaf Ellanor toe. Vijf uur was voor haar nog laat geweest.

"Ik weet wel dat mijn man niet dood is, maar soms zou ik willen dat het zo was. Het spijt me. Het klinkt echt afschuwelijk en jij bent wel de laatste tegen wie ik zoiets zou moeten zeggen, maar toch…"

Ellanor voelde een vervelende steek in haar hoofd en masseerde haar nek. "Zoiets moet je inderdaad niet zeggen," zei ze. "Zoiets mag je nooit zeggen." Ze klonk scherper dan haar bedoeling was.

"Het spijt me. Het is ook een stomme gedachte. Ik… ik kan me voorstellen hoe je je voelt…"

Nee, dat kun je niet, dacht Ellanor. Maar ze zei niets.

"Het is gewoon moeilijk. Het feit dat hij zomaar is vertrokken. Mij zomaar in de steek heeft gelaten…."

Ellanor schraapte haar keel. "Misschien is het een tijdelijk iets. Misschien bedenkt hij zich nog."

Nina schudde mistroostig haar hoofd terwijl ze voorzichtig aan haar koffie nipte. "Nee, Jer bedenkt zich niet."

"Je weet het niet."

"Jawel. Ik weet het wel."

"Tja…."

"Laten we maar gaan zodra ik de koffie op heb. Ik kan op dit moment nauwelijks stil zitten. Ik heb het gevoel dat alles in mijn lichaam op hol slaat. Nog even en dan ga ik hyperventileren."

"Gaan?"

"Kampeerspullen kopen. Je wilt toch niet zeggen dat je het niet meer weet?"

Ellanor keek Nina eventjes wat verschrikt aan. "Eh… natuurlijk weet ik het nog. Ik dacht alleen…"

"Je dacht toch niet dat ik een grapje maakte gisteren?"

"Nee, natuurlijk niet."

"We hebben toch alles uitgezocht en besproken?"

"Eh ja."

"We hebben toch een afspraak?"

"Natuurlijk. Ik… eh… ik weet het. Ik… eh… verheug mij erop."

"Of dacht je dat ik op het allerlaatste moment zou terugkrabbelen?"

Nina keek Ellanor met samengeknepen ogen aan. Ze wekte een beetje de indruk op ruzie uit te zijn. Misschien was dat ook zo. Ze had zelf al aangegeven dat ze zo'n beetje op exploderen stond. Hoe makkelijk was het dan om een ontsteking te vinden in de vorm van een ruzie? Een excuus om alle spanning eruit te gooien. Maar Ellanor was niet van plan om dat excuus te bieden. Niet vandaag. Ze zou er niet tegen kunnen.

"Natuurlijk niet," zei ze vlug. "Ik bedacht alleen dat het nog erg vroeg was. Ik weet niet hoe laat dat soort winkels open zijn. Ik neem aan dat we naar zo'n campingzaak gaan. Die zijn vast het goedkoopste. Maar speciaalzaken gaan vaak ook pas later open."

"Negen uur. Er ligt een groothandel in campingartikelen op de Rijksweg. Ik ben er nog nooit geweest, maar ik heb het op internet opgezocht. Hij gaat om negen uur open."

"Oh. Oké."

Nina nam nog maar een slok koffie en vroeg zich af waarom ze de vorige avond in hemelsnaam op het idee was gekomen om samen te gaan kamperen in Zweden. Waarom had ze geen strandvakantie voorgesteld in Griekenland of zo, waar ze dan een goed appartement hadden kunnen huren? Ze wist waarom niet. Letty had niets met cultuur en zelf zat ze niet te wachten op zuidelijke charmeurs die vrouwelijke toeristen als een aardig verzetje zagen. Ellanor zat noch op cultuur, noch op mannen te wachten. Ellanor zat waarschijnlijk helemaal nergens op te wachten. Daarom hadden ze voor het kamperen in Zweden gekozen. Omdat geen van hen die voorkeur had en omdat het juist daarom het eerlijkste was. En omdat ze simpelweg veel te veel hadden gedronken de vorige avond. Dat laatste was wel de belangrijkste reden. Maar zij zou het niet toegeven. Zij zou niet *weer* degene zijn die met uitvluchten kwam. Bovendien was alles beter dan alleen in dat lege huis zitten, waar Jer nog in alles aanwezig was. Waar Jers geur nog hing, de helft van zijn kleding nog rondslingerde, gereedschap in de verkeerde lades was gekeild en ze zijn handschrift nog overal tegenkwam. Alles was beter dan alleen in dat grote bed te liggen, waar ze soms iemand anders was geweest dan de degelijke vrouw die iedereen kende. En waar ze de waarheid voor Jer had verzwegen.

Ze dronk haar koffie resoluut leeg en keek Ellanor aan. "Zullen we?"

"Nog even mijn koffie opdrinken. Jij bent zo snel…"

"We hebben nog veel te doen."

"Ik weet het." Ellanor treuzelde met het drinken van de koffie. Niet omdat ze wilde treuzelen, maar gewoon omdat ze niet anders kon. Ze had tijd nodig om alles goed tot zich te laten doordringen en zich voor te bereiden. Aan de andere kant was het misschien beter om niet te veel tijd daarvoor te nemen. Ze zou niet echt vrolijker worden als ze de volle omvang van hun plannen tot zich door liet dringen.

Haar enige hoop was nog gevestigd op Letty. Letty had minder reden om te vertrekken dan Nina. Letty's huwelijk was misschien saai, zoals ze zelf beweerde, maar het bestond tenminste nog. Ellanor geloofde niet dat saaiheid voor Letty een geldige reden was om een rimboe in te trekken met een tent, waarbij de kans op nachtvorst volgens Ellanor bepaald niet denkbeeldig was. Letty hield van luxe. Van hotels met zachte bedden en uitgebreid ontbijtbuffet. Van etentjes in gerenommeerde restaurants en kleding die duurder was dan ze zich kon permitteren. Letty was bepaald geen kampeertype wat de charme van verbrande worstjes bij een knapperig vuur prefereerde boven een viergangen diner.

Misschien zou Letty nog bellen. Ja…. Ze zou zeker bellen als ze zich het voornemen van de vorige avond herinnerde en zich realiseerde dat zij en Nina naar die winkel trokken om geld uit te geven aan spullen die ze nooit zouden gebruiken.

Uiteindelijk viel er niets meer te treuzelen. Haar koffiekopje raakte onvermijdelijk leeg en het was tijd om te gaan.

Pas toen ze buiten kwam, merkte Ellanor dat de voorjaarszon al aardig zijn best deed. Ondanks het nog vroege uur, was de temperatuur opvallend aangenaam en verwarmde de zon de huid van haar gezicht. Heel even had Ellanor de behoefte om haar ogen dicht te doen en van de zon te genieten. Ze schrok er zelf van. Ze had het gevoel iets te willen wat onbehoorlijk was. Snel stapte ze in Nina's gereedstaande Fiat.

"Het is maar goed dat ik mijn eigen autootje nog heb," zei Nina terwijl ze haar koekjestrommel startte. "Ik weet zeker dat Jeremy hem anders al bij zijn lijst gewenste artikelen had gezet. Heb ik je al gezegd dat hij zo'n lijst heeft?"

"Nee."

"Een lijst met alle spullen die hij wil hebben. Volgens mij is het huis straks leeg als ik hem zijn zin geef."

"Je hoeft hem niet zijn zin te geven."

"Dat ben ik ook niet van plan. Maar eerst laat ik hem in zijn sop gaar koken. Als we dadelijk weg zijn, kan hij niets regelen. Dan zal hij simpelweg in zijn lege flat, of wat hij dan ook heeft, moeten wachten totdat het mij belieft om terug te komen."

"Misschien is hij wel heel blij als je terugkomt. Misschien heeft hij dan wel spijt."

"Misschien…" stemde Nina tegen beter weten in.

"Het is nooit te laat."

Nina gaf geen antwoord.

Een paar minuten zaten de twee jonge vrouwen zwijgend naast elkaar in de auto.

"Hoe is het met je moeder?" vroeg Nina toen aan Ellanor.

"Goed. Ze heeft het druk met alle verenigingen en clubs waar ze bij is. Ze heeft soms wat last van haar hart, maar tot nu toe gaat het goed."

"Redt ze zich nog goed alleen?"

"Redelijk, geloof ik."

"Je boft maar," zei Nina.

Ellanor ging daar maar niet op in. "Hoe is het met jouw moeder?" vroeg ze daarvoor in de plaats.

"Hetzelfde. Ik denk ook niet dat het nog echt verandert. Ze kan gewoon niet zoveel meer. D'r heupen willen niet meer en dan de longen….die longontsteking vorig jaar heeft behoorlijk wat sporen achtergelaten."

"Je hoort dat wel meer met oudere mensen. Tenminste… hoe oud is ze nu eigenlijk?"

"Vijfenzeventig."

"Vijfenzeventig al…."

"Ze was vierenveertig toen ze mij kreeg. Nogal onverwacht. De arts zei dat ze onvruchtbaar was…"

"Zo zie je maar weer…"

"Ja."

Weer was het even stil.

"Vind je het niet vervelend om enigst kind te zijn?" vroeg Nina toen.

Ellanor haalde even haar schouders op. "Ik weet niet beter."

"Nee, ik ook niet. Maar toch… soms zou ik willen dat niet alle zorg van mama op mij terechtkwam. Soms wordt het simpelweg teveel. Elke dag erheen, haar helpen met lichaamsverzorging, wassen, koken, boodschappen doen, poetsen…"

"Ze krijgt toch gezinshulp?"

"Niet voldoende."

Ellanor had natuurlijk kunnen vragen waarom Nina's moeder dan niet naar een bejaardenhuis of verpleeghuis ging, of een aanleunwoning desnoods, maar dat deed ze niet. Deels omdat ze wist dat Nina's moeder dat niet wilde en deels omdat je als kind nu eenmaal verantwoordelijkheid had naar je ouders toe.

"Hoe doe je dat als je op vakantie bent?" vroeg Ellanor.

"Hetzelfde als de andere keren dat ik op vakantie ben geweest. Ik vraag de thuisverpleging om het even van mij over te nemen. Ik heb hen vanmorgen al gebeld. Het was geen probleem."

"Wat vindt je moeder daarvan?"

"Ze zegt dat ze het niet zo erg vindt. Ik weet het niet."

"Oh."

Ellanor ging er niet op door en keek door de voorruit naar buiten. De bomen langs de weg tekenden grillige schaduwen op de weg en de helft van de bevolking leek opeens op de fiets te zijn gesprongen en haalde halsbrekende manoeuvres uit, bij voorkeur vlak voor de wielen van de Fiat.

Nina ontweek hen handig en mopperde niet.

Uiteindelijk reden ze de parkeerplaats van de kampeergroothandel op. Ellanor had de winkel vanuit de grote weg vaak genoeg zien liggen, maar ze had er nooit aandacht aan besteedt. Nu zag ze eigenlijk pas wat voor een enorm bedrijf het was en ze vroeg zich af hoe ze in godsnaam een dergelijk gebouw konden vullen met wat tenten, slaapzakken en kookstelletjes.

Een vraag waar ze antwoord op kreeg toen ze de winkel binnenstapte. De enorme ruimte overviel haar en met open mond keek ze naar de vele borden die boven de rekken hingen en aangaven wat er op die afdeling te vinden was. Natuurlijk had je de sectie tenten, slaapzakken, luchtbedden en kooktoestellen maar er was zoveel meer. Kleding, serviesgoed, kachels, jerrykannen, visgereedschap, kampeergereedschap, kampeermeubels en nog veel en veel meer.

"Moeten we hier vinden wat we nodig hebben?" vroeg Ellanor zich verbijsterd af.

"Als we het hier niet vinden, vinden we het nergens," meende

Nina.

"Wat hebben we eigenlijk nodig?" vroeg Ellanor.

"Volgens mij een heleboel, dus laten we zo'n winkelwagen nemen."

"Misschien moeten we bij de tenten beginnen."

"Een tent is wel handig met kamperen," was Nina het ermee eens.

Ze had inmiddels een winkelwagen bemachtigd en gewapend met het voertuig liepen ze richting tentenafdeling. Ellanor wist niet wat ze ervan had moeten verwachten, maar ze had er in elk geval geen rekening mee gehouden geconfronteerd te worden met de hoeveelheid verschillende modellen die ze nu voor haar neus uitgestald zag.

"Ik heb nooit geweten dat er zoveel tenten bestonden," zei Ellanor. Ze liet de winkelwagen voor wat het was en bekeek de tenten nieuwsgierig. Vooral de grote, luxe tenten trokken haar aandacht. Er waren tenten met verschillende vertrekken die ongeveer net zo groot waren als de vertrekken van haar woning en die voorzien waren van ramen en gordijntjes. Er waren tenten die je niet op hoefde te zetten, maar die dat ingewikkelde werk zelf, geheel automatisch, voor hun rekening namen en er waren tenten die eruit zagen als complete ruimtestations. Overigens hadden de meest aantrekkelijke tenten ook de prijzen van ruimtestations.

"Ze zijn duur," concludeerde Ellanor dan ook.

"Misschien kijken we bij de verkeerde tenten," stelde Nina.

"We zijn met zijn drieën en we hebben een hoop bagage. Drie vertrekken lijken mij dan niet te veel. Een tent die zichzelf opzet is ook geen overbodige luxe. Niemand van ons kan een tent opzetten. Als we het zelf moeten doen, staat hij uiteindelijk waarschijnlijk binnenstebuiten en op zijn kop."

"Misschien. Maar we kunnen er ook geen enorme bedragen aan

uitgeven. We vragen een verkoper."

"Zeg er dan bij dat we niets van kamperen afweten," zei Ellanor.

"Zou hij ons dan niet uitlachen?" vroeg Nina zich onzeker af.

"Omdat we in deze winkel zijn."

Ellanor haalde haar schouders op. "Ik neem aan dat iedere kampeerder op een dag voor de eerste keer is gaan kamperen en daarvoor zijn uitrusting moest kopen."

"Hm. Daar heb je ook alweer gelijk in."

Nina liep naar een jonge, sportieve kerel in een grijs shirt met de naam van het bedrijf en tikte hem aarzelend aan.

De jongeman wende zich meteen met een goed getrainde glimlach naar zijn nieuwe klant en vroeg, ietwat overdreven vriendelijk, waarmee hij haar kon helpen.

"Nou…" begon Nina aarzelend. "Mijn vriendinnen en ik willen gaan kamperen. Voor het eerst. We hebben alledrie nooit eerder gekampeerd en we hebben geen uitrusting. En die willen we nu dus graag kopen. Maar we weten niet wat we precies nodig hebben. Alleen dat het niet al te duur mag worden."

Vooral dat laatste zei ze zo zacht mogelijk. Alsof ze zich ervoor schaamde.

Als de jongeman het al een belachelijk idee vond, dan liet hij het niet merken. Zijn grins werd breder -zou hij provisie krijgen op spullen die door hem werden verkocht en zag hij hier een goede kans?- en hij vertelde dat hij wat meer informatie nodig had, als hij hen goed wilde helpen.

Ze hadden dus helemaal niets, begreep hij.

Nina schudde haar hoofd.

"Dan is een tent een goed begin," meende de man enthousiast.

"Drie personen?"

"Drie vrouwen."

"Gezellig. Waar gaan jullie heen?" informeerde hij terwijl hij tussen de tenten doorliep en de aantrekkelijke bouwsels links liet liggen.

"Zweden."

"Geweldig. Prachtig land. Bossen, meren, rust… ik ben daar al vijf keer met mijn vriendin naartoe geweest. Echt de moeite waard."

"Koud?"

De jongeman keek geamuseerd om naar Ellanor. "Welnee. Het koelt 's nachts wat meer af dan in Nederland, maar dat is alleen maar prettig. Dat slaapt zo lekker."

"Vriest het 's nachts?" vroeg Nina huiverend.

De jongeman lachte. "Alleen als je in de winter gaat."

"Oh…."

"Hier…" De verkoper wees een groepje koepeltentjes aan. "Drie en vierpersoons. Makkelijk op te zetten."

"Kunnen we niet beter zo'n zelfopblaasbaar ding nemen?" vroeg Ellanor. "We hebben nog nooit een tent opgezet."

"Deze tenten stellen niets voor. Vier of zes buigbare stokken. Meer is het niet. Kippetje." Hij grijnsde weer. Ellanor wist het nu zeker. Hij was daarop getraind.

"Ze zijn erg klein," meende Nina.

"Je hebt met zijn drieën niet veel ruimte nodig. Drie slaapplaatsen en een ruimte voor de bagage. Je leeft voornamelijk buiten. Zeker met een beperkt budget en geen ervaring met het opzetten van tenten, zou ik niet voor een grote tent kiezen. Erg onpraktisch."

De prijs was in elk geval een stuk gunstiger. De verkoper liet hen de tenten van binnen en buiten zien, legde uit hoe die dingen opgezet dienden te worden en vertelde nog iets over het vrijhouden van het tentzeil om lekkages te voorkomen en dat soort dingen. Uiteindelijk kozen ze voor een wat ruimere vierpersoons tent, die bestond uit twee koepeltjes met een soort tunnel ertussen. Het zag er volgens de verkoper ingewikkelder uit dan het was en hij pakte vrolijk de doos uit het rek. Daar lag het ding in verpakte vorm te wachten op het slachtoffer wat hem in dezelfde staat zou proberen te brengen als zijn uitgestalde, pronkende broertje. De verkoper had het blijkbaar niet al te druk, want hij had het besluit genomen de dames gedurende de rest van hun reis door het immense bedrijf te vergezellen en duidelijk te maken welke spullen absoluut onmisbaar waren. Ellanor en Nina keken hun ogen uit bij de kooktoestellen en kozen voor een wat luxer model met twee pitjes en het uiterlijk van een doorgezaagd keukenfornuis, ze kozen slaapzakken die beloofde hen ook nog bij -10 warm te houden, luchtbedden die iets aangenamer leken te liggen dan het doorsnee luchtbed en verder wat goedkoop kook- en serviesgoed, zaklampen met vele batterijen, Jerrykannen, inklap picknicktafel met stoelen die in opgevouwde toestand deed denken aan een aktekoffer, een eerstehulpdoos. Alles bij elkaar een aardige kar vol.

"Moeten we Letty niet even bellen om te vragen of ze het met de aankopen eens is?" vroeg Ellanor met een blik op de volle kar toen de verkoper afscheid had genomen en zij bij de kassa stonden.

"We weten niet precies wat het kost."

"Nee… maar wel bij benadering, als we een beetje tellen."

Vijf euro was al teveel als Letty de hele kampeertocht zou afblazen, bedacht Ellanor zich. En ze was er vrijwel zeker van dat Letty dat zou doen.

Misschien dacht Nina er ook zo over, want ze ging opvallend snel akkoord.

"Bel jij of…"

"Ik bel wel," stelde Ellanor voor. Ze pakte haar gsm en toetste het nummer van Letty in. Letty was op haar werk, maar dat had haar nog nooit tegengehouden van het opnemen van de telefoon. Dat zou het nu ook niet doen.

Het duurde even voordat Letty het telefoontje aannam en heel even had Ellanor het gevoel dat Letty niet wilde opnemen. Maar opeens was ze daar toch. Haar stem klonk zacht en aarzelend.

"Ellanor hier," zei Ellanor meteen. "Is er iets? Je klinkt zo raar."

"Nee, helemaal niets," zei Letty vlug. "Ik... ik was gewoon net ergens mee bezig."

"Stoor ik je?"

"Welnee."

"We staan hier bij de kampeerwinkel en hebben een hele wagen vol zooi bij elkaar geschraapt. Je weet wel...tent, luchtbedden, slaapzakken... die dingen... je kunt je toch nog wel herinneren dat we gisteravond hebben afgesproken om te gaan kamperen."

"Natuurlijk." *Hoe zou ze dat kunnen vergeten? Hoe was die reclame ook al weer? Drank maakt meer kapot...*

"Nu willen we even weten of je het met onze aanschaf eens bent. We hebben niet voor de goedkoopste tent, slaapzakken, luchtbedden en kooktoestel gekozen. Natuurlijk ook niet voor de duurste, maar toch een tent met wat meer ruimte, warme slaapzakken... nou ja... dat soort dingen. En omdat we samen voor de kosten opdraaien..."

"Ik neem aan dat Nina en jij geen rare dingen doen, dus ik vind het helemaal best."

"Wil je niet weten wat de kosten zijn?"

Eigenlijk had Ellanor willen vragen of ze niet wilde weten of de hele reis wel een goed idee was, maar dat deed ze niet.

"Zoals ik al zei... jullie doen vast geen rare dingen. Wat het kost, kost het. We hebben het uiteindelijk nodig voor onze reis."

"Heb je er wel zin in?" vroeg Ellanor.

"Natuurlijk heb ik er zin in. Ik heb het hier al doorgegeven."

"Oh. Dan is het goed."

Ellanor verbrak de verbinding en staarde voor zich uit. Het was niet helemaal zo gegaan als ze zich had voorgesteld.

Letty bleef nog even met de gsm in haar hand staan. Ze had eerst niet opgenomen omdat ze dacht dat hij het weer zou zijn… Maar dat had ze moeilijk tegen Ellanor kunnen zeggen. Ellanor zou om uitleg hebben gevraagd en als er iets was wat ze nu niet kon doen, dan was het uitleg geven. Toen ze die morgen wakker was geworden en het hele gesprek van de vorige avond tot haar was doorgedrongen, had ze in een eerste impuls Ellanor willen bellen om te zeggen dat ze niet kon. Dat ze geen vrij kon krijgen of iets dergelijks. Maar toen was haar nog iets te binnen geschoten. Iets wat er was gebeurd na haar bezoek aan Ellanor. Afgelopen nacht. En vanmorgen. En later nog een keer. En toen had ze besloten dat alles beter was dan hier blijven en de confrontatie aan te gaan. In de bossen verdwijnen had opeens geen slecht plan geleken vergeleken met de opties die ze verder had. Misschien hoefde ze nooit meer terug te komen.

Ze drukte haar gsm uit, duwde hem in haar zak en ging aan het werk. Het was beter om nergens over na te denken.

HOOFDSTUK 4

Ellanor zat tegenover haar moeder op de sofa. De thee die ze dronken had Ellanor zelf gezet, zoals gewoonlijk. Geen koffie. Haar moeder dronk geen koffie en nam als vanzelfsprekend aan dat Ellanor dat ook niet deed. Koffie was ongezond, vond ze. Maar ze rookte als een schoorsteen.

Ze stak ook nu een sigaret op en zoals gewoonlijk trilde haar vingers licht. De bittere trek rond haar mond werd dieper toen ze inhaleerde.

"Waarom rook je niet?" vroeg ze Ellanor.

"Moet je dat elke keer vragen?"

"Ik vraag het mij elke keer af."

"Ik kan het antwoord voor je opschrijven."

"Waarom ben je altijd zo afschuwelijk hatelijk?" Ze trok even met haar mond. Een soort tik, die Ellanor maar al te goed kende.

"Dat was niet mijn bedoeling," zei Ellanor op verontschuldigende toon.

"Niet?" Haar moeder keek haar met opgetrokken wenkbrauwen aan.

"Nee. Dat weet je zelf ook best."

"Ik betwijfel wel eens. Gezien… nou ja…"

Ellanor wist wat ze wilde zeggen. Gelukkig sprak ze haar gedachten niet uit. Ellanor nam een klein slokje thee en staarde naar de onaangeraakte koekjes op de schaal.

"Neem een koekje," zei haar moeder.

"Nee dank je."

"Ik heb ze speciaal voor jou gekocht."

"Mama… ik moet iets vertellen." Ellanor merkte dat ze nerveus was.

Haar moeder keek haar aandachtig aan. Ze zat daar op haar stoel met kaarsrechte rug, waardoor ze veel groter leek dan de 1.60 die ze maar net haalde. Haar bloesje was gesteven en haar broek met plooi gestreken. Een dame. Altijd al geweest. In tegenstelling tot Ellanor.

Ellanor keek heel even naar haar eigen vale, nu te ruim zittende, jeans en haar versleten rode shirt en richtte toen haar aandacht op de thee.

"Ik ga een paar dagen weg met de meiden."

"Meiden?"

"Nina en Letty."

"Dat zijn nauwelijks meer meiden. Ze zijn de dertig al gepasseerd. Net als jij."

"Dat weet ik natuurlijk ook wel. Maar het klinkt zo raar om over 'vrouwen' te praten."

Haar moeder haalde even haar schouders op.

"Gaan jullie weer naar zo'n belachelijk duur schoonheidshotel of zo?"

"Nee. We gaan op vakantie. Een dag of tien tot twee weken."

"Waarom dat? Wat moeten jullie op vakantie? Je hebt nog niet eens Johns dood verwerkt. Je bent een half jaar de deur nauwelijks meer uit gegaan en je hebt niet meer gewerkt. Waarom in hemelsnaam op vakantie?"

"Het wordt tijd dat ik de zaken weer op een rij zet en dat schijnt hier niet te lukken."

"Denk je werkelijk dat het op een andere plaats wel lukt?"

"Ik kan het altijd proberen."

"Onzin. Als het hier niet lukt, lukt het ergens anders helemaal niet."

"Nina's man is vertrokken. Eergisteren heeft hij zijn koffers gepakt en is gegaan."

"Wat heeft Nina dan gedaan om hem zover te krijgen?"

"Nina heeft helemaal niets gedaan."

"Onzin. Zo'n man vertrekt niet zomaar."

"Nina denkt dat hij een ander heeft."

"Misschien haalt ze zich dingen in haar hoofd."

"Ik weet het niet," antwoordde Ellanor wat vermoeid.

"Wat Nina moet doen is thuisblijven en de situatie uitpraten."

"Jeremy wil de situatie niet uitpraten. Hij is vertrokken."

"En denkt Nina dat weglopen dan iets oplost? Integendeel."

"Ze heeft tijd nodig. Dat is alles. Ze heeft tijd nodig om over de scheiding na te denken. Net als Letty. Met Letty's huwelijk gaat het ook niet zo goed en ook Letty wil nadenken."

"Weet je wat dat met die vrouwen van tegenwoordig is? Te veel tijd om na te denken. Passeren ze de dertig en dan gaan ze opeens op zoek naar zichzelf. Of ze moeten hun innerlijke kracht vinden of hoe ze het noemen. Wat mij betreft is het gewoon een midlifecrises. Wat jullie moeten doen is thuisblijven en normaal doen."

"Wij hebben ervoor gekozen om weg te gaan."

"Je bent toch niet verplicht om te gaan." Nu kwam die smekende klank in haar stem. Juist die wilde Ellanor nu niet horen.

Ze slikte moeizaam. "Dat ben ik wel. Het is al afgesproken en we hebben de kampeerspullen al gekocht."

"Kampeerspullen?"

"We gaan kamperen mama."

"Lieve help. Je hebt nog nooit in je leven gekampeerd. Je weet niet eens hoe je een tent op moet zetten. En terecht. Waarom zou je in godsnaam voor dat gemodder op één vierkante meter in de vocht en kou kiezen, omgeven door insecten, als je ook een hotel kunt hebben met een comfortabel bed."

"Ik kan mij geen hotel met een comfortabel bed permitteren."

"Dan kun je beter niet op vakantie gaan."

"Of gaan kamperen."

"Iemand noemde kamperen een keer een maximum van ongemak op een minimum oppervlak."

"Ongetwijfeld waar."

"En wat moet ik doen als je weg bent?"

"Je redt je wel, mama. Je hebt je clubs en verenigingen…"

"Daar heb ik niet erg veel aan als mij wat gebeurt. Wat als ik een beroerte of een hartaanval krijg? Niemand die het merkt als jij er niet bent."

"Je hebt genoeg vrienden."

"Geen vrienden. Kennissen. En die komen bepaald niet dagelijks over de vloer. En als er dan iets gebeurd… ik ben een oude vrouw, Ellanor. Ik kan morgenavond een heup breken en hier dan veertien dagen liggen als je niet komt. Ik kan in die tijd dood gaan van de honger en kou."

"U bent pas zestig mama. Zo oud is dat nog niet. En ik geloof niet dat u twee weken in uw woning kunt liggen zonder dat iemand het merkt."

"Een week is ook genoeg om dood te gaan."

"U gaat niet dood. Ik zal de buren vragen om een oogje in het zeil te houden."

"Ik heb geen babysit nodig. Ik heb mijn dochter nodig."

"Ik blijf hooguit twee weken weg mama."

"In twee weken kan ik dood en begraven zijn. Als iemand dat weet ben jij het wel."

"Over twee weken bent u nog kerngezond." *Waar haalde ze die zekerheid vandaan?*

"Stel je voor dat ik je vroeger in de steek had gelaten…"

"Ik laat u niet in de steek moeder. Ik ga kamperen. Hooguit twee weken. Dan ben ik er weer."

"Kamperen…pffff. Belachelijk. In een of ander heet land met

van die door hitte bevangen kerels die erop uit zijn om vrouwen zoals jij in hun bed te krijgen. Want denk maar niet dat het hun om iets anders te doen is. Ze willen iets van je. En dat iets is bepaald geen trouwgelofte."

"We gaan niet naar een of ander heet land, maar naar Zweden."

"Naar Zweden? Lieve help… een beetje bevriezen zeker."

"Daar is het ook voorjaar."

"In die landen betekent voorjaar dat het bovenste laagje van de sneeuw smelt."

"Welnee. Daar ligt nu geen sneeuw."

"Je zult bevriezen. En dan zit ik hier."

"Zo gemakkelijk bevries ik heus niet. Zeker niet in het voorjaar. Het is er net zo warm als hier." Dat laatste wist ze niet zeker, maar ze voelde de behoefte om haar beslissing te verdedigen. Zoals ze altijd al had gedaan.

"Onzin," bepaalde haar moeder. Bovendien zitten daar wilde beesten. Beren en wolven en zo."

"Welnee. Die zitten veel noordelijker dan de streek waar wij heen gaan."

"Dus je bent echt van plan op te gaan?"

"Ja."

"En mij alleen achter te laten?"

"U bent niet alleen. Ik zal ervoor zorgen dat er naar u wordt omgekeken."

"Dat is niet hetzelfde."

"Nee. Maar dat is alles wat ik kan doen."

"Onzin. Je kunt gewoon thuisblijven."

"Mama…" Ellanor verhief haar stem. Ze wilde het niet doen, maar het gebeurde gewoon. "Alsjeblieft. Hou eens op. Ik ga alleen maar twee weken op vakantie. Verder niets. Mag het alsjeblieft een keer…"

"Je denkt alleen aan jezelf."

"Dat is niet waar. Dat weet je maar al te goed. Al sinds ik het huis uit ben, kom ik elke dag even kijken hoe het met je is. Als je iets gedaan moet hebben of ergens heen wilt, sta ik voor je klaar. Altijd. Maar het is gewoon nooit genoeg. Je wilt altijd meer. En toen het slecht met mij ging, vanwege John, wilde je er niets over horen. Het is draait altijd alleen maar om jou."

Ellanor zag het gezicht van haar moeder betrekken en had meteen spijt van haar woorden.

"Sorry, ik…"

Maar haar moeder wuifde haar excuses weg. "Laat maar. Ga maar. Doe maar wat je wilt. Zoals altijd. Dat deed je vroeger al. Ruzie maken, je kop doordrijven… blijkbaar was de prijs die je daarvoor hebt betaald niet hoog genoeg." Ze schudde heftig haar hoofd. "Ik zeg het verkeerd. Het is de prijs die ik heb moeten betalen. De rest van mijn leven. En je hebt er niet van geleerd. Met John…"

Ellanor schudde nu heftig haar hoofd. Ze voelde de tranen in haar ogen opkomen. Waarom moest ze daarover beginnen?

"Mama, u weet dat ik het zo niet bedoelde. Maar ik ben gewoon toe aan een paar dagen weg. Begrijp het alstublieft."

"Ik begrijp dat je mij alleen laat."

Ellanor gaf het op en liet haar schouders zakken. Hoe had ze ook kunnen verwachten dat haar moeder het begreep. Het ergste was misschien nog wel dat ze zich afvroeg of haar moeder geen gelijk had. Misschien was het wel egoïstisch om haar moeder nu alleen te laten. Maar ze had het nu eenmaal afgesproken.

Nina zat met een soortgelijk dilemma, maar haar moeder reageerde heel anders op het nieuws.

"Kamperen met je vriendinnen. Goh… ik zou willen dat ik dat nog kon. Vroeger deed ik dat ook. Met je vader."

"Jij? Kamperen?"

Haar moeder glimlachte. "Ik heb niet altijd zo'n oud en willoos lijf gehad, weet je."

"Dat weet ik." Nina glimlachte.

"Dat is alleen al lang geleden dat het niet zo was," zei haar moeder met een wat dromerige blik.

"Mama…"

"Nina, ga lekker en geniet ervan. Je hebt het nodig." Ze kneep even in Nina's hand.

HOOFDSTUK 5

Het was half zes, woensdagochtend en Letty had net haar koffers bij de rest van de spullen in de jeep gepropt en was zelf achterin gaan zitten. Ellanor had Nina als eerste opgehaald omdat die altijd ruim op tijd klaar stond en was daarna pas doorgereden naar Letty, die natuurlijk weer te laat was. Maar het had voor hen alledrie koffie opgeleverd, die Tom op dit vroege uur had gezet. Tom had ook geholpen met het inladen van de koffers. Hij zag de hele onderneming als een maffe vrouwenbijeenkomst en stond er schijnbaar geen moment bij stil dat Letty vooral even bij hem weg wilde zijn. Misschien wel om nooit meer terug te komen.

Ellanor had Tom onopvallend bekeken en medelijden met hem gehad. De man deed zijn best voor Letty en had geen notie van de dingen die in zijn vrouw omgingen. In feite speelde Letty met vuur, vond Ellanor. Want behalve rustig, behulpzaam en betrouwbaar, zag hij er met zijn zesendertig jaar goed uit. Zijn donkere haren vertoonden nog geen enkele grijze spriet en bedekten weelderig zijn hele schedel. Zijn gezicht was mannelijk en jeugdig. Ellanor vroeg zich af of Letty dat nog wel zag. En of ze zich niet afvroeg of Tom niet op een dag voor een ander kon kiezen. Of ze hem niet op een dag in de armen van iemand anders joeg, die hem wel kon waarderen.

Ze geloofde niet dat Letty daarmee bezig was. Letty was meestal vooral bezig met zichzelf en haar eigen behoeften. Al had Ellanor het laatste half jaar toch wel vaak steun aan haar gehad. Niet in de praktische zaken, want daarin was Letty niet zo goed. Maar Letty had voor de nodige afleiding gezorgd en het klaargespeeld dat Ellanor af en toe toch kon lachen. Het was Nina die de praktische zaken had geregeld. Maar Letty die voor de ontspanning had gezorgd.

Tom stond nog op de stoep toen de vrouwen wegreden.

"Zwaai op zijn minst," vond Nina.

"Ach...," mompelde Letty, maar ze deed het toch. Heel even.

Daarna zwegen ze alledrie een tijd. Ze staarden door de ramen naar buiten, waar de ochtendzon zich alweer uitsloofde, ondanks het vroege uur.

Er was op dit tijdstip nauwelijks verkeer op de weg en de stad lag er wat verlaten bij. Hij ademde bijna rust uit. Een uitzondering.

Ellanor dacht aan haar lege koude huis, wat ze nu achterliet. De enige plek waar John nog aanwezig leek te zijn. Ze voelde zich schuldig. Was het niet simpelweg vluchten wat ze nu deed? Vluchten om te vergeten? En had ze wel het recht om te vergeten?

"Daar gaan we dan," doorbrak Nina haar gedachten. Ze probeerde luchtig te klinken, maar het klonk vooral gespannen.

"Wat heb je Jeremy gezegd?" vroeg Letty.

"Helemaal niets. Ik heb gewoon niets gezegd. Hij zoekt het maar uit."

"Heb je hem helemaal niet meer gesproken?"

"Nee. Hij heeft gisteren nog gebeld, maar ik had geen zin om met hem te praten. Ik heb gewoon niet aangenomen." Nina staarde door het raam naar buiten, terwijl ze de stad uitreden. "Denk je dat ik dat wel had moeten doen?" vroeg ze zich toen af.

"Misschien," opperde Ellanor.

"Welnee," meende Letty. "Weet je wat jouw probleem is? Je houdt teveel rekening met hem. Altijd al gedaan. Mannen houden daar niet van."

"Houden ze er wel van als je jezelf voorop stelt?" vroeg Nina een beetje gepikeerd. Het was duidelijk dat ze op Letty's houding doelde.

"Daar hebben ze in elk geval meer respect voor," meende Letty.

"En anders is het nog altijd gezonder voor jezelf."

Nina gromde iets wat niemand kon verstaan en de vrouwen tuurden opnieuw uit de ramen.

"Moet ik het van je overnemen?" vroeg Letty aan Ellanor. Het was inmiddels rond de middag en ze waren vlak bij de boot die hen van Puttgarden naar Rodby zou brengen.

"Ik hoef nog maar een klein stukje."

"Dat weet ik. Maar daarna…"

"Nee, dat hoeft niet. Ik kan op de boot uitrusten."

"Dat weet ik. Maar je zit al de hele ochtend achter het stuur."

"Maakt niet uit. Ik reed voor mijn werk ook al veel. Ik heb er nooit mee gezeten. Bovendien hebben we genoeg pauze's gehouden."

"En genoeg gegeten," mompelde Nina, terwijl ze eventjes demonstratief haar vingers langs de band van haar katoenen broek liet glijden. "Moesten we nu echt overal gebak en broodjes nemen?"

"Je wilt toch niet zeggen dat je het niet lekker vond?" reageerde Letty.

"Veel te lekker. Dat is het probleem. Als we de hele vakantie zo doorgaan, heb ik straks twee zitplaatsen in de auto nodig."

"Welnee. Het gaat er wel weer vanaf als we door de bossen zwerven, verdwalen, ons in leven moeten houden met rauwe vis en door wilde dieren achterna worden gezeten," meende Letty grinnikend.

"Klinkt aantrekkelijk," zei Ellanor.

"Zouden er echt veel wilde dieren zitten?" vroeg Nina zich toch wat benauwd af.

"Welnee. We zitten nauwelijks in midden Zweden daar stikt het van de toeristen die in de bossen kamperen. Denk je werkelijk dat ze dat zouden doen als daar zoveel gevaarlijke wilde dieren zaten?" stelde Ellanor haar gerust.

Ze vroeg zich af wie ze probeerde te overtuigen; Nina of zichzelf. Waarschijnlijk allebei.

"Misschien zijn er zelfs hotdogstands in de bossen," zei Letty.

"Ik geloof niet dat ze zover gaan," meende Ellanor.

"Maar pizza's zullen ze er toch wel leveren," ging Nina er grinnikend op door.

"Tuurlijk," beaamde Letty meteen. "Je bestelt die dingen en vraagt gewoon of ze het willen afleveren bij het derde zandpad links, boom nummer tweehonderddrie. En voila…"

"De boot," riep Ellanor opeens uit. "We zijn er."

"Ik zie geen boot," zei Nina terwijl ze door de voorruit van de auto naar buiten tuurde. "Ik zie alleen huisjes, auto's en een soort vliegveld."

"Nou… ik zie ook niet echt een boot," bekende Ellanor. "Maar ik bedoel eigenlijk alleen maar dat we bij de boot zijn. Vanaf hier wordt het allemaal wat leuker. Ik vind de snelweg in Duitsland zo hopeloos saai. Zo oneindig lang. Maar in Denemarken hoeven we maar honderdvijftig kilometer af te leggen, dus daar zijn we in twee uurtjes doorheen en dan komen we op die brug. Die brug lijkt mij wel gaaf. Zeventien kilometer over de zee. Ik ben benieuwd."

"En daarna zitten we in Zweden," zei Letty wat dromerig.

"Jep. In het beloofde land."

De vrouwen begonnen te lachen.

Ze sloten netjes aan bij een van de kassa's, kochten een ticket voor boot en brug en reden de aangegeven baan op. De boot bleek er nog niet te zijn en ze kregen even de kans om de benen te strekken.

Het was inmiddels behoorlijk warm en het was heerlijk om even met het gezicht in de verkoelende wind te staan en te luisteren naar het kabaal van de meeuwen.

"Die meeuwen… ik vind dat altijd een echt vakantiegeluid," zei Nina. "Ik ging vroeger altijd met mijn ouders naar de zee op vakantie. Vandaar denk ik."

"Persoonlijk vind ik dat ze nogal een rotherrie maken," zei Letty. "Maar oké… vandaag mogen ze." Ze sloot even haar ogen en genoot van de zon op haar gezicht.

Ellanor keek wat onrustig om zich heen. Ze had het gevoel dat ze met de bootreis werkelijk iedere weg terug afsloot. Een idiote gedachte natuurlijk, maar ze had wel vaker van die idiote gedachten. Ze kon het niet helpen. Ze dacht nog heel even aan haar moeder. Het was geen prettig afscheid geweest, vond ze, en ze vroeg zich af of ze niet nog een keer moest bellen. Uiteindelijk kon haar moeder het ook niet helpen dat ze zich zo voelde. Niet na alles wat ze had meegemaakt. En stel nu voor dat er werkelijk iets zou gebeuren met haar…

"Wat is er Ell?" vroeg Letty. Ellanor schrok een beetje. Ze had niet gemerkt dat Letty naast haar was komen staan.

"Oh…eh…niets."

"Je moet niet piekeren. Niet nu. Je bent op vakantie."

"Ja. Ja, dat weet ik wel, maar ik vroeg me af…"

"Wat?"

"Mama. Zou ze zich redden?"

"Waarom zou ze zich niet redden?" vroeg Letty verwonderd.

"Nou… ze is al zestig en helemaal alleen…"

"Helemaal alleen op de dertig omwonende na die ze stuk voor stuk goed kent en de thuiszorg die regelmatig haar huis op orde brengt. En zestig is zo oud niet hoor."

"Nou…"

"Wacht maar tot je zelf de vijftig gepasseerd bent."

"Zegt de oude vrouw…"

"Hmm… als je nu eens zei: zegt de wijze vrouw."

"Nooit."

"Te zijner tijd. Maar zonder flauwekul. Je moeder redt zich heus wel. Haar mankeert niets en ze kent de hele buurt. Ik snap toch al niet…." Letty maakte een wegwuifgebaar met haar hand.

"Wat?"

"Nee, niets."

"Letty…"

"Kijk. Daar komt de boot. Kijk nu toch... wat een kanjer. Moet je zien!"

Automatisch keek Ellanor naar de kade, waar een enorme veerboot aanmeerde. Het duurde een poosje voordat hij de juiste positie had aangenomen en op de kade marcheerde enkele mannen en vrouwen in reflecterende vesten druk op en neer, terwijl ze in walki talkies praatten.

Toen de boot eenmaal een comfortabele plek gevonden leek te hebben, schoven enorme deuren open. Het had wat weg van een enorm beest wat zijn muil opende om iedereen te verslinden. Alleen werd er niemand verslonden. Een lange stroom van auto's kwam uit de duisternis tevoorschijn en vormde een kleurige slinger op de rijbaan die Duitsland inleidde. Het verslinden zou pas later gebeuren.

Links en rechts begonnen mensen in te stappen en zich klaar te maken voor het inschepen. Ellanor, Letty en Nina stapten ook in. Ellanor was wat nerveus. Ze was altijd overal heen gereden met de jeep, maar met inschepen had ze geen ervaring. Ze probeerde zichzelf voor te houden dat het allemaal niets te betekenen had, maar ze bleef ervan overtuigd dat ze de verkeerde richting in zou rijden, tegen een andere auto op zou botsen of zou vergeten om de handrem erop te zetten, waardoor de auto van de boot af zou kiepen. Dat dat laatste niet mogelijk was, bleek toen haar rij eindelijk in beweging kwam. In een slakkentempo reed ze het enorme ruim van het vaartuig binnen. Geen open relingen waar een auto overheen kon kiepen, maar alleen een ruim wat veel weg had van een parkeergarage. En met parkeergarages had ze ervaring. Alleen parkeerden auto's hier niet in parkeervakken, maar in fileopstelling. Waarom ook niet? Ze zouden toch allemaal gelijk vertrekken.

De vrouwen volgden het voorbeeld van de andere reizigers en stapten uit toen hun auto zijn voorlopige bestemming had bereikt. Ze volgden de massa naar de smalle deuropeningen, die toegang bood tot steile trappen in kale trappenhuizen. Eenmaal boven stond hun een verrassing te wachten. Weg was het kelderachtige gebeuren, de smalle doorgangen en de kale muren. Ze kwamen in een hal met balie, automaten, winkel, zitjes, snackbar en restaurant. Sommige mensen liepen druk op en neer alsof ze dringend ergens heen moesten. Anderen namen plaats op een van de zitjes en maakten het zich gemakkelijk. Een paar jonge knapen sloten alvast hun ogen, vastbesloten om van een welverdiend dutje te genieten.

"Het lijkt wel een winkelcentrum," merkte Nina verbaasd op. "Ik dacht dat het alleen een veerboot zou zijn. Gewoon zo'n ding waar je met een beetje geluk op een houten stoeltje in de wind kunt zitten totdat je aan de overkant bent."

"Nou… in de wind kun je in elk geval zitten," zei Letty. Ze wees op de deuren die toegang tot het dek boden.

"Zullen we even…" Ze wachtte niet op een reactie, maar liep regelrecht naar de deur en ging naar buiten. De veerboot liet net de motoren weer draaien om een begin te maken aan de overtocht. Het waaide behoorlijk op het dek, maar de warme zon zorgde ervoor dat het toch aangenaam was.

Letty ging meteen aan de reling staan en keek naar het zeewater, diep onder haar. "Misschien zien we nog haaien."

"Die zitten hier niet," zei Nina. Ze was naast Letty komen staan. "Toch?"

Ellanor keek ook naar het donkere water. Zouden er ooit mensen invallen, vroeg ze zich af. Of erin springen?

"Koffie," zei Letty.

"Wat? Waar?"

"Iemand van ons kan koffie gaan halen. Dan drinken we dat hier op."

"En de rest van de boot dan?" vroeg Nina.

"De rest van de boot hoeft geen koffie."

"Ik bedoel… wanneer bekijken we dan de rest van de boot."

"Na de koffie."

"De reis duurt maar een half uur."

"Dan moeten we snel koffie drinken. Ik heb altijd al koffie willen drinken op het dek van een cruiseschip. Ik moet dit gewoon doen." Ze klonk uitgelaten. Bijna alsof ze opgelucht was het vaste land te verlaten.

"Dit is geen cruiseschip," bracht Ellanor haar in herinnering.

"Nee. Maar het lijkt erop en je kunt jezelf wijsmaken dat het dat is. Waarschijnlijk zal ik nooit dichter bij die droom komen dan dit."

Ellanor stond tegen de reling aan, voelde de wind door haar haren gaan en de warmte van de zon op haar gezicht. De motoren van het schip maakten nu een monotoon stampend geluid. Een kind rende op en neer over het dek en lachte. Opeens leek alles zoveel lichter. Alsof ze uit een vochtige schaduw stapte, regelrecht de zon in. Vrijwel onmiddellijk had ze het gevoel dat ze iets fout deed. Iets wat niet mocht.

"Ik ga de koffie wel halen," zei ze snel. Ze wachtte niet op een reactie, maar liep haastig de boot weer in, naar de balie die ze in de hal had gezien.

Ze bestelde drie koffie, dit keer zonder gebak want dat hadden ze al meer dan genoeg gehad en liep wat aarzelend met de koffie het dek weer op.

"Koffie op het dek. Te gek. Het rijmt ook nog," zei Letty.

De vrouwen nipten voorzichtig aan het hete goedje en keken met samengeknepen ogen uit over de zee.

"Weet je wat jammer is?" zei Letty.

"Wat?" vroeg Nina.

"Nu sta ik op het dek van een schip koffie te drinken en nu smaakt die koffie nergens naar."

"Vond jij dat ook al?" vroeg Ellanor voorzichtig. Ze had zelf ook het idee dat ze gekleurd water aan het drinken was, maar ze had er niets over willen zeggen.

"Afwaswater," zei Nina. "Daar smaakt het naar."

Ze begonnen te lachen. Zelfs Ellanor lachte mee. Het voelde ongemakkelijk, maar het gebeurde vanzelf.

Ze dronken de koffie niet op. Ze gooiden de halfvolle mokken onopvallend in een van de afvalbakken en gingen verder op onderzoek uit op de boot. Ze liepen de winkel in, kochten wat likeur, wijn en een paar pakken chocolade, die ze absoluut nodig dachten te hebben. Ze tuurden giechelend het restaurant binnen, keken in de snackbar rond, bewonderden de gokmachines, zonder er maar een stuiver in te gooien en maakten gebruik van de toiletten, die heel wat schoner waren dan degene zie ze langs de Duitse snelweg hadden aangetroffen. Voordat ze goed en wel alles hadden bekeken werd door de luidsprekers omgeroepen dat de reizigers verzocht werden terug te gaan naar hun auto's omdat de bestemming was bereikt.

Ellanor was de vermoeidheid, die zich stiekem tijdens het laatste stuk van de reis toch had aangediend, weer kwijt en ze zag niet op tegen het stuk wat ze nog moest afleggen. Alleen Denemarken eigenlijk nog maar. Want in Zweden zouden ze een camping uitzoeken vlak voorbij de brug. Van daaruit zouden ze zich dan verder oriënteren. Rijden betekende bovendien dat ze geen tijd had om te piekeren. Nog een belangrijke reden om liever zelf achter het stuur te zitten.

Dat John nooit graag had gehad dat iemand anders de jeep reed, speelde ook een rol. Nog steeds voelde het raar om daar geen rekening mee te houden.

Het afrijden van de boot was net zo simpel als het inschepen en Ellanor nam zichzelf voor om zich nooit meer over zoiets druk te maken. Na de boot was het alleen een lange rechte weg tot aan de brug. Het was saaier dan ze zich had voorgesteld. Er was geen enorm verschil tussen Nederland en Denemarken, meende Ellanor. Het was allemaal even plat. Het was hooguit zo dat Denemarken wat weidser was. Misschien zelfs te weids. Je zou er slaap van krijgen.

Rond vier uur kwamen ze bij de brug aan. Letty had Ellanor van tevoren gewaarschuwd dat ze in geen geval mocht doorrijden bij de brug omdat ze daar foto's wilde maken. Het zouden de eerste foto's worden. Tot die tijd was nog niemand van hen zelfs op het idee gekomen om foto's te maken, maar Letty scheen steeds meer in een vakantiestemming te komen. Hoewel de meeuwen ook bij Nina al wat vakantiegevoel hadden aangewakkerd, wankelden haar emoties toch nog van het ene uiterste naar het andere: kwaad, vrolijk; blij, triest. Ze voelde zich een emotionele drilpudding, maar wilde het niet al te zeer laten merken.

Ellanor was vooral wat stilletjes. Ze wilde wel genieten, maar ze durfde niet zo goed. Soms, als ze zo over die uitgestrekte wegen reden, had ze het gevoel op weg te zijn naar iets wat op vrijheid leek. Alsof ze zich uit de ketens bevrijdde en op weg ging naar de oneindigheid. Dan wilde ze het gas indrukken en ingedrukt houden. Voor altijd. Maar meestal voelde ze zich ongemakkelijk.

"We zijn bijna bij de brug. Hij kan hier elk moment beginnen. We moeten stoppen… ik kan zo geen foto maken," riep Letty.

"Ik zie hem nog niet eens." Ze hadden de borden gevolgd en nu stond zelfs op de weghelft geschreven dat ze naar Malmö reden.

"Ik kan hier niet stoppen," maakte Ellanor duidelijk. "Ik kan hier niet zomaar naast de weg gaan staan. Dat mag niet eens."

"Ja, maar ik wil een foto maken. Zijn hier geen kassa's of zo? Je moet toch betalen op deze brug?"

"We hebben toch een kaartje," zei Nina.

"Dat weten zij toch niet," bracht Letty ertegen in.

"Ik denkt dat de kassa's op het einde van de brug staan," zei Ellanor. "Dat is wel vaker zo bij tolwegen. Dan kunnen we daar stoppen en kun je vandaar uit foto's maken."

"Maar…. Maar dat is een tunnel," riep Letty opeens. Ze klonk als een opgewonden kind. "Het is de brug helemaal nog niet. Het is een tunnel. Hoe kan dat nu?"

"Je gaat eerst een stuk door de tunnel en dan kom je op de brug," herinnerde Ellanor zich. Ze had het die bewuste zondagavond ergens op internet gelezen. Ze had er niet meer aan gedacht tot nu.

"Een tunnel?" Nina klonk wat benauwd. "Ik hou niet van tunnels. Het geeft mij altijd zo'n beklemd gevoel."

"Kom op," zei Letty. "Het stelt niets voor. Het gaat alleen maar onder de zee door. Als hij instort, spoel je in een keer weg. Merk je niets van."

"Ah bah," mompelde Nina angstig.

Letty begon te lachen. "Ik plaag je maar. Er gebeurt heus niets. Het is een spiksplinter nieuwe tunnel."

"Ik zal toch blij zijn als ik erdoor ben."

Ellanor had niets tegen tunnels. Maar dit keer benauwde het haar wel een beetje. Misschien omdat het haar teveel deed denken aan de situatie waarin ze zich al een half jaar leek te bevinden. Een benauwende donkere tunnel. Zonder licht aan de andere kant.

Ze begon zich net wat ongemakkelijk te voelen toen ze opeens wel een lichtpunt zag. In de echte tunnel dan. Ze merkte dat Nina ook opgelucht adem haalde. De auto leek omhoog te kruipen uit een gat en plotseling waren ze op de brug. Zeewater stroomde nu onder hen door in plaats van over hen heen en zonlicht weerspiegelde met duizenden sterretjes op het water. Hier en daar dreef een scheepje op het water, schijnbaar zonder doel.

De brug was indrukwekkend, met hoge pilaren en kabels die de stevigheid moesten garanderen. In de verte was het vaste land zichtbaar. Zweden.

Maar ze bereikten het land eerder dan dat. Een bordje ongeveer halverwege de brug gaf aan dat ze 'Sverige' hadden bereikt. "We zijn er," gilde Letty uitgelaten.

"We zitten nog op zee," merkte Nina nog wat onzeker op.

"Maar dit is de Zweedse zee," zei Letty. "Yoghooooo."

Onwillekeurig moest Ellanor lachen. Op dit moment vond ze het leuk Letty bij zich te hebben. Het viel niet altijd mee om met Letty een ernstig gesprek te voeren of serieus genomen te worden, maar ze zorgde altijd voor een stuk luchtigheid die bij Nina leek te ontbreken. Die overigens het laatste jaar ook bij Ellanor ontbrak.

Bij de kassa's aan het eind van de brug liet Ellanor de kaartjes zien en op de parkeerplaats vlak daarachter stopte ze zodat Letty eindelijk foto's kon maken. Het was nog steeds aangenaam, hoewel de wind wat koel was. Maar de zon scheen en ze waren in Zweden. Wat kon er nog mis gaan?

"We moeten eerst ergens koffie gaan drinken," vond Letty toen ze de foto's had gemaakt. "Ik heb behoefte aan echte koffie na dat gekleurde water op die boot en we kunnen een werkbespreking houden."

"Werkbespreking?" vroeg Nina verbaasd.

"Kijken waar we onze eerste nacht gaan doorbrengen."

"Laten we dan maar gaan," stelde Ellanor voor. Het was inmiddels vier uur en ze wisten niet hoelang ze naar een camping zouden moeten zoeken. Het was niet denkbeeldig dat campings vol zaten. Wellicht zouden ze nog een heel eind moeten rijden. Eigenlijk vond Ellanor het koffiedrinken niet eens een goed plan, maar ze zei er niets over. Ze stapte vast in de auto, wachtte tot haar vriendinnen erin zaten en reed de weg weer op. De weg krulde zich om Malmö heen hadden ze op de kaart gezien en Ellanor was blij dat ze niet werkelijk de stad in hoefden. Het leek haar een enorme stad en de drukte die ze daar kon verwachten was iets waar ze nu geen behoefte aan had. Niet nadat ze een half jaar het huis bijna niet uit was gekomen en nu, van de ene dag op de andere, de hele dag op de autoweg had doorgebracht en al haar concentratie nodig had gehad om een land wat ze totaal niet kende te bereiken voor een kampeervakantie waar ze in nuchtere toestand nooit voor had gekozen.

"Daar," riep Letty.

"Wat?"

"Dat bord daar. Volgende afslag. Daar kun je koffie drinken."

Ellanor zag het bord staan en volgde de aangegeven richting. Ze leken een stukje van de stad af te dwalen en bereikten uiteindelijk een rood houten bouwwerk met vrolijke bloemen onder de ramen en in borders.

Het zag er uitnodigend uit en Ellanor besloot dat het eigenlijk toch geen slecht idee was om een korte pauze in te lassen. Tenslotte had ze na de boot weer twee uur achter het stuur doorgebracht en wist ze nog niet wat ze voor de boeg hadden.

Uitgelaten stapten de dames uit en liepen het gebouw binnen, wat nog het meeste weg had van een gezellig huis in carrévorm. Ze kozen voor een zitje op de binnenplaats en bestelden, alvorens ze zich over de gedetailleerde kaart bogen, die Nina had gekocht.

"Hier zijn campings," zei Nina. Ze wees naar de tentsymbolen bij Lund en Malmö."

"Niet in de stad," vond Letty. "We komen voor de wildernis."

"Je zult weinig wildernis aantreffen onder de rook van Malmö," meende Ellanor.

"Kan wel zijn, maar we kunnen op zijn minst een beetje die richting uitgaan. Als ik in de stad had willen blijven, was ik wel naar Amsterdam gegaan."

"Maar we kunnen nu ook niet meer te ver rijden," meende Nina. "We hebben al de hele dag gereden en we weten niet hoelang we moeten zoeken voordat we een camping vinden waar nog plaats vrij is."

"In de buurt van de stad kan dat toch al een probleem zijn," meende Ellanor. Ze staakten even hun overleg omdat een aardige jongen de koffie en chocoladetaart kwam brengen. Hij wierp even een korte blik op de kaart en vroeg in het Engels wat ze zochten. En of hij misschien kon helpen.

"We zoeken een camping," vertelde Letty. "Maar niet te dicht bij de stad."

"Er is veel te beleven in de stad," meende de jongen met een leuke grijns.

"Ja, maar we hebben al iets te veel beleefd," zei Ellanor vriendelijk.

"Jullie zoeken rust," begreep de jongen.

De drie vrouwen knikten.

"Toeristen zoeken altijd rust," meende hij. Hij schudde even zijn hoofd.

"Daar komen ze voor naar Zweden," zei Nina.

"Hoe ver willen jullie nog rijden?" wilde de jongen weten.

"Ver genoeg om onder de rook van Malmö uit te komen," maakte Letty duidelijk.

"Maar niet te ver," zei Ellanor meteen erachter aan. "We hebben al erg ver gereden."

"En niet midden in de bossen," zei Nina. Ze keek even onzeker naar de andere twee. "Nog niet."

"Aan zee?" vroeg Letty. Ze keek Ellanor en Nina aan. "We zitten er toch vlakbij."

"Aan zee is fijn," meende Nina.

"Aan zee is prima," vond Ellanor. " Zolang het maar niet te ver weg is en ik niet midden door de stad hoef."

"Maar het ook niet te dicht bij de stad ligt," vulde Letty meteen aan.

Ze keken vragend naar de jongen die op de kaart keek.

"Niet te ver, niet in de bossen, aan de zee…" herhaalde de jongen. Zijn vinger zweefde even boven de kaart, leek te pendelen en dook uiteindelijk neer op een campingmarkering bij een plaats met de naam Bärsebäck, aan zee, zo'n 25 kilometer achter Malmö.

"Dat is misschien wel wat jullie zoeken," zei hij. "Het is geen grote camping en het ligt meteen aan de zee, vijfentwintig kilometer buiten Malmö." Hij wierp even Nina een blik toe. "Het ligt niet in de bossen."

"Klinkt perfect," zei Letty opgetogen.

"Er is ook nog een winkelcentrum en een MacDonalds," liet de jongen weten. "Altijd handig."

"Klinkt goed," vond Letty. Ze zond de jongen een lieve verleidelijke glimlach toe die het altijd erg goed deed bij mannen en de jongen grijnsde terug. Hij was te jong voor haar, maar ach... kijken mocht.

Met een vrolijke zwaai draaide hij zich om en liet de vrouwen met hun kaart achter.

"Bärsebäck dus," concludeerde Letty. Ze drukte met haar vinger op het tentsymbool. "We hoeven alleen maar deze weg te volgen tot aan de afslag. We hoeven de stad niet in, de bossen niet te doorkruisen en geen ingewikkelde routes te volgen. Perfect toch."

Het klonk inderdaad perfect. Bijna net zo perfect als de taart smaakte. De eerste tekenen waren goed.

Zelfs Ellanor begon iets meer vertrouwen te krijgen in hun plannen.

HOOFDSTUK 6

Het was niet moeilijk geweest om de camping te vinden. Ze hadden eerst de Mac bezocht om honger te voorkomen. Niet om hem te verdrijven, want na de chocoladetaart waren ze nog niet zo ver, maar het leek eenvoudiger om eerst te eten en wat spullen in te slaan voor de komende dagen, dan meteen hun meeneemfornuis te testen. Het inslaan van wat etenswaar was overigens ook nog niet zo eenvoudig geweest. Het was moeilijker gebleken om de weg in de gigantische supermarkt te vinden dat het volgen van de route van hun huis tot op dit punt. Maar uiteindelijk waren ze er toch in geslaagd wat melk en brood in te slaan, koffie en thee te kopen, kaas en ham, koekjes, en een snel klaar gerecht wat bestond uit blokjes aardappel en vlees en mogelijk andere dingen die ze niet op de verpakking konden ontcijferen. Dat kon in elk geval voorkomen dat ze de volgende dag weer boodschappen moesten doen.

En uiteindelijk kwamen ze dus, met zeer volle magen en een volle boodschappentas, aan op de camping.

De receptie bestond uit een klein gebouw en verkocht naast plaatsen ook wat noodzakelijke levensbehoeften zoals melk, brood en visspullen. Het meisje achter de balie was vriendelijk, bestelde meteen een campingkaart voor hen en legde uit dat ze zelf een plekje mochten uitkiezen. Plaats zat."

"Is het nooit vol?" vroeg Nina verbaasd. De camping zag er toch gezellig uit.

Het meisje glimlachte vriendelijk. "Het is pas voorjaar. Dan is het zelden druk. En campings zijn overigens ook dan zelden helemaal vol."

Dat de camping niet vol was, zagen ze zelf ook meteen toen ze doorreden. Er was plaats genoeg om hun tent neer te zetten en ze kozen voor een plekje dicht bij de zee.

"Kijk toch eens," riep Letty, terwijl ze over de zee uitkeek. "Geen hoge golven, geen olievlek en geen ingevette toeristenmassa die als walrussen in het water rondplonsen."

Het zag er inderdaad allemaal rustig uit. Een lange houten pier strekte zich uit in het water. Er wandelden een paar mensen overheen. Kinderen speelden in het water en hier en daar zat een klein groepje mensen te picknicken aan de waterkant. Alles ademde eigenlijk een typische rust uit die ze aan de Nederlandse kust nog nooit hadden gezien. Maar dit was Scheveningen ook niet. Dit was slechts een kleine camping aan zee.

Ellanor keek ook uit over het water en kreeg weer dat vreemde gevoel van binnen. Een soort opluchting. Blijdschap bijna.

Meteen draaide ze zich om naar de auto en maakte de klep open. "Misschien kunnen we maar beter meteen de tent opzetten," stelde ze voor.

"Dat zal nog moeilijk genoeg worden," meende Nina met een zachte kreun, terwijl ze naar het bouwpakket keek, wat Ellanor inmiddels uit de auto had gegooid.

"Welnee. Kippetje, zei die verkoper," zei Letty.

"Dat komt omdat die verkoper waarschijnlijk al met zijn ouders ging kamperen en op de camping is opgegroeid, terwijl wij nog nooit een tent van dichtbij hebben gezien," meende Nina.

"Na deze vakantie wel," zei Ellanor. Ze wist nu niet zeker of ze moest lachen of huilen.

Ze begonnen met het uitpakken van de tent, terwijl een aantal ganzen luid snaterend overvloog. Ellanor voelde dat een aantal mensen naar hen zat te kijken, met een mengeling van ongeloof en nieuwsgierigheid. Was het zo duidelijk dat ze er totaal geen verstand van hadden? Zelfs nog voordat ze met het opzetten waren begonnen? Ze schaamde zich een beetje.

Zeker toen ze zag dat verderop een man zich in een stoeltje voor zijn caravan nestelde, pilsje binnen handbereik, klaar om geen enkel onderdeel van de voorstelling te missen.

"Ik voel mij bekeken," mompelde Ellanor.

"Gewoon doen alsof je je leven lang al kampeert," meende Letty. Ze lachte even vriendelijk naar de man met het pilsje. Hij lachte vriendelijk terug. Of lachte hij alleen maar?

"Zal niet meevallen," kreunde Nina.

Met vereende krachten spreidden ze de tent uit en bekeken met een blik die er vast deskundig uitzag, het tentdoek wat op de een of andere manier een voorlopig onderdak moest bieden. Mits ze de onderdelen goed in elkaar konden zetten.

"We beginnen met de stokken in elkaar schuiven," meende Letty.

"Dat is niet moeilijk. De stukken zitten met touw aan elkaar, dus daarin kunnen we ons niet vergissen. En dan is het gewoon een kwestie van kruislings de stokken in de geultjes van de koepels schuiven, krom trekken en klaar is kees. Twee iglo's met een tunnel ertussen."

"Klinkt eenvoudig genoeg," vond Ellanor. Al zag het er niet eenvoudig uit.

"Misschien schuiven we de verkeerde stokken op de goede plaatsen. Of andersom," meende Nina.

"Welnee. Kan niet. Alle stokken zijn even lang." Letty begon met het in elkaar schuiven van de eerste stok, die uit kleine delen bestond die onderling weer met touw aan de binnenkant waren verbonden. Het zag er inderdaad niet moeilijk uit en al snel waren de tentstokken klaar voor gebruik.

"Nu gewoon in die geulen schuiven," meende Letty.

Ze waren daar net mee begonnen toen de man van het pilsje opeens bij hen stond. Het bleek ook een Nederlander.

"Ik wil mij nergens mee bemoeien," zei hij een beetje lachend, maar misschien is het makkelijker om het tentzeil andersom neer te leggen. Anders moet je dadelijk het geheel omdraaien en dat is nogal lastig."

"Omdraaien?" vroeg Ellanor verbaasd, terwijl ze een paar weerbarstige plukken uit haar gezicht wreef.

"Als je hem niet omdraait, zit hij dadelijk binnenstebuiten."

"Oh." Ellanor keek verbaasd naar de tent en vroeg zich af hoe je in godsnaam kon zien dat het ding binnenstebuiten zat. Of juist niet. Maar ze nam aan dat de man wel gelijk zou hebben.

"We draaien hem om," zei ze. Gezien ze geen protest kreeg, nam ze aan dat de andere twee ook ervan uitgingen dat de man wist wat hij zei.

"Nooit eerder een tent opgezet?" informeerde hij, licht geamuseerd.

Ellanor schudde haar hoofd.

"Dapper om dan te gaan kamperen."

"Ergens moet je beginnen," meende Letty en ze lachte een beetje. Hij lachte mee.

Zodra ze de binnentent hadden omgedraaid schoven ze opnieuw de stokken in de lussen. Dit keer hielp de man mee. Hij gaf wat aanwijzingen. Hoewel... Ellanor vond eigenlijk dat hij een beetje commandeerde, maar goed... Binnen een kwartiertje stond de binnentent. De buitentent hoefde er alleen nog maar overheen gedrapeerd te worden. Bijna deden ze dat achterstevoren, maar hun tijdelijke reddende engel kon hen tegen die blunder beschermen en nog een kwartier later stond de tent, min of meer. Hij had nog wat haringen nodig om een jong glad uiterlijk te verwerven, maar dat waren slechts details. Ellanor, Letty en Nina bekeken trots het resultaat. Voor de eerste keer hadden ze een tent opgezet. Met een beetje hulp, weliswaar, maar toch…

"Misschien kunnen we je op een pilsje trakteren als we helemaal zijn ingericht," zei Letty. Ze keek de andere dames even wat aarzelend aan. Nina en Ellanor knikten haastig.

"Aardig van jullie. Ik wil het wel aannemen, maar ik wil mijn vrouw niet alleen achter laten…" Hij glimlachte even verontschuldigend.

"Uw vrouw… sorry, ik wist niet…

ze is natuurlijk ook welkom."

"Ze is in de caravan. Ze zit een brief te schrijven. Vandaar…"

"Ze is van harte welkom."

"Leuk."

Hij knipoogde even naar de vrouwen en liep terug naar zijn caravan.

"Jammer dat hij zijn vrouw bij zich heeft," merkte Letty wat spijtig op.

Ellanor en Nina keken haar verbaasd aan. "Het is toch helemaal niet je type," meende Ellanor.

"Nee, dat niet. Maar ik zou hem toch graag de komende twee weken willen lenen. Hij weet tenminste hoe je een tent opzet. Hij weet vast nog veel meer over kamperen."

"We vragen hem vanavond wel uit," beloofde Ellanor. "Dan mag zijn vrouw hem houden."

"Ik moet er niet aan denken," mompelde Nina. "Een man erbij. Ik ben nog niet genezen…"

De drie meiden laadden de auto verder uit, pompten de luchtbedden op, rolde slaapzakken uit en legden alles klaar voor de nacht.

Daarna konden ze ook bij het bier wat ze hadden meegenomen. Wat Letty had meegenomen eigenlijk. Nina en Ellanor hadden alleen wijn ingeslagen, maar Letty had ook aan de grote dorst gedacht.

De vrouw van de man bleek Carina te heten, minstens tien jaar jonger te zijn dan de Will die hen had geholpen en een innige relatie met bier te hebben. Het was maar goed dat ze alleen de eerste pilsjes van Letty gebruikten en de rest zelf bij zich hadden. Tegen de tijd dat ze op de luchtbedden gingen liggen, Ellanor en Nina bij elkaar, Letty alleen omdat ze nogal onrustig was 's nachts, zoals ze beweerde, waren ze doodmoe en een beetje duizelig.

Maar goed slapen deden ze geen van allen.

De volgende morgen was Ellanor als eerste wakker. Ze voelde de zon al op het tentdoek schijnen en ze hoorde kinderen die langs de tent door richting zee renden. Ellanor was dan wel wakker, maar niet uitgeslapen. Ze had gedroomd. Ze had geen flauw idee wat ze had gedroomd, alleen dat ze erg onrustig had geslapen en verdrietig wakker was geworden. Ze voelde zich niet erg prettig, nu zo vroeg in de morgen en stond voorzichtig op, zonder Nina wakker te maken. Ze moest dringend naar het toilet. Ook al zowat. Opeens was het toilet niet meer aan het eind van de gang, maar moest ze eerst moeizaam van de grond opstaan en over een zeil kruipen, om daarna in de koude buitenlucht op zoek te gaan naar een gebouw verderop, alleen maar om een plas te doen.

Je zou kunnen zeggen dat ze geen best humeur had toen ze naar buiten kroop, en haar gevoelige rug recht probeerde te kraken bij het opstaan.

Pas toen ze helemaal recht stond, keek ze voor zich uit. De hemel was stralend blauw en de zee was net zo rustig als de avond van tevoren. Enkele kinderen speelden vooraan in het water. Hier en daar liepen wat vroege gasten rond.

Het was nog niet echt warm, maar de nachtelijke kou schoof toch langzaam opzij. Een ganzenformatie vloog in V- vorm luid snaterend over.

Ellanor haalde diep adem, rook en proefde de zee.

Heel even kwam dat rare gevoel weer. Een licht gevoel van geluk uit een grijs verleden. Nou ja… misschien niet heel grijs, maar van toch minstens een half jaar geleden. Het leek veel langer geleden. Vandaar dat grijze gevoel.

Ze draaide zich om en liep naar het toiletgebouw. Opeens was het niet meer zo erg om die afstand af te leggen.

Ellanor wandelde op haar gemak naar het gebouw, totaal niet gehinderd door het feit dat ze nog een pyjama droeg. Ze was tenslotte niet de enige. Eigenlijk vond ze het wel grappig. Het had iets gemoedelijks, al die mensen in ochtendmantel en pyjama, die met ongekamde haren en toilettas onder de arm richting toiletgebouw wandelden. Ze glimlachte met een vrouw wiens haar als een enorme suikerspin om haar hoofd gesponnen zat en met een ouder man, die zijn buik over zijn pyjamabroek heen liet rusten, blijkbaar omdat het wel makkelijk zat zo.

Twee kinderen renden haar voorbij met een emmertje waarin ze iets hadden gevangen. Ze kon niet zien wat het was.

Hoe zou het zijn om met een gezin op zo'n camping te staan, vroeg ze zich opeens af. Het was een rare gedachte want ze was nooit bezig geweest met het plannen van een gezinsleven, hoewel het krijgen van kinderen wel ooit ter sprake was geweest. En nu hij er niet meer was, vroeg ze zich dit opeens af. Ze schudde haar hoofd, ging naar het toilet en wandelde terug naar de tent. Bij de tent bleef ze staan en keek naar de zee.

Ze aarzelde even, maar liep toen toch naar de zee. Ze rolde haar pyjamabroek op en ging met haar voeten in het water staan. Het was koud, maar niet zo koud als ze had verwacht. Ze keek voor zich uit, naar de kinderen die verderop in het water stonden. Het was niet diep, zag ze. Ze liep een klein stukje door en zag kleine, bijna doorzichtige visjes rond haar benen wervelen. Ze had altijd gedacht dat het eng zou zijn als vissen rond haar voeten dansten. Maar eigenlijk was dit wel grappig.

"Is het niet koud?" hoorde ze opeens achter zich.

Ellanor keek om en zag Nina staan.

Ze glimlachte.. "Eigenlijk is het wel lekker. Er zitten hier visjes."

"Ah gedver…"

"Welnee. Gewone kleine visjes. Ze komen niet eens aan je."

"Ik ben bang voor vissen."

"Ik ook. Kom."

Nina glimlachte aarzelend, stroopte toen ook haar pyjamabroek op en liep aarzelend het water in.

"Koud, koud, koud, koud…" mompelde ze.

"Je overdrijft," vond Ellanor.

"Weet ik."

Enkele tellen later stond ze naast Ellanor in het water. "Vroeger gingen we ook altijd de zee in voor het ontbijt," vertelde ze.

"Waarom vond je het dan eng?" vroeg Ellanor verwonderd.

"Het is lang geleden. Ik was nog kind…"

"Zoveel veranderd er niet."

"Er verandert veel te veel." Nina staarde voor zich uit "Veel te veel," mompelde ze.

"Jij en Jeremy…" begon Ellanor. "Hadden jullie werkelijk geen problemen?"

Nina keek Ellanor aan. Heel even leek het alsof ze iets wilde zeggen. Maar op het laatste moment leek ze zich te bedenken en zei ze niets. Er lag een peinzende trek rond haar mond en Ellanor begreep dat er meer aan de hand was geweest.

Er was altijd meer aan de hand.

"Wat zijn jullie vroeg..." Opeens stond Letty naast hen in het water. Ze had een vrij kort nachthemd aan en zag er zelfs zo, net uit bed, veel te charmant uit. Ze scheen zich er echter helemaal niet bewust van te zijn. Ze wiebelde een beetje in het water en produceerde kleine golfjes. "Wel lekker, dat water. Helemaal niet zo koud."

"We kunnen straks gaan zwemmen."

"Dat gaat wel ver," meende Letty. Ze keek uit over het water. "Dit is echt vakantie," verzuchtte ze.

"We zouden hier kunnen blijven," stelde Ellanor voorzichtig voor. Ze zou zich kunnen voorstellen dat ze het hier wel even kon volhouden. In elk geval minstens een week. Als het weer goed bleef.

"Geen slecht idee," was Nina het met haar eens. Het idee om de bossen in te trekken en daar ergens de tent op te zetten, trok haar nog steeds niet bijzonder aan. Hoe konden ze zeker weten dat hier geen beren en wolven zaten?

Maar Letty schudde heftig haar hoofd. "Alsjeblieft zeg… we zouden op avontuur gaan. Onszelf uitdagen. Onszelf bewijzen. Al is het maar voor onszelf. We willen toch de sleur ontvluchten? Dat is toch de reden dat we hier zijn? Dat is in elk geval de reden dat ik hier ben. Even weg van alle zekerheid en vastigheid. Avontuur…." Ze haalde diep adem en lachte. Maar haar lach zat vooral aan de buitenkant. Want het was beslist niet ze zekerheid waar ze nu voor vluchtte. Maar dat was iets wat ze niet kon zeggen. Niet tegen Ellanor en Nina.

Ellanor en Nina knikten maar een beetje. Ze wisten heel goed wat ze hadden afgesproken. En in zekere zin gaven ze Letty wel gelijk. Maar Ellanor had dat knagende gevoel diep binnenin. Ze kon niet snel omdraaien en teruggaan als het nodig bleek. Niet als ze ergens midden in het bos zaten. En dat zorgde voor dat knagend gevoel. En Nina was bang. Zoals meestal.

HOOFDSTUK 7

"Ik weet niet of het een goed idee was om bij de vorige camping weg te gaan," zei Nina, terwijl ze nog een keer zorgelijk om keek. Ze hadden de camping al een paar uur achter zich gelaten en het liep inmiddels alweer tegen vier uur aan. De tent lag hopeloos opgefrommeld achter in de auto. Het was de bedoeling geweest om hem netjes terug te doen in zijn oorspronkelijke verpakking, maar zoals altijd met dingen die opgevouwen ergens in zaten, leek het er na gebruik nooit meer in terug te kunnen. Na enkele pogingen hadden ze de hoop opgegeven en het ding zo teruggepropt in de auto. Uiteindelijk moesten ze de tent binnen enkele uren toch weer opzetten en ze waren niet van plan geweest een dag te verspelen met vouwwerkzaamheden.

"We hadden toch afgesproken verder het land in te gaan. We zouden de wildernis intrekken. De natuur opzoeken," zei Letty. Ze klonk nu eerder geïrriteerd dan uitgelaten. Heel even schoot het door haar heen dat ze Jeremy wel begreep, maar meteen nam ze zichzelf die gedachte kwalijk. Het was gewoon de vermoeidheid die opspeelde. Ze had lang niet zo goed geslapen als ze de anderen wilde doen geloven. En dat had niet alleen met het luchtbed te maken gehad.

Ze keek naar buiten, naar de voorbij flitsende gekleurde huisjes. Houten huisjes. Hoe konden mensen in houten huizen leven? Wind tussen de planken door, kou die uit de grond omhoog trok en de minste vlam die alles met de grond gelijk maakte. Of zag ze het allemaal een beetje te simpel?

Ze wist het niet en ze wilde er ook niet over nadenken.

"Hoe ver rijden we?" informeerde Ellanor. Ze begon moe te worden. Moe van het staren naar de weg, moe van de warme zon op haar huid, moe van het piekeren, wat ze nog altijd niet kon laten. *Hoelang duurde het om thuis te komen als ze zich opeens zou moeten omdraaien? Hoe zou ze het moeten doen? Hoe zou het met de boot moeten?*

"We zouden toch die camping vlak achter Götenborg nemen," meende Nina. Vlak achter Götenborg was veilig. Vlak achter Götenborg was geen wildernis.

Vlak achter Götenborg…

"Ja… ja klopt. Hoe heette het daar ook alweer?"

"Kungälv," antwoordde Letty. Ze vond het wel een grappige naam. Het deed aan een koning denken. Misschien had het wel wat met een koning te maken.

"Ja, die ja."

"Dan moeten we er bijna zijn," merkte Ellanor wat opgelucht op. Ze reden net Götenborg voorbij.

"Bordjes lezen," merkte Letty opgewekt op. Soms werd ze moe van haar eigen gespeelde enthousiasme.. Wat ze eigenlijk wilde doen was wegkruipen in het diepste gat wat ze kon vinden en niemand meer onder ogen komen. Maar Letty kroop niet weg. Letty lachte altijd.

"Daar," riep Nina opeens uit. "Daar staat het."

Ellanor volgde de aangegeven richting en het duurde niet lang voordat ze over een brug reden van de Älv reden, waaraan de plaats zijn naam dankte.

Onmiddellijk zagen ze de enorme ruïnes van een voormalig burcht, statig op een heuvel gelegen, omgeven door een park. Groepjes mensen zaten in het gras te picknicken, genietend van de laatste zonnestralen voordat het avond werd. Een aantal mensen volgden ook het pad richting kasteelpoort. Het was niet duidelijk wat zich daarachter bevond.

"Vandaar natuurlijk dat woordje 'kung'" meende Letty.

"Gave Burcht," vond Nina. "Die gaan we toch zeker wel bekijken?"

Ze klonk hoopvol, als een kind wat een speelgoedwinkel in het oog heeft gekregen.

"Nou… dat wil ik dan ook nog wel doen," gaf Letty toe. "Een burcht is wel leuk. Ondanks dat het met cultuur te maken heeft. Het doet denken aan een tijd met dappere ridders die nog vochten om de liefde van hun leven."

"Het ziet er interessant uit," gaf Ellanor toe. "Groot, vooral."

"Daar is de camping," riep Letty opgewonden. "Links."

Bijna waren ze er voorbij gereden. Het was slechts een kleine camping en de steile oprit was maar net zichtbaar naast de herberg, die uit de middeleeuwen leek te stammen. Ellanor kon nog net de draai naar links maken en reed zo de oprit op, waarbij ze langs de toiletten, die in de kelders van de herberg waren gevestigd, de kleine camping op reed. Er waren een aantal caravanplaatsen en een stuk verderop, aan de rivier, stond één tent. Er stonden overigens ook maar vijf caravans. Het was bepaald geen hoogseizoen. Maar het zag er knus uit met die plekjes aan het water, de kleine steiger, de speeltuin met het speelkasteel en het verhoogde terras aan de wegkant.

"Wie gaat er naar binnen?" vroeg Ellanor.

Letty gaf geen antwoord, maar stapte meteen uit. Ze was blij haar benen te kunnen strekken en de wind in haar gezicht te voelen. Het luchtte op. Meer dan ze kon toegeven. Ze haalde een paar keer diep adem en liep daarna de herberg in. De receptie lag meteen voor haar en een stevige man met baard stond haar vriendelijk te woord. Ook hier mochten ze hun tent neerzetten waar ze wilden.

Het uitkiezen van een leuke plek direct aan de waterkant was geen probleem. Het opzetten van de tent wel. In feite was het al een hele onderneming om het ding enigszins zo neer te leggen dat er logica in zat. Hij zag er wat zielig en verfrommeld uit, maar de meiden waren het erover eens dat de kreukels wel weg zouden trekken als de stokken eenmaal op de juiste plaats zaten en de tent werd strakgetrokken. Dat laatste bleek uiteindelijk ook een probleem. De koepels stonden na ruim een uur min of meer en ze slaagden er na een aantal pogingen zelfs in de boventent eroverheen te draperen, maar een gladde buitenkant was hen niet gegund. Wellicht kwam het door de ongelijke grond, de wind of de haringen, meenden ze. Maar ach… het ding stond en bood onderdak. Veel meer dan dat verlangden ze niet toen ze eenmaal zo ver waren.

Voor het eerst gebruikten ze ook het kooktoestelletje om die vreemde aardappel met vleesblokjes te maken in een van de nieuwe pannetjes en het duurde slechts een half uur voordat ze hadden uitgedokterd hoe het ding aan moest. Terwijl Nina de regels van de gebruiksaanwijzing steeds herhaalde, vochten Ellanor en Letty met het apparaat. Maar het resultaat mocht er zijn. Het benodigde pitje brandde en ze konden zowaar koken. Bovendien viel het gerecht niet eens tegen. Misschien zouden ze hier wel een week op kunnen leven. Het was in elk geval een stuk beter dan het kurkdroge brood wat ze tussen de middag naar binnen hadden proberen te werken.

De avond bracht afkoeling, maar vooralsnog was het aangenaam. De meiden maakten een wandeling rond de burcht, bekeken de bootjes in de Älv, wiens eigenaars beslist een beter inkomen hadden dan zij, en gaapten een poosje naar twee oude vissers, die blijkbaar vooral op het steigertje zaten om te praten en bier te drinken, want geen van tweeën reageerde toen de hengel begon te dansen. Het was een aangename wandeling. Niet te kort en niet te lang. En toen ze terugkwamen bij de tent werd het stilaan koeler en kon de wijn tevoorschijn worden gehaald.

"Morgen bezoeken we de burcht," stelde Nina voor.

"Morgen bezoeken we de burcht en drinken we koffie in de herberg," zei Letty. "En dan…" Zij grijnsde. "Op naar de echte wildernis."

"Morgen al?" vroeg Nina wat ontdaan. "We zouden morgen toch dat kasteel bekijken."

" Daar hebben we geen hele dag voor nodig," meende Letty. "We zijn vast weer vroeg wakker. Dan breken we de zooi hier weer af, mieteren alles in de auto en bezoeken dat kasteel en drinken koffie. En dan rijden we verder. Zo ver is het niet naar de wildernis."

"Naar Värmland? Toch nog een eindje," meende Ellanor wat ongerust. *Nog verder van huis. Nog meer tijd nodig om terug te keren als….*

"Welnee. Nog geen 300 kilometer," zei Letty. "Je bent er zo."

"Maar dan zijn we nog niet in dat natuurgebied," maakte Ellanor duidelijk.

"Nee. Maar in Arvika is ook een camping waar we morgenavond dan kunnen overnachten. We moeten toch zo'n kaart hebben om in dat natuurgebied te kamperen. Dat stond toch op die site?"

"We kunnen dan ook een dag later heel vroeg vertrekken en die kaart meteen halen," meende Nina. Ze wist dat het uitstel was wat ze wilde. Maar het klonk aannemelijk.

Maar Letty schudde haar hoofd. "Je weet niet hoelang het duurt om zo'n kaart te halen, wanneer dat toeristenbureau precies open is en hoeveel tijd we nodig hebben om een kampeerplekje te vinden, midden in de wildernis. Als we dan pas rond de middag aankomen, wordt het helemaal niets meer en zijn we weer een dag kwijt."

Nina kon daar weinig tegenin brengen en knikte maar.

Letty haalde opgelucht adem. Ze had niets tegen de kleine stad waar ze zich nu bevonden, maar ze wilde niet blijven. Ze had het gevoel dat ze in beweging moest blijven. Verder en verder weg. Ze wist dat het in feite simpelweg wegrennen was. Wegrennen voor haar eigen schaduw.

Ellanor had alleen maar geluisterd en geknikt. Ze wilde niet in deze plaats blijven en ze wilde niet verder. Maar ze zou het niet zeggen.

Terwijl Letty de wijnglazen volgoot, staarde Ellanor naar het snelstromende water van de Älv. Ze zou het aangenaam kunnen vinden, als er niet die donkere vlek was geweest. Dat schuldgevoel…

Ze nam een stevige slok wijn.

"Je bent stil," vond Letty. Ze kon slecht tegen stilte. Nu al helemaal. Ze keek Ellanor aan.

Ellanor knikte even.

"Waarom?'

"Gewoon…"

"Ell… ben je nu nog altijd in de rouw? Ik weet dat je John mist, maar het is een half jaar geleden…"

"Dat weet ik."

"Je sluit jezelf op. Je wil helemaal niets… dat is niets voor jou, Ell."

Je moest eens weten, dacht ze bij zichzelf. Maar ze zei niets.

"Je moet verder. Ell," zei Letty. Ze werd kriebelig van Ellanor depressieve houding. Een half jaar lang had ze geprobeerd haar vriendin op te vrolijken, begrip op te brengen en voor afleiding te zorgen en niets had echt gewerkt. Ellanors houding maakte haar onrustig. Zoals alles haar op dit moment onrustig maakte.

Ellenor staarde nog steeds naar het water en dronk haar wijn in een keer leeg. "We hadden ruzie," zei ze toen.

"Hoe? Wat…."

"John en ik. We hadden verschrikkelijke ruzie.

Het was mijn schuld."

"Doe niet zo idioot," merkte Letty kregelig op. Ze dronk haar glas ook leeg. "Ik kan mij voorstellen dat het rot is als er zoiets gebeurt na een ruzie. Maar het is daarom niet jouw schuld."

Stel dat Tom iets overkomt, schoot door Letty heen. Als hij het weet…

Ze schudde die gedachte snel van zich af. "Maar het is wel rot," mompelde ze. "Dat jullie ruzie hadden. Al hebben verwijten geen enkele zin…"

Verwijten hebben nooit zin, bedacht Nina, die het gesprek stilletjes volgen. Verwijten komen altijd te laat.

"Het was mijn schuld," mompelde Ellanor en ze schonk zichzelf een nieuw glas in terwijl ze naar het water staarde.

"Je duwt jezelf in een slachtofferrol," merkte Letty op. Ze schonk zichzelf ook in.

"Dat is niet waar."

"Natuurlijk wel. Je bent het slachtoffer van de omstandigheden. Van de ruzie. En van het verlies van John. Je bent zielig en je kunt er zelf niets aan veranderen."

"Zo is het helemaal niet," ging Ellanor ertegenin. Ze voelde zich aangevallen. "Het heeft daar helemaal niets mee te maken. Je begrijpt het gewoon niet."

"Ik begrijp het heel goed. Wat jij moet doen is jezelf eens eindelijk bij elkaar rapen en weer van het leven gaan genieten. Je bent verdorie pas dertig jaar."

John was er pas vierendertig, dacht Ellanor. Maar ze zei het niet. Letty zou het toch niet begrijpen. *Niemand begreep het. Hoe lang zou het naar huis zijn?*

Letty staarde ook naar het water. Ze was kwaad op Ellanor. Veel kwader dan ze had laten blijken. Ze was kwaad op haar vanwege haar houding, vanwege de manier waarop ze alle schuld op zich nam. Letty wist niet precies waarom ze daar kwaad over was. Of had het te maken met haar eigen schuldgevoel?

Nina staarde alleen maar voor zich uit. Ze had zich niet in de discussie gemengd. Integendeel. Ze had zich alleen maar verder in zichzelf teruggetrokken. Schuldgevoel. Ze wist veel te goed wat het betekende. Ze wist hoe het was om het altijd met je mee te slepen. Als een onzichtbare last. Onzichtbaar voor anderen. Maar desondanks in staat om alles kapot te maken. Als een spook uit een verleden. Hoe toepasselijk. Ze werd misselijk als ze eraan dacht. Daarom schonk ook zij zich nog een keer in en dronk haastig haar wijn. Om te vergeten. Net als de anderen.

De stilte die daarna een tijd bleef hangen was wat ongemakkelijk. Maar het duurde tot een derde glas voordat Letty de moed kon opbrengen om het te veranderen. Want de stilte was nog erger dan een discussie. Stilte bracht onrust.

"Sorry," zei ze daarom tegen Ellanor. "Ik had dat niet moeten zeggen. Ik bedoelde het niet zo. Ik geloof dat ik gewoon een beetje prikkelbaar ben. Ik heb niet zoveel geslapen afgelopen nacht en de lange rit…"

"Het is al goed," zei Ellanor met een gedwongen glimlach. Het voelde nog niet goed, maar ze wist dat ze het zichzelf kon wijsmaken.

Nina haalde opgelucht adem. De stilte had haar te veel tijd gegeven om na te denken. En als er iets was wat ze nu niet wilde doen, was het nadenken.

De onderwerpen die ze de rest van de avond bespraken, waren neutraal. Onschuldig. En tegen elf uur zochten ze hun slaapzak op. Het was buiten erg koud geworden en zelfs de dikke truien die ze hadden aangetrokken beschermde daar niet meer tegen. Met de truien aan kropen ze in de slaapzak. Maar het duurde een hele tijd totdat de slaap de kou verdreef.

HOOFDSTUK 8

"Veel bossen," merkte Nina op terwijl ze door het raam naar buiten keek. Het was alweer een dag later en ze reden Värmlands Lan binnen. Het gebied was ruiger dan het zuidelijke gedeelte waar ze eerder doorheen waren gereden. De bossen leken wilder, groter en zwarter. En dat terwijl Nina eerder al het gevoel had gehad dat heel Zweden alleen uit bossen bestond.

De beschaafde wereld hadden ze voor haar gevoel allang achter zich gelaten. Natuurlijk woonde hier ook mensen en waren ook hier voldoende dorpen. Stadjes misschien wel. Maar toch was het anders dan het gebied in de nabijheid van Malmö of Göteborg. Het was stiller. Dreigender, vond ze.

Ze had getreuzeld toen ze die morgen die burcht hadden bezocht. Het was natuurlijk ook een prachtig bouwwerk geweest. Opvallend goed in tact voor een ruïne en ruim de mogelijkheid om je voor te stellen hoe het ooit was geweest. Zelfs Ellanor en Letty waren onder de indruk geweest. Al had Letty de draak gestoken met de kerkers en tralies. Ze had het toch ook mooi gevonden. Maar Ellanor en Letty waren ook rusteloos geweest en hadden het allemaal zo snel gedaan. Nina had die rusteloosheid ook gevoeld, maar bij haar had het een tegengestelde werking. Ze had daar willen blijven. De rest van de dag. De rest van de week. Altijd.

Maar ze waren de ruïne natuurlijk weer uitgegaan, ze hadden koffie gedronken en hamburgers gegeten en ze waren weer op pad gegaan. Het voornemen om de tent netjes in de verpakking terug te doen was natuurlijk weer nergens op uitgelopen, maar dat was wel het laatste waar ze zich druk om maakte. Ze maakte zich drukker om de bossen. Om de stilte. Misschien om zichzelf.

"Wildernis," mijmerde Letty. "Hier begint de wildernis. Hier leven wolven, beren, elanden…."

"Hou alsjeblieft op," zei Nina ongerust.

Letty begon te lachen. "Ik geloof niet dat we zoveel geluk hebben dat we er eentje tegen komen."

"Reeën hebben we anders al een heleboel gezien."

"Reeën zie je ook in Nederland."

"Niet zoveel."

"Nee. Niet zoveel."

Ellanor zei niets. Ze concentreerde zich op de weg, hoewel er niet zo heel veel te concentreren viel. Er was maar bar weinig verkeer. Ze vroeg zich af of ze haar moeder had moeten bellen. Ze had het willen doen, maar ze had het uitgesteld. Steeds opnieuw. In werkelijkheid was ze bang om te bellen. Daarom deed ze het niet. Misschien later…

"Ellanor, wat vindt jij? Jij hebt bijna niets gezegd," vroeg Letty.

"Wat? Waarvan?"

"De omgeving."

"Oh mooi."

"Die bossen en die meren."

"Ja… heel mooi. Maar ik moet op de weg letten."

"Er is nauwelijks verkeer."

"Ja maar toch…"

Letty grinnikte even. "Ons zal in elk geval niets gebeuren met jou."

Ze keken weer door het raam naar buiten.

"Wat doe je als je weer thuiskomt?" vroeg Ellanor aan Letty.

"Hoe bedoel je?"

"Met Tom."

Letty staarde een paar tellen zwijgend voor zich uit. "Weet ik niet," zei ze zacht.

"Is het werkelijk zo erg? Ik bedoel… Voorspelbaarheid.

Betrouwbaarheid. Het zijn goede eigenschappen, weet je. Niet spannend, maar toch..."

"Je weet niet hoe het is," zei Letty. *Waar het toe kan leiden...*

"Nee. Dat niet. Maar toch…"

"Ik wil er liever niet over praten."

"Oh… goed. Ik vroeg het mij alleen af."

Ik ook, had Letty willen zeggen.

Ze bleef door het raam naar buiten te komen. "Daar," zei ze opeens.

"Wat?"

"Arvika. De camping staat ook aangegeven."

"Oh. Verhip ja. Ik had het nog niet gezien."

Ellanor volgde de aangegeven route en reed uiteindelijk de derde camping op in drie dagen tijd. Ze was vroeger wel eens met John op vakantie geweest. Dan hadden ze een hotel genomen en hadden wat uitstapjes gemaakt. Een vast hotel, een vast adres… altijd bereikbaar. En nu…"

"Het ligt aan een meer," merkte Nina op.

"Wauw…" De meiden stonden bij de receptie en keken naar het langgerekte meer met zijn schitterende water en zijn gele zandstrand.

"We kunnen dadelijk zwemmen," zei Letty. "Ik plak aan alle kanten."

"Als we de tent voor de avond opgezet krijgen," zei Nina wat ongelukkig. Alleen al het idee om weer een gevecht met dat ding aan te gaan, maakte haar moe.

"We zwemmen gewoon eerst," stelde Letty voor. "We hebben uiteindelijk vakantie."

"En die kaarten om te kamperen in dat natuurreservaat… hoe heet het ook alweer?"

"Glaskogen."

"Ja, zoiets ja."

"We kunnen bij de receptie vragen waar het toeristenbureau is en wanneer het is geopend. Dan kunnen we er morgen meteen naartoe en dan op naar de wildernis."

"Er is daar ook een camping," bracht Nina hen nog voorzichtig in herinnering.

"Midden in de wildernis, hebben we afgesproken. Aangewezen zijn op onszelf. Overleven."

"Maar we hebben het nooit eerder gedaan. We weten niets," zei Nina wat wanhopig.

"We kunnen het leren. En we hebben voor een natuurreservaat gekozen. Het stikt daar van de kampeerders. Zo eng wordt het niet."

Nina knikte maar. Eigenlijk raakte ze een beetje geïrriteerd van zichzelf. Waarom koos ze altijd de makkelijkste weg? Haar hele leven al.

Ze gingen naar de receptie, betaalden voor een nacht, informeerde naar de openingstijden van het toeristenbureau en reden daarna met de auto het terrein op, om een plaatsje direct aan het water te kiezen.

Zoals afgesproken gingen ze eerst het water in. Het was veel minder koud dan ze hadden verwacht en ze konden heel erg ver lopen. Het water was aangenaam na een aantal uren in een oververhitte auto en toen ze eindelijk weer aan de kant kwamen, voelden ze zich alledrie een stuk beter.

Voordat ze de discussie met de tent aangingen, dronken ze zich eerst moed in. Er waren nog precies drie flesjes bier. Genoeg om de middag door te komen.

Het opzetten van de tent ging iets beter dan de voorgaande keren. Niet geweldig en de tent verdiende geen schoonheidsprijs, maar het ging toch iets beter.

"We worden nog goed hierin," meende Letty, toen ze na het gedane werk stonden uit te rusten.

"Hij staat nog niet helemaal strak," vond Ellanor.

"Dan past hij goed bij ons. Wij staan ook niet meer helemaal strak."

"We zijn pas dertig."

"Voorbij. Dan begint de aftakeling. Wist je dat niet?" reageerde Letty lachend. Diep binnenin lachte ze niet.

Nina staarde een beetje peinzend voor zich uit.

Rond de middag de volgende dag reed Ellanor met de jeep het zandpad op, wat hun Glaskogen inleidde. Overal om hen heen waren bossen en meren. Ongerept, ongebruikt... zo zag het eruit.

"Goed kijken allemaal," zei Letty opgewonden. "Als we een mooie plek zien, stoppen we."

"Hier zijn overal mooie plekken," merkte ze meteen daarna op. Ze reden langs het Övre Gla en keken uit over het stille water, omringd door ondoordringbaar lijkende bossen.

Hier zou je voor eeuwig kunnen verdwijnen, schoot door Letty heen.

Nina's ogen speurden de omgeving nerveus af en ontdekte geen enkele levende ziel en Ellanor keek naar het meer en de bossen, zonder het echt te zien.

Hoe lang duurt het om weer thuis te komen, vroeg ze zich alleen maar af.

"Ik dacht dat hier hartstikke veel mensen kampeerden," stelde Nina op een wat beschuldigende toon.

"Dat is ook zo." Letty schoot als vanzelf in een verdedigende houding. "Maar het is nog voorseizoen. Misschien is het hier niet druk in het voorseizoen."

"Misschien kamperen de meeste mensen ook op andere plekken. Misschien kunnen gewoon even verder kijken," zei Nina. Ze praatte iets te snel, zoals ze meestal deed als ze nerveus was. "Er is hier ook een camping..."

"We zouden in de wildernis overnachten. Survival. Weet je nog?"

"We hebben eten in blik, drinken, een tent en comfortabele luchtbedden bij ons," merkte Ellanor wat droog op.

"Nou ja.... een soort van survivallen," vond Letty. "Voor ons waarschijnlijk spannend genoeg. Ik zie mij nu niet meteen zelf een haas vangen en boven een kampvuur roosteren."

"In ons geval zouden we dan waarschijnlijk een bekeuring voor ongeoorloofd jagen krijgen en zou die haas vlam vatten zodat er uiteindelijk slechts een zielig hoopje as zou overblijven," meende Ellanor.

"Ik zou nooit een beest kunnen doodmaken." Terwijl Nina dat zei, speurde ze nog steeds de omgeving af naar andere toeristen. Zonder iemand te zien.

Ellanor zag een klein zandpaadje naar rechts, wat naar de wateroever leidde. Er was plaats om een tent op te zetten en het lag, puur objectief gezien, erg mooi. Op dit moment kostte het haar moeite om ook werkelijk de schoonheid van iets in te zien, maar gezien ze dat al lange tijd niet meer deed, stond ze er niet bij stil. Het was niet belangrijk, vond ze. Het was een plekje in de wildernis, met plaats voor een tent, aan het water. Zoals afgesproken. Ze was het rijden beu en wilde het kampeeravontuur beginnen. Het was de snelste manier om ervan af te komen. Dit was simpelweg te ver weg van huis. Als er iets gebeurde...

Ze zei niets en vroeg niets, maar reed gewoon het paadje in.

"Goede keus," vond Letty.

"Wel wat afgelegen," meende Nina.

"Hou nu toch eens op met dat gejammer," viel Letty opeens uit. Het was helemaal niet haar bedoeling om uit te vallen en ze wist maar al te goed hoe Nina was, maar uitgerekend nu was het even te veel. Uitgerekend nu haatte ze de slapheid van Nina. Het gebrek aan ruggengraat. Vechtlust. Het zou allemaal zoveel gemakkelijker zijn als ze dat had gehad. Nee... ze formuleerde het verkeerd. Alles zou anders zijn als ze dat had gehad. Minder gecompliceerd. Wellicht waren ze dan niet hier geweest en had Letty niet met de gedachten gespeeld om voor altijd te verdwijnen. Of was haar eigen lafheid de reden waarom ze die van Nina niet verdroeg?

Nina keek Letty geschokt aan. "Ik jammer helemaal niet. Ik zeg alleen dat het afgelegen ligt. Dat is toch ook zo? Het ligt toch afgelegen. Als er iets gebeurt... geen mens die wat hoort of ziet."

"Wat moet hier nu gebeuren, mens," reageerde Letty bits. Ze haatte zichzelf om de toon die ze aansloeg.

"Alsof er middenin het bos niets kan gebeuren," reageerde Nina schamper. "Je leest elke dag in de krant over overvallen, verkrachtingen en moord. Geen mens durft nog in het bos te gaan wandelen."

"Iets overdreven."

"Misschien. Maar hoeveel vrouwen ken je die alleen het bos in gaan?" Nina keek Letty uitdagend aan. "En dan heb ik het over onze eigen bossen. Niet eens over de bossen hier. Hier zitten ook nog eens een keer wilde dieren; beren, wolven... weet ik het."

"Nou ja... dan worden we in elk geval opgegeten nadat we zijn vermoord. Dat scheelt een hoop troep," reageerde Letty sarcastisch.

"Wat mij betreft kunnen we wel weer omdraaien..."

Ellanor merkte dat Nina het meende. Ze had haar het liefst gelijk gegeven, maar dat kon ze niet doen. Hoe graag ze ook naar huis wilde gaan... ze hadden een afspraak gemaakt en zouden die houden. Al was het slechts voor enkele dagen.

"Er kamperen hartstikke veel Nederlanders vrij in zweden en er wordt nooit iemand beroofd of vermoord," zei ze tegen Nina. "De criminaliteit is hier een stuk lager. Er gebeurt hier eigenlijk nooit iets."

Nina keek Ellanor onzeker aan. " Is dat zo? Ik bedoel... ik heb dat nergens gelezen of zo. Ik heb natuurlijk wel gelezen dat er veel Nederlanders in zweden kamperen, maar niets over de criminaliteit."

"Maar ik wel," loog Ellanor. " Je hoeft hier echt niet bang te zijn." In feite baseerde ze haar stelling helemaal nergens op. Ze had inderdaad nergens gelezen over overvallen op kampeerders of wat dan ook in Zweden, maar dat betekende niet dat het niet gebeurde. In feite had ze geen flauw idee, maar ze nam aan dat het Nina gerust kon stellen. Mochten ze werkelijk worden vermoord, dan was een excuus niet meer nodig. Ze vroeg zich heel even af hoe het zou zijn om te worden vermoord. Nog even afgezien van de pijn geloofde ze niet dat ze het op dit moment heel erg zou vinden. Althans meestal niet. De laatste dagen had ze weer een paar andere momenten meegemaakt. Maar dat waren slechts korte momenten geweest en ze betwijfelde of ze dat nog vaak zou voelen.

"Maar de wilde dieren..."

"Hartstikke bang," zei Ellanor. Dat had ze wel ergens gelezen. Tenminste... dat dacht ze. "Ze komen niet in de buurt van mensen."

Nina leek iets te ontspannen, maar wierp Letty nog een venijnige blik toe.

Letty merkte het op. Ze voelde zich toch al rot over haar reactie.

Nog steeds was ze wat opgefokt, maar ze dwong zichzelf tot een verontschuldigende glimlach.

"Sorry Nien. Ik had niet moeten uitvallen. Vermoeidheid, denk ik."

"Misschien zijn we allemaal wat moe," zei Nina. Ze was eigenlijk nog steeds een beetje boos, maar ze besloot het daar verder bij te laten.

Ze wist zelfs een glimlach te produceren en stapte uit.

De andere twee meiden deden hetzelfde en ze begonnen meteen met het uitladen van de auto. "Misschien moeten we morgen of zo een kano huren," stelde Letty voor. "Je schijnt die hier in Leninghammer te kunnen huren. Het lijkt mij wel wat."

"We hebben nog nooit gekanood," bracht Ellanor haar in herinnering.

"Nou en? Hoe moeilijk kan het zijn? Het is gewoon roeien."

"Eigenlijk lijkt het mij wel een leuk idee," zei Nina. Ze had niets met water, maar de kanoverhuur was bij de camping. Het was prettig om morgen weer tussen de mensen te zijn en misschien besloten die andere twee dan wel om op de camping te gaan staan.

Ellanor haalde even haar schouders op. Ze zouden wel zien... morgen.

Het opzetten van de tent ging zelfs nog beter dan de vorige dag. Blijkbaar kregen ze er werkelijk handigheid in. Stilzwijgend hadden ze ieder bepaalde vaste taken op zich genomen, waardoor discussies niet meer nodig waren. De tent stond zelfs redelijk strak. Voor hun doen in elk geval.

Ze maakten thee op het campingbrandertje en kwamen tot de ontdekking dat ze zelfs niet meer over de werking hoefden na te denken. Voor hun lunch hadden ze een broodproduct meegenomen wat de vorm had van kleine dikke perforeerde pannenkoeken en die ze kinderen bij een camper smakelijk hadden zien verorberen. De kinderen hadden er een dikke laag suiker opgedaan, maar zij hadden toch ook maar wat kaas meegenomen. Hoewel ze tijdens de lunch tot de ontdekking kwamen dat suiker er inderdaad ook lekker op was.

Heel even wisten ze niet goed wat ze met de afwas moesten, maar Letty kwam op het idee om water uit het meer te gebruiken en dat op te warmen.

"Het schijnt heel schoon water te zijn," zei ze, toen ze met haar voorstel kwam. "Dat zeggen ze op de sites die Zweden promoten. Op dergelijke sites over Holland stel je je kleine dorpjes voor met mensen in klederdracht en op klompen, wonend temidden van tulpen en molens," meende Ellanor.

"Behalve op de sites van Amsterdam," zei Nina.

"Inderdaad. Daar hebben ze het over de grachten en de cultuur. Zelfs de wallen worden genoemd als spannende attractie, omdat zoiets nu eenmaal ook toeristen trekt. Maar over geweld en drugs lees je niets."

"Vreemd eigenlijk," vond Letty met een scheve grijns. "Drugs trekt toch ook aardig wat toeristen."

Ze deden de afwas en ruimden wat op en bleven daarna een beetje hulpeloos bij elkaar staan. Wat nu? Tot nu toe hadden ze steeds alleen de avonden vrij gehad. Overdag waren ze steeds onderweg geweest en hadden een doel gehad. Maar nu leek het alsof er opeens een groot gat voor hen lag. Hoe moesten ze de dag doorkomen op een plek waar niets te doen was, waar je nergens naartoe kon gaan en waar je niets kon doen?

"We kunnen wat zonnen aan het water," opperde Letty voorzichtig.

"De hele middag en dan vanavond ook nog wat zitten?" vroeg Nina benauwd. Dat was wel het laatste wat ze wilde doen;

stilzitten en haar hoofd de kans geven om te gaan malen.

"We kunnen naar die camping gaan," stelde ze daarom voor. "We kunnen daar een kopje koffie gaan drinken, rond kijken en informeren naar die kano's. Dan zien we meteen een stukje van de omgeving."

"Ik wil vandaag niet meer achter het stuur kruipen," bracht Ellanor ertegen in. "Ik heb de laatste dagen al meer dan genoeg gereden. We kunnen een stuk wandelen..." Wandelen was goed. Je hoefde er niet bij na te denken en was bezig. Je werd er moe van. Moe zijn was goed. Dat zorgde ervoor dat je kon slapen. Met een beetje geluk.

"Niet de hele middag," zei Letty. "We weten de weg hier niet eens."

"Gewoon een uurtje of zo. Daarna drinken we koffie en kunnen we wat zonnen of lezen of zo."

De andere twee gingen akkoord. Letty omdat ze het idee nog niet zo slecht vond. Lopen was goed. Het gaf je iets te doen. Van de zon genieten was ook goed. Warmte op je huid voelen. Dingen vergeten...

Nina ging akkoord omdat het niet zo erg was als de hele dag stilzitten. Ze was liever naar de camping gegaan. Of naar een of andere stad. Maar lopen ging nog net. Als ze tenminste niet verdwaalden.

Dat laatste gebeurde niet. Ze volgden een stuk de weg die naar Leninghammer leidde en namen daarna een pad wat linksaf leidde. Ze liepen vrij lang voor hun doen. Ruim een uur. Daarna draaiden ze zich om en liepen dezelfde weg terug. Geen van hen voelde zich nog erg vertrouwd met de vele donkere bossen en de heersende stilte. Geen van hen was gewend om een uur te wandelen zonder iemand te zien. Een geen van hen wist zeker of ze niet toch een of ander wild dier konden tegenkomen wat hen minder vriendelijk zou verwelkomen dan de plaatselijke bevolking.

Tegen de tijd dat ze hun tent weer bereikten, hadden ze het bloedheet en deden hun voeten pijn.

Het was Letty's idee om te gaan zwemmen en Ellanor was de eerste die besloot om Letty te vergezellen. Al was het maar omdat ze dan meteen fris en schoon was. Stel dat ze onverwacht naar huis moest... Nog even afgezien van het feit dat haar shirt als plasticfolie aan haar lichaam kleefde.

Pas toen die twee zich hadden omgekleed en voorzichtig de temperatuur van het water met hun tenen peilden, nam Nina de beslissing dat een duik haar ook geen kwaad zou doen. Tenminste... misschien niet. Ze had geen idee hoe diep het water was en ze was nauwelijks een goede zwemster te noemen, maar ze nam aan dat het niet meteen levensgevaarlijk was als ze in de buurt van de oever bleef. Het zou in elk geval kunnen helpen tegen het benauwde gevoel wat zich aan haar had opgedrongen en waarvan ze niet zeker wist of het door de wandeling in de warme zon kwam of door de dingen die zich in haar hoofd afspeelden. Ze wist alleen met zekerheid dat ze het kwijt wilde omdat het haar het gevoel gaf te ontploffen.

Het water bleek redelijk koud, maar eenmaal erin was het best even vol te houden. Geen uren, maar lang genoeg om af te koelen en op te frissen. Er waren stukken waar ze nog redelijk kon staan, al voelde de grond onder de voeten glibberig en slijmerig aan. Het bood in elk geval steun. Er waren natuurlijk ook de diepe stukken, waarin Ellanor en Letty een tijdje rondspartelden. Maar dat waren de stukken waar Nina liever niet kwam. Al helemaal niet toen Letty opgewonden gilde dat ze een grote vis had gezien. Dat was het moment waarop Nina vond dat ze lang genoeg had gezwommen. Ze ging als eerste uit het water en keek even naar haar vriendinnen, die zich nu ook langzaam richting oever begaven. Waarom was ze niet meer zoals Letty? Onbezorgd, levendig, nergens bang voor? Soms betrapte ze zich erop dat ze kwaad was op Letty, zonder goede reden. Jaloezie. Niets dan simpele domme jaloezie. En daar schaamde ze zich dan over. Ellanor was een ander geval. Ellanor was niet zo bang als zij en Nina benijdde haar daarom. Maar Ellanor had altijd die zorgelijke trek op haar gezicht. Ze kon de dood van John daarvan de schuld geven, maar die trek was er altijd al een beetje geweest. Hij was alleen erger geworden na Johns dood. En Ellanor was een beetje dood gegaan van binnen, meende Nina. Zou haar dat ook gebeuren? Zou zij ook dood gaan van binnen? Jeremy was niet doodgegaan, maar hij was uit haar leven verdwenen. En in tegenstelling tot Ellanor had zij het misschien wel kunnen voorkomen.

Nina boog haar hoofd, pakte een handdoek en droogde zich met overdreven zorgvuldigheid af.

Letty kwam uit het water en keek even naar Nina. Het was alsof Nina eenzaamheid uitstraalde. Ze klemde haar kaken opeen en schudde haar hoofd. Dit had niet zo mogen zijn. Dit had niet zo hoeven te zijn. Ze vloekte binnensmonds.

Ellanor keek noch naar Nina, noch naar Letty. Ze kwam uit het water en keek strak voor zich uit zonder iets te zien. Er was weer zo'n moment geweest. Ze had in het water gelegen en rondgeparteld, vissen gezien en de zon op haar huid gevoeld. Overal om haar heen was er die ruimte en die zuurstof geweest. Bijna alsof ze uit een benauwend cocon was gekropen en opeens de wijde wereld had gezien. Ergens diep binnenin wist ze dat ze hiervan had moeten genieten, maar ze had het niet gekund. Ze had het niet gemogen van haar zelf.

De daarop volgende uren brachten de vrouwen door met lezen,

zonnen en simpelweg wat dromen. Of was piekeren een beter woord?

Tegen de avond waren ze moe gelegen, gezeten en gehangen en blij dat er weer iets te doen viel. Geen van hen was gewend aan lege dagen. Behalve Ellanor de laatste maanden. Maar die maanden had ze binnen de muren van haar eigen woning doorgebracht en besteed aan dingen die dringend in huis moesten gebeuren. Elke dag opnieuw.

HOOFDSTUK 9

De avond viel en bracht bewolking en koude lucht met zich mee en de drie vrouwen zaten dicht bij het kampvuur wat ze met veel moeite en tijd hadden weten te creëren en dronken zelfgemaakte, veel te sterke koffie.

Warme truien moesten hun verwende lichamen beschermen tegen de vochtige kou, die hen vanwege het vuur alleen van achteren kon benaderen en het omklemmen van de warme mokken had iets gezelligs.

Een tijd lang zei geen van hen iets, maar zaten ze daar alleen maar en staarden naar het vuur. Af en toe hoorden ze ergens in de verte een vreemd geluid en verstarden ze om te luisteren. Maar het lukte nooit om de herkomst van het geluid te bepalen.

"Tom wil een kind," zei Letty opeens. Ze keek de andere twee niet aan, maar bleef naar het vuur staren.

"Wat?" reageerde Nina verbijsterd. Ze keek naar Letty, die het niet leek te merken. "Ik dacht dat Tom en jij... nou ja... ik dacht dat jullie niet..."

"Tom wil een kind. Ik niet. Althans... ik weet het niet. Ik weet niet of ik eraan toe ben." Ze schudde heftig haar hoofd. "Nee, ik zeg het verkeerd. Ik ben er niet aan toe. Ik raak in paniek bij de gedachte aan zo´n schreeuwerd in huis. Ik geloof niet dat ik moedergevoelens kan ontwikkelen. Als iemand mij vraagt om een baby vast te houden, ren ik het liefst hard weg." Ze keek nu naar Nina. "Ik ben nu eenmaal heel anders dan jij, Nien."

"Jeremy en ik hebben ook geen kinderen."

"Omdat het niet lukte. Dat zei je tenminste. Dat is dan iets anders." Letty wendde haar blik af van Nina en staarde in het vuur. Ze voelde zich opeens wat misselijk en ze wist waar het vandaan kwam.

Nina gaf geen antwoord.

"Is dat de reden waarom je weg wilde?" vroeg Ellanor aan Letty. "Omdat Tom kinderen wil en jij niet?" "Het is zoals ik eerder zei. Tom is dodelijk saai. Ik weet niet of ik met hem verder wil." "Misschien ben je daarom ook bang om kinderen te krijgen. Kinderen vormen een grote verantwoordelijkheid." Ellanor vond dat ze afschuwelijk verstandig en vooral oud klonk. Misschien omdat ze dit soort dingen al zo vaak zelf had moeten aanhoren. Niet van John. Natuurlijk niet van John. Hij had ook vaker over kinderen gepraat. Zijzelf had getwijfeld. Te lang getwijfeld.

"Een veel te grote verantwoordelijkheid," gaf Letty toe. "Ik ben niet iemand die verantwoordelijkheden aan kan. Ik heb dat vaak genoeg bewezen."

"Hoezo?"

"Gewoon. Stommiteiten uitgehaald."

"Wat voor stommiteiten?"

Letty keek naar Ellanor en toen even naar Nina. "Laten we het maar gewoon op stommiteiten houden."

"Goed,"

Het was een paar tellen stil en de vrouwen namen kleine slokjes koffie en staarden naar het vuur.

"Weet je wat mij het ergste benauwd?" vroeg Letty toen. "Dat ik op een dag wakker wordt en besef dat ik te oud word voor kinderen. Dat ik de keuze niet meer heb. Ik bedoel... ik heb echt niets met baby´s. Als ze schreeuwen, ren ik het liefst weg. Ik word misselijk als ik een poepluier ruik en het lijkt me niets om de hele dag een baby mee te dragen in zo´n doek wat tegenwoordig modern is. Ik ben volgens mij de enige vrouw die tijdens een kraambezoek de baby niet wil vasthouden en bovendien vind ik pasgeboren baby´s spuuglelijk. En toch..."

"Niet alle baby´s zijn spuuglelijk," meende Nina. Ze keek niet naar Letty. Het was meer alsof ze hardop in zichzelf sprak.

"Jij kijkt er anders tegenaan. Misschien als het was gelukt..." Letty maakte haar zin niet af.

Nina gaf er geen antwoord op. De pijn diep binnenin breidde zich verder uit. En er was niemand met wie ze daarover kon praten.

"Als je niet met Tom verder wilt, moet je er niet aan beginnen," vond Ellanor. Ze dacht aan het kind wat uiteindelijk in de steek werd gelaten.

"Dat weet ik. En als ik wel met Tom verder wil... maar Tom wil dus kinderen. Het is nog maar de vraag of hij met mij verder wil als ik geen kinderen wil. Kinderen zijn belangrijk voor hem. In zekere zin snap ik het wel. Ik bedoel... straks zijn we oud en dan laten we niets meer achter. Het lijkt allemaal zo leeg. Als je dan nadenkt over het leven... over de dingen die belangrijk zijn."

"Diepzinnig," merkte Ellanor op. Ze was een dergelijke stelling van Letty niet gewend. Bovendien werkte het onderwerp een beetje op haar zenuwen. Daardoor had ze iets sarcastischer geklonken dan haar bedoeling was geweest.

Letty scheen het nauwelijks op te merken.

"Maar ik ben geen moedertype. Ik kan geen verantwoordelijkheid dragen. Nergens voor. Ik..." Ze maakte de zin niet af.

Ze zwegen weer een tijdje en keken naar de vlammen.

Ellanor stond plotseling op, liep de tent in en kwam terug met haar mobieltje.

"Wat ga je doen?" vroeg Nina wat verbaasd.

"Bellen blijkbaar," reageerde Letty wat geïrriteerd. "Wie moet je nu toch in godsnaam bellen?"

"Mijn moeder. Ik wil even weten hoe het met haar is."

"Goed, neem ik aan. Ze belt heus wel als dat niet zo is," meende Letty. Ze kende de moeder van Ellanor enigszins en mocht de vrouw niet bijzonder.

"Misschien, maar... oh nee."

"Wat?" vroeg Letty. Ze keek naar Ellanor, die nu driftig met haar telefoon rondwandelde en steeds op de display keek.

"Ik heb hier geen bereik," zei Ellanor. Er klonk iets van een beginnende paniek in haar stem. "Geen enkel bereik. Moeder kan mij niet bellen als er iets is."

"Er is heus niets met haar. Ze woont in een aanleunwoning, Ell. Er komt dagelijks iemand van de thuiszorg bij haar langs. Ze heeft notabene zelfs een alarmknop die ze kan gebruiken als er iets is."

"Dat is niet hetzelfde," vond Ellanor, terwijl ze rond bleef lopen met het mobieltje en het ding op verschillende hoogtes vasthield, terwijl haar blik op de display gericht bleef.

"Natuurlijk niet. Het is beter. Als er iets gebeurt, krijgt ze onmiddellijk hulp."

"Maar ze heeft mij nodig als er iets gebeurt. Ik moet bij haar zijn. Ik ben haar enige dochter. Het is mijn verantwoordelijkheid..."

"Och hou toch op Ellanor," reageerde Letty geïrriteerd. "Je bent er altijd voor je moeder. Maar je mag best je eigen leven leiden. Je bent niet voor alles verantwoordelijk."

"Wel voor haar. Misschien moeten we morgen toch maar terug..."

"Oh nee. We blijven hier. Je moeder heeft genoeg hulp."

"Je begrijpt het niet."

"Ja, ik begrijp het wel. Zodra je moeder ook maar even piept, ren je naar haar toe. Ik heb het vaak genoeg zien gebeuren, Ell. En ze piept nogal eens. En dan verwacht ze maar gewoon dat je onmiddellijk opdraaft. Maar als je zelf ergens mee zit, dan wil ze daarmee niet lastig gevallen worden. Zelfs niet toen John pas dood was en jij zo verschrikkelijk van streek was. Ik weet nog heel goed dat ik bij je was toen ze belde. Ik weet niet eens meer waarom ze belde, maar het was helemaal niet zo belangrijk. Jij zei tegen haar dat je niet kon komen omdat ik op bezoek was en omdat je erg van slag was. Je probeerde er met haar over te praten, maar ze luisterde niet eens. Uiteindelijk ging je dus weer naar haar toe. Zoals altijd."

"Ze had mij nodig."

"Ach alsjeblieft... zelfs op de begrafenis van John eiste ze alle aandacht voor zichzelf op. Ze is alleen maar met zichzelf bezig."

"Je kent haar nauwelijks."

"Ik ken haar niet bijzonder goed, maar goed genoeg om te weten dat ze jouw volledig claimt en dat jij het laat gebeuren.'"

Eindelijk bleef Ellanor staan en ze keek Letty recht aan. "Je weet er helemaal niets van. Mijn moeder heeft mij nodig. Het is mijn plicht om voor haar klaar te staan. Ik ben het haar schuldig."

"Waarom?" vroeg Letty

Ellanor keek haar een paar tellen aan. "Daarom," zei ze toen alleen maar. Ze wilde het niet uitleggen. Ze kon het niet uitleggen.

"Onzin," mompelde Letty. Maar ze richtte haar aandacht weer op het vuur. Ellanor had teveel wat zij te weinig had.

Nina had zich met de hele discussie niet bemoeid. Ze wist hoe Ellanors moeder Ellanor claimde, maar ze had daar verder geen mening over. Zelf zorgde ze ook voor haar moeder. Weliswaar eiste haar moeder dat niet van haar, maar ze vond het vanzelfsprekend. Net zo goed als dat ze het vanzelfsprekend vond dat haar moeder niet naar een verpleeghuis ging. Dat was iets wat ze nooit zou toestaan. Ze zou haar moeder niet afgeven. Simpelweg verbannen en aan de zorgen van anderen toevertrouwen. Dat was iets wat zij niet *kon* doen. Want ze wist hoe het was om iemand af te staan. Ze wist hoe het voelde en hoe het de rest van je leven die zwarte koude plek in je lichaam achterliet. Ze wilde niet twee keer dezelfde fout maken. Dus ja... in zekere zin begreep ze Ellanor. En ze begreep Letty een beetje. Letty zou zich nooit in dat soort dingen kunnen inleven. Daarvoor was Letty te onbezorgd. Teveel gericht op zichzelf. Misschien had ze wel gelijk met de stelling dat ze beter geen kinderen kon krijgen. Maar haar angst om op een dag opeens te oud te zijn, was net zo goed waar. En bepaalde beslissingen kon je later nu eenmaal nooit meer terugdraaien.

Ze pookte met een stukje hout in het kampvuur en probeerde niet na te denken over de beslissing die ze zelf lang geleden had genomen.

"Ik bel morgen wel," mompelde Ellanor en ze ging bij het vuur zitten. Ongetwijfeld was er bij die camping wel bereik.

Ze keek Letty met opzet niet aan. Ze was kwaad op Letty. Meer dan ze wilde toegeven.

Ongewild drong zich een herinnering aan haar op.

John was pas gestorven en Ellanor zat bij haar moeder om het te vertellen. Ze had de gebeurtenis met veel moeite eruit weten te krijgen en luisterde naar het tikken van de klok.

Haar moeder keek haar aan. Ze zei niets. Haar lippen waren opeengeklemd.

"We hadden ruzie. Voordat hij ging hadden we ruzie," gooide Ellanor er huilend uit.

"Dat is het probleem met jou," vond haar moeder. "Je denkt niet na."

"Ieder stel heeft toch wel eens ruzie?" Er klonk een smekende klank in haar stem. Ze had behoefte aan een bevestiging. Ze had beter moeten weten.

"Niet op de manier waarop jij dat doet. Je maakt de dingen kapot. Denk je dat het toeval is..."

"Hou op, mam. Ik wil het niet horen."

"Dat is je probleem. Je wil het nooit horen."

"Het was niet mijn schuld."

Geen antwoord. Al helemaal geen bevestiging.

"Ik kon er niets aan doen. Ik wilde het niet. Ik weet gewoon niet meer wat ik moet doen."

"Je moet leren om rekening te houden met anderen," zei haar moeder. "Je houdt geen rekening met anderen."

"Dat is niet waar mama..."

"Spreek mij niet tegen. Je weet wel beter. Je vader..."

"Begin daar alsjeblieft niet over. Niet nu."

"Ik weet dat je dat niet wilt horen. Daarom leer je er niet van. Daarom zit ik hier nu alleen te verkommeren. En je kijkt alleen maar naar mij om als het toevallig zo uitkomt."

"Zeg dat niet, mama. Het is helemaal niet waar. Ik bel je bijna elke dag..."

"Wat is nu een telefoontje? Drie tellen. Lekker makkelijk. Als je het tenminste al niet vergeet. Maar de hele dag zit ik hier alleen."

"Je hebt hulp in huis. De thuiszorg komt elke dag even langs en je kunt goed overweg met de buren. Je zit bij een aantal clubs."

"Dat is niet hetzelfde. Het zijn allemaal vreemden. Je weet niet hoe ellendig ik mij soms voel." Nu begon haar moeder te huilen. "Altijd alleen. De last die ik met mij meedraag..."

"Je bent niet alleen."

"Dat ben ik wel. Dat weet je." Opeens klaarde ze op en keek Ellanor aan. "Ik zou in jouw huis kunnen komen wonen. Nu John dood is, ben je alleen. Net als ik. Het enige verschil is de kwestie van schuld. In beide gevallen... nou ja, het heeft geen zin om erover te praten. Maar het minste wat je kunt doen is mij in huis nemen. Voor mij zorgen. Dat is het minste."

Ellanor merkte dat ze het benauwd kreeg bij die gedachte. "Mama... bij mij ben je veel eenzamer. Ik werk overdag."

"Je kunt tussen de middag thuis komen en we kunnen 's avonds dingen doen. Het is toch het minste wat je voor mij kunt doen. Het is tenslotte niet *mijn* schuld dat ik alleen zit."

Ellanor gaf er geen antwoord op. Ze had het gevoel dat ze stikte. De pijn van Johns dood. Het schuldgevoel wat ze daarover had gehad. En het schuldgevoel waarmee ze nu weer werd geconfronteerd. Want ergens diep binnenin wist ze dat ze de plicht had haar moeder op te vangen, maar dat ze dat niet wilde. En over dat laatste kon ze zich alleen maar diep schamen.

Ze had zich bijeengeraapt, zoals ze dat altijd bij haar moeder had gedaan, haar moeder en haarzelf een kop thee gemaakt en zichzelf pas na een half uur toegestaan om naar huis te gaan. Hoe graag ze ook eerder was vertrokken.

Ellanor keerde weer terug in het heden en merkte dat ze tranen in haar ooghoeken had. Gehaast veegde ze die zo onopvallend mogelijk weg.

Haar moeder was kwaad en teleurgesteld geweest toen ze over Ellanors voorgenomen reis had gehoord. Maar Ellanor was toch gegaan.

Haar moeders laatste woorden klonken nog na in haar oren. "Nu doe je het weer. Straks gaat het met mij hetzelfde. Dan hoef je voor mij niet meer terug te komen. Omdat ik er dan niet meer ben."

Was dat niet Ellanors grootste angst? Dat ze er werkelijk niet meer zou zijn? Tenslotte was haar gezondheid geweldig. Problemen met het hart, zei ze zelf altijd. Het was Ellanor nooit gelukt om daar meer duidelijkheid over te krijgen, maar ze besefte maar al te goed dat de thuiszorg niet dagelijks zou komen kijken als er niets aan de hand was. Bovendien wilde ze ook niet twijfelen aan haar moeder.

Ellanor dwong zichzelf om naar het vuur, het meer en de bossen te kijken en te vergeten. Maar ze wist dat het nooit werkelijk zou lukken om te vergeten.

De nacht bracht een angstaanjagende duisternis met zich mee, opgeluisterd door geluiden van dieren die ze onmogelijk konden thuisbrengen. Toen de vrouwen gingen slapen, lieten ze een klein lantaarntje voor de tent staan met een lampje op batterijen. Het gaf niet veel licht, maar het gaf net iets meer gevoel van veiligheid.

HOOFDSTUK 10

Ellanor was de volgende ochtend als eerste uit haar bed. Net zo min als de voorgaande nachten had ze geweldig geslapen, maar ze nam aan dat het allemaal niet zoveel uitmaakt. Uiteindelijk hoefde ze niet echt iets te doen en zou ze op elk moment van de dag kunnen gaan liggen om nog een dutje te doen. Ze verwachtte niet dat ze dat werkelijk zou doen, maar theoretisch was de mogelijkheid er wel.

Het was nog opvallend fris, merkte ze toen ze haar tent uitkroop. Er zweefde een dikke mist boven het meer, wat de oranje gloed van de opkomende zon weerkaatste. Het had iets onwerkelijks. Alsof je in een sprookjesfilm zat. Of minder pittoresk... alsof ze in een griezelfilm rondspookte.

Ze keek naar boven en zag dat er wat bewolking was. Geen zware donderwolken of iets in die richting, maar ook niet de schapenwolkjes die ze eerder hadden gezien. Het hing er een beetje tussenin, alsof het nog niet kon beslissen wat het uiteindelijk zou gaan doen.

"Laat het niet gaan regenen," mompelde ze. Ze had geen idee wat ze zouden moeten doen als het ging regenen. Ze kon zich niet voorstellen de rest van de dagen met zijn drieën in een tentje door te brengen. Dat zou pas echt een manier zijn om door te draaien. Ze schudde haar hoofd. Waarom deed ze dit toch altijd? Waarom bedacht ze altijd de meest rampzalige scenario's? Natuurlijk ging het niet regenen. Niet deze week.

Ze haalde met een pannetje wat water uit het meer en zette het op om wat koffie te maken. Ze had geen idee of het een goed idee was om dit water te drinken, maar gezien ze flessen water waren vergeten en de vorige avond ook water uit het meer hadden gebruikt om koffie te maken, nam ze aan dat het niet gevaarlijk was. Uiteindelijk was ze er na gisteravond ook niet ziek van geworden. Zolang het maar gekookt werd, bedacht ze zich.

Ze ging op een boomstronk zitten en keek uit over het mistige water.

Ze dacht aan haar vader. Ze had al heel erg lang niet meer aan hem gedacht, maar opeens was hij weer in haar gedachte. Ze was nog jong. Acht of negen jaar. Ze was met hem in een pretpark en ze klommen in een achtbaan. Ze was bang voor de achtbaan, maar haar vader was bij haar. Het was voor haar de enige denkbare manier om het een keer mee te maken en er met andere kinderen over te praten. De beugels van de stoelen klikten dicht en ze voelde de angst toenemen. En toen was er die grote hand op die van haar. Ze keek haar vader aan en hij glimlachte naar haar. "Er kan niets gebeuren," verzekerde hij haar. "Niet zolang ik bij je ben." Opeens zat ze naast John. Opeens was het zijn hand die op die van haar rustte. Ze was in het ziekenhuis voor een onderzoek. Er was een knobbeltje in haar borst ontdekt en ze was zo verschrikkelijk bang. "Alles komt goed," verzekerde hij haar. En nu waren ze allebei weg. Ellanor slikte moeizaam en keek weer naar het meer.

"Je bent vroeg," klonk het opeens achter haar. Het was Letty. Ze kwam in een absurd hemd de tent uit, wat totaal niet bij haar paste, maar erg grappig was. Het hemd reikte tot voorbij haar knieën en had de print van een slaperige eland met een slaapmuts op.

Onwillekeurig begon Ellanor te lachen. "Wanneer heb je die gekocht?"

"In Nederland. Hij leek mij onmisbaar voor deze reis." '

"Het is wel... eh..."

"Anders?" Letty grijnsde. "Waarom zou ik hier mijn beruchte sexy niemendalletjes moeten dragen? Er is hier niemand om indruk op te maken."

"Elanden?"

"Nuh... te groot. Te beestachtig. Heb je koffie voor mij?"

"Nu wel." Ellanor pakte twee mokken en deed er oploskoffie in.
Letty keek naar het water. "Mooi, die mist. Alsof er een spook
boven het water zweeft. Een enorm, dik spook. Denk je dat
er dadelijk een of ander monster uit het water tevoorschijn
springt?"

"Ik denk het wel," antwoordde Ellanor. Ze grijnsde een beetje.

"Slaapt Nina nog?" vroeg Letty, terwijl ze de koffie aannam van
Ellanor en in een stoeltje naast haar ging zitten.

"Als een blok."

"Misschien doet haar dat goed. Ze heeft genoeg problemen
gehad."

Letty gaf geen antwoord. Ze speelde een beetje met haar mok
terwijl ze uitkeek over het water.

Er lag een wat onbestemde uitdrukking op haar gezicht.

"Denk jij dat ze het echt niet heeft zien aankomen?" vroeg
Ellanor.

Letty leek even na te denken en keek Ellanor toen aan.

"Of het helemaal onverwacht is… Nee, dat geloof ik niet." zei
ze toen.

"Hoe kom je daarbij?"

"Er waren al langer problemen. En wat kinderen krijgen betreft…
Ze zei dat ze geen kinderen hadden omdat het niet lukte. Jer
kwam erachter dat..." Ze stokte toen de tent open ging.

Ze keek om en zag Nina uit de tent kruipen. Ze droeg een
nachthemd met bloemetjes wat bij haar paste. Haar gezicht was
bleek en haar ogen wat rood, alsof ze had gehuild. Maar ze wist
nu een lach te produceren en liep naar de andere twee toe. "Is er
nog koffie?"

"Eh ja, natuurlijk," hakkelde Ellanor. Ze pakte iets te gejaagd een mok, liet hem uit haar handen vallen, raapte hem verontschuldigend op en vulde hem toen met oploskoffie en heet water. "We dachten dat je nog sliep." Vanuit haar ooghoeken zag ze Letty in haar mok staren. Ze bloosde een beetje.

Ze vroeg zich ongetwijfeld af, net als Ellanor, of Nina iets had opgevangen van het gesprek wat ze hadden gevoerd.

Nina leek zich echter nergens van bewust. Ze ging ook zitten en keek naar de mist boven het meer. "Ziet er griezelig uit," merkte ze op.

"Ik vind het wel mooi," zei Letty en er lag een koppige toon in haar stem.

Ook dat leek Nina niet op te vallen. "Tja... dat is het ook wel. Maar toch ook een beetje griezelig."

"Letty en ik hadden het er al over dat er waarschijnlijk een monster in verscholen zit wat opeens tevoorschijn springt," zei Ellanor met een wat mislukt lachje.

"Och, een monster... maar er zou een eland kunnen zitten. Die kunnen toch zwemmen?"

"Ik geloof het wel. Maar hij zal niet gewoon ergens in de mist ronddobberen."

"Misschien bekijkt hij ons," meende Nina.

"Een eland is geen roofdier," verzuchtte Letty.

"Nee. Dat niet. Alleen roofdieren doen zoiets hè?"

"Natuurlijk. Je gaat me toch niet vertellen dat je bang bent voor elanden?"

"Ze zijn groot. En ik heb een ergens gelezen dat ze gevaarlijk kunnen zijn."

"Ik geloof er niets van," zei Letty. "Ik hoop dat we er eentje te zien krijgen."

"Ja... ergens ik ook wel," gaf Nina toen toe. "Maar het liefst vanuit de auto of zo." Ze glimlachte wat verontschuldigend en nam een slokje koffie.

"Gaan we vandaag een kano huren?" vroeg ze toen. Ze keek even naar boven, alsof ze de weergoden wilde raadplegen. Gezien de toenemende bewolking leek dat geen slecht idee. Maar een antwoord bleef natuurlijk uit.

"Natuurlijk," zei Letty. "Dat hadden we toch afgesproken. Bovendien geloof ik niet dat we veel zon krijgen vandaag en dan vervelen we ons hier maar."

"Als we maar geen regen krijgen," zei Ellanor wat zorgelijk.

"Welnee. Gewoon een beetje bewolking. Het trekt wel weer weg," antwoordde Letty luchtig. Veel luchtiger dan ze zich voelde. Nog steeds vroeg ze zich af of Nina iets had opgevangen. Ze had er ook niet over moeten beginnen. Het was niet de bedoeling dat ze het tegen iemand zei. Het was haar gewoon ontglipt. Maar ze moest er nu niet aan denken om hier de hele dag te zitten. Alleen maar zitten en piekeren. Dat zou haar gek maken.

Ze moest echt iets gaan doen.

Ellanor was wat minder optimistisch over het weer, maar ze zei er niets meer over. Vanuit de camping zou ze haar moeder kunnen bellen. Ze had dat vage gevoel van onrust van binnen. Alsof iets haar waarschuwde. Het maakte haar bang. Misschien was het een voorgevoel.

De meiden aten knäckebröd met jam voor ontbijt. In Zweden moet je knäckebröd eten, had Letty in de winkel gezegd. Dus hadden ze uit een enorme hoeveelheid soorten knäckebröd gekozen in de vorm van karrenwielen. Geen mens die in zijn eentje zo'n schijf opkon, meende Ellanor, maar het zag er grappig uit en je kon er stukken vanaf breken.

Rond tien uur stapten ze in de auto om het bewoonde gedeelte van het natuurgebied op te zoeken. De weg erheen leek nergens heen te voeren en het had ook niet veel gescheeld of ze waren de camping voorbijgereden zonder hem op te merken. Maar Ellanor zag de tenten staan. Vijf tenten, welgeteld, en een houten gebouwtje. Meteen daarna merkte ze ook de kleine houten hutjes aan de rechterkant op. Vakantiehuisjes, nam ze aan.

Ze reed de kleine parkeerplaats bij het grasveldje op en parkeerde haar auto. Nog voordat ze uitstapte keek ze naar de display van haar mobieltje. Ook hier geen bereik. Ze mompelde zacht een verwensing, drukte de toenemende ongerustheid weg en stapte uit. Wellicht kon ze hier bellen.

Met hun drieën liepen ze naar het houten gebouwtje in L-vorm en wandelden de openstaande deur binnen om bij de receptie uit te komen.

Een typische jonge blonde schone keek hen vriendelijk aan en vroeg in het engels of ze hen ergens mee kon helpen. Blijkbaar hadden ze geen Zweedse gezichten of misschien zagen ze er gewoon te hulpeloos en verloren uit om hier thuis te horen.

Ellanor deed het woord, zoals meestal.

Ze informeerde naar de mogelijkheid om kano's te huren. Het meisje achter de balie vertelde dat ze daarvoor bij een houten gebouwtje achter de stuga's moesten zijn, maar dat ze ervan uitging dat het geen enkel probleem was. Het was tenslotte nog niet druk.

"Hier is ook een winkeltje," merkte Nina op.

"En koffie," zag Letty. "Ik geloof echt dat ik een koffieverslaving heb."

"Alleen maar een koffieverslaving?" grapte Nina

"Alleen maar een koffieverslaving. Naast alcohol, chocolade en mannen kijken."

"Oh dan..."

"Kun je hier ook bellen?" informeerde Ellanor.

Het meisje knikte. "Dit is de enige plaats waar u in Glaskogen kunt bellen," meldde ze. "Mobieltjes hebben geen bereik."

"Dat was mij al opgevallen," zei Ellanor.

Ze wendde zich tot de andere twee. "Ik wil even naar mijn moeder bellen..."

Letty glimlachte een klein beetje, maar maakte geen plagende opmerking. "Wij kijken ondertussen wel even rond in het winkeltje. Zullen we hier koffie drinken?"

"Mij best. Tijd genoeg. Ik geloof niet dat we met onze conditie een hele dag kunnen blijven roeien."

"Ik heb een super conditie," bracht Letty er grinnikend tegenin. "Ik heb al drie dagen tenten opgebouwd."

"In dat geval hebben we allemaal een superconditie," zei Nina. "Kom... hardwerkende mensen als wij moeten zichzelf op cadeautjes trakteren."

De sfeer tussen Nina en Letty was weer ontspannen, zoals altijd. Letty durfde weer opgelucht adem te halen en zelfs Ellanor was blij dat Nina blijkbaar niets van het gesprek had opgevangen. Maar ze vroeg zich wel af wat Letty had willen vertellen. Waarschijnlijk ging het haar niet aan, maar toch...

Maar ze kon daar nu niet verder over nadenken. Ze zou eerst haar moeder bellen.

De telefoon ging een paar keer over voordat haar moeder aannam en heel even was Ellanor bang dat ze niet thuis zou zijn.

Maar na die drie keer hoorde ze haar moeder met het gebruikelijke ´Ja?´ opnemen.

"Mam... Ellanor. Ik wil heel even weten hoe het met je is?"

"Hoe denk je dat het met mij is? Je vertrekt hier na een ruzie..."

"We hadden geen ruzie."

"Hoe wil je dat dan noemen?"

"Een meningsverschil."

"Dat is hetzelfde."

"Nee, dat is het niet en het doet er niet toe. Ik wil alleen maar weten hoe nu gaat?"

"Beroerd. Ik moet me alleen zien te redden en die ruzie..."

"We hadden geen ruzie." Ellanor merkte dat ze steeds meer een verdedigende toon aansloeg en geïrriteerd raakte. Ze wilde niet geïrriteerd raken.

Ze haalde een paar keer diep adem.

"Het spijt me mama. Het spijt me als ik misschien wat kortaf was en dat was niet mijn bedoeling. Maar ik had het even nodig om weg te gaan."

"En mij alleen achter te laten?"

Je bent niet alleen, had Ellanor willen roepen. "Ik weet dat de buren naar je omkijken en dat de thuishulp elke dag komt," zei ze.

"Dat is niet hetzelfde."

"Nee. Maar er zijn in elk geval mensen die naar je omkijken en zoals ik al zei had ik het nodig. Ik was depressief, mama." *Was?*

"Depressief? Alsjeblieft zeg. Dat is weer zo'n nieuwerwetse ziekte. Je moet gewoon je schouders er onder zetten en niet zeuren."

En dat zeg jij, had ze kunnen vragen. Natuurlijk deed ze het niet. Bij haar moeder lag het net iets anders.

"Dat weet ik. Daarom deze reis. Zodat ik, als ik terugben, mijn schouders er onder kan zetten."

Daar helpt die reis niet aan mee. Weet je wel wat er allemaal kan gebeuren als je er niet bent? Ik kan zo een beroerte krijgen en dood gaan. Helemaal alleen. Zeker na die ruzie."

"We hadden geen ruzie." Ze had het willen schreeuwen, maar slaagde erin redelijk beheerst te klinken. Ze hadden geen ruzie.

Als ze dat ging geloven, kwam het nooit meer goed.

"Je weet wat er gebeurd na ruzies. Mensen raken van streek. Ze doen domme dingen. Letten niet op..."

"We hadden geen ruzie en ik wil ook geen ruzie mama. Ik wilde alleen even met je praten. Ik wilde weten of alles goed was en je zeggen dat ik van je hou."

Heel even was het stil

"Woorden betekenen niets," zei haar moeder toen.

"Nee. Dat weet ik. Maar ik wilde het toch zeggen."

"Als je van mij hield was je niet vertrokken."

"Jawel. Want ik kon niet op deze manier verder."

"Die reis lost dat niet op."

"Nee. Maar het haalt mij even uit de neerwaartse spiraal."

"Neerwaartse spiraal? In welk modern tijdschrift heb je dat weer gelezen?"

"Ik moet weer ophangen, mama. Maar ik bel over een paar dagen weer."

"Wanneer kom je weer naar huis?"

"Over een weekje ongeveer. Het is moeilijk precies te zeggen. Maar ik denk over een week."

"Je kan best eerder naar huis komen."

"Nee. Ik ben niet alleen en ik moet ook met Letty en Nina rekening houden."

"Zij ook met jou."

"Dan doen ze, mama. Ik bel over een paar dagen wel weer. Dag mama. Ik hou van je." Haastig verbrak ze de verbinding en ontnam haar moeder de kans om opnieuw een ruzie uit te lokken. Want ze wist dat haar moeder dat zou doen.

Ellanor voelde zich opeens erg moe. En onwillekeurig werd ze opnieuw overvallen door een schuldgevoel. Was het niet erg egoïstisch geweest om hierheen te komen terwijl haar moeder een zwakke gezondheid had en er toch al zoveel problemen mee had dat ze vertrok? Ellanor schudde haar hoofd. Ze wilde er niet over nadenken. Niet nu. Ze liep naar de winkel en voegde zich bij de andere twee, die nog steeds op zoek waren naar souveniertjes, die nergens goed voor waren, maar wel erg leuk.

Later dronken ze samen buiten koffie. De zon leek definitief verdwenen achter een dik wolkendek, maar het was niet koud.

"Perfect om te kanoën," vond Letty. "Anders krijgen we het veel te warm."

Toen ze eindelijk met wat mondvoorraad en een kano het water opgingen was het al bijna middag. Maar het maakte niet uit. Ze hadden besloten hem vier dagen te huren, zodat ze vanuit hun tent nog het water opkonden. Zelfs als ze ergens anders gingen staan, was er niets aan de hand. De kano ging dan gewoon mee. Na vier dagen zouden ze hem inleveren. Het zou dan hun zesde dag hier zijn en de zevende konden ze de wildernis weer verlaten omdat ze dan de week hadden volbracht.

Het duurde een tijd voordat ze de kano zover kregen dat hij de kant uitging die zij uitkozen. Op de een of andere manier leek het ding een eigen wil te hebben en vastbesloten te zijn om die door te zetten. Maar uiteindelijk kwamen ze toch in beweging en ze slingerden niet eens zo verschrikkelijk erg.

"Waar gaan we naartoe?" vroeg Nina. Zij had zich vrijwillig opgegeven om vooraan in de kano te zitten en uit te kijken voor uitstekende stenen en ander gevaarlijk spul. De andere twee roeiden.

"Richting tent," meende Letty.

"En de auto?"

"Die halen we morgen wel op. Te voet of met de kano. Zo ver kan het niet zijn."

Nina vond het geen prettig idee om zonder auto in het midden van de wildernis te zitten, maar ze zei niets. Ze wilde niet altijd degene zijn die overal moeilijk over deed. "Gewoon het Övre Gla volgen totdat we er zijn," zei Letty.

"Dan moeten we eerst het Övre Gla vinden," zei Nina bezorgd, terwijl ze voor zich uit keek.

"Daar zitten we al op."

"Kan niet. Dit meer houdt daar al op."

"Welnee. Dat zijn gewoon eilanden. Je kunt ertussendoor."

"Zou je denken?"

"Tuurlijk."

Letty kreeg gelijk. Ze konden ertussendoor. En er kwamen meer eilanden. In feite waren er zoveel eilanden dat ze nauwelijks meer konden zeggen wat het vaste land was. Maar ze hielden zoveel mogelijk rechts aan in de veronderstelling dat de oever van het vaste land dan regelmatig zichtbaar was.

Na ruim een uur begonnen Letty en Ellanor de ongewende bewegingen in hun spieren te voelen en nog eens een half uur later besloten ze om aan de oever een pauze te houden. Ze hadden geen flauw idee hoe ver het was tot aan de tent, maar het deed er eigenlijk niet toe. Met het eten wat ze bij zich hadden, konden ze tot laat in de avond vooruit.

Ze zochten een plekje aan de oever uit waar ze gemakkelijk de kano aan land konden trekken en gingen op stenen zitten om uit te rusten en iets te eten.

"Ik zal dadelijk kanoën," stelde Nina voor.

"Alleen?" vroeg Letty met een grijns. "Dan kunnen wij lekker luieren."

"Ik vrees dat we dan alleen rondjes draaien. Zou het nog ver zijn tot aan de tent?"

Letty schudde haar hoofd. "We hebben de hele tijd de oever gevolgd en het Övre Gla is niet zo verschrikkelijk groot, dus kan het nooit ver zijn. Ik verwacht dat we er rond vijf uur zijn. Misschien wel eerder."

"Goed. Dan neem ik meteen een warm bad," zei Ellanor.

Letty grinnikte opnieuw. "Bad genoeg. Alleen dat warme moet je erbij fantaseren."

"Helaas."

Ze kwebbelden nog even over de souvenirs die ze hadden gezien en over de kampeerders, maar zwegen angstvallig over gevoelige onderwerpen en het telefoontje van Ellanor met haar moeder. De andere twee hadden zelfs niet gevraagd hoe het was verlopen.

Toen het weer tijd werd om te vertrekken, meldde Ellanor dat ze nog even wat privacy nodig had omdat ze moest plassen en ze verdween tussen de struiken. Ze wist niet waarom ze zo ver doorliep. Er was niemand die haar zou kunnen zien. Misschien was het de macht der gewoonte om je voor dergelijke gebeurtenissen ver genoeg terug te trekken, gezien er in Nederland altijd wel iemand was die je kon zien en misschien kwam het ook gewoon omdat ze in gedachte was verzonken, maar ze liep in elk geval verder dan nodig.

Ze zag geschikte struiken om zich achter te verstoppen, maar haar aandacht werd getrokken door een open plek die ze daarachter zag en ze vroeg zich af of daar de weg liep. Het leek haar een goed idee om er even te gaan kijken en zo meer duidelijkheid te krijgen over haar locatie, maar nog voordat ze de plek helemaal had bereikt, zag ze dat ze zich had vergist. Het was geen open plek en geen weg. Het was water. Verbaasd keek Ellanor rechts en links van haar en naar de bebossing aan de overkant. En toen begreep ze dat ze op een eiland zaten. Ergens waren ze van de oever af gedwaald.

Ze raakte niet meteen in paniek bij die gedachte. Tegenover haar was ook een oever en ze was ervan overtuigd dat daar het

128

vaste land was. Met de weg naar hun tent. Uiteindelijk hadden ze almaar rechtdoor geroeid, dus zoveel kon er niet mis gaan.

Ellanor deed wat ze moest doen in de bosjes en ging terug naar de andere twee. Ze vertelde over haar ontdekking en in feite vonden ze het allemaal wel grappig. Ze zouden meteen voorbij dit eiland roeien en dan naar het vaste land gaan.

Dit keer kon Ellanor uitrusten. Nina nam het van haar over en misschien had Ellanor dat fijn moeten vinden, maar dat was niet helemaal zo. Niets doen gaf tijd tot nadenken. Over het telefoontje met haar moeder. Over John. Over haar vader. Ze was dusdanig onrustig dat ze een paar keer van de andere twee de zuchtende opmerking kreeg of ze eindelijk stil wilde zitten, omdat ze anders met zijn allen binnen de kortste keren in het water zouden liggen.

Ze roeiden naar het vermeende stuk land om erachter te komen dat ook dit niet het vaste land was. Dit keer werd er niet meer gelachen. Alleen nog geroeid. Het werd later en later en steeds sterker kwam het besef dat ze van eiland tot eiland roeiden en geen flauw idee hadden waar ze zaten. Ze wisselden elkaar steeds vaker af met roeien, maar de pijn in armen en schouders verdween niet meer. Uiteindelijk vielen de eerste regendruppels.

Ellanor had het als eerste in de gaten en keek naar boven. Het wolkendek had een dreigende grauwe kleur aangenomen en beloofde weinig goeds. Het begon bovendien te waaien, wat het nog moeilijker maakte om de kano te besturen.

Hoewel de vermoeidheid en honger toesloegen, kwam geen van hen met de suggestie om nog een pauze te houden. Hun kleding slurpte het regenwater gretig op en veranderde in koude plakkerige folie om hun lichamen. Alleen de beweging voorkwam een al te sterke afkoeling. Eten deden ze ook. Maar dit keer niet gezellig rond een kampvuurtje, maar een voor een in de kano, terwijl de andere twee stug doorroeiden.

Het vallen van de avond bracht nog meer kou met zich mee en de situatie leek hopeloos. Maar bij geen van hen kwam het idee op om op te geven. Opgeven betekende aanmeren op een vreemde plek en de nacht doorbrengen in de kou en regen, zonder enige beschutting. Wellicht was dat nog erger dan eindeloos doorroeien.

Letty noemde het eerst datgene wat ze allemaal al wisten, toen de schemering begon te vallen. Ze was op dat moment de rustende derde en tuurde voor zich uit op het water.

"We zijn verdwaald."

"Maar dat kan toch eigenlijk niet," bracht Nina ertegen in, terwijl ze wel beter wist. "We hoefden alleen maar rechtdoor te roeien."

"Blijkbaar niet," zei Ellanor vermoeid. Ze stopte even met het roeien en masseerde haar pijnlijke schouders kort.

"En nu?" wilde Nina weten.

Letty haalde haar schouders op. "Misschien moeten we toch maar de nacht hier ergens doorbrengen," stelde ze voor. "We kunnen moeilijk de hele nacht op het meer blijven."

"We zijn kletsnat, hebben geen beschutting of wat dan ook," bracht Ellanor haar in herinnering. "We kunnen onderkoeld raken."

"Niet in het voorjaar," meende Letty.

"In Nederland misschien niet, maar het koelt hier nogal af 's nachts. Je gaat mij toch niet wijsmaken dat je dat nog niet hebt gemerkt."

"Nou ja.. ik weet wel dat het afkoelt. Maar toch niet genoeg om onderkoeld te raken?"

"Wel als je nat bent en het waait."

"Bovendien weet je niet wat er rondloopt op de oevers. Er zitten hier beren," zei Nina, terwijl ze meteen gespannen om zich heen keek, alsof ze er elk moment

één verwachtte te zien. "We dachten dat die hier niet zaten, maar ik heb het gelezen…"

"Ik betwijfel het," zei Letty zuchtend. "Maar wat moeten we dan?"

Geen van de dames die daar direct een antwoord op had.

Ze keken alledrie gespannen om zich heen in de hoop een herkenbaar punt te zien. Iets wat uiteraard niet gebeurde.

"We kunnen daarheen gaan" stelde Ellanor op een bepaald moment voor. Ze wees naar weer een nieuwe oever met dichte bebossing. "We kunnen nog een keer kijken of dat het vaste land is en zo ja, dan kunnen we misschien een stuk te voet afleggen. De weg loopt vrijwel overal langs het water. Dus het moet niet zo moeilijk zijn hem te vinden."

"In het donker wel," meende Nina.

"Het alternatief is hier in de boot blijven zitten en verder doornat worden," reageerde Letty een beetje geïrriteerd. "Dan kunnen we net zo goed in het water gaan liggen."

"We kunnen het altijd proberen," vond Ellanor.

Ze pakte haar roeispaan weer op en begon te roeien. Nina deed hetzelfde.

De oever was dichtbij, maar het leek een kilometers lange tocht door de tegenwerkende wind en uiteindelijk peddelde zelfs Letty mee met haar handen.

Vlak voor de oever stopte Ellanor plotseling met roeien en bleef doodstil zitten. Automatisch deed Nina hetzelfde. Ze voelde dat er iets was. Ze zag het aan Ellanors houding.

Een gevoel van misselijkheid stroomde door haar lichaam. "Wat is er?" fluisterde ze. Ze zag dat ook Letty nu haar rug strekte en strak voor zich uitkeek.

Nog voordat iemand antwoord gaf, hoorde ze het.

De takken van de dichte begroeiing voor hen bewogen en kraakten. Het leek alsof er takken werden afgebroken en er volgde een licht kauwend geluid.

"Wat is dat?" siste Nina.

"Iets groots," fluisterde Letty. Ze had iets gezien, maar wist niet precies wat het was. Alleen dat het groot was.

"Een beer?" vroeg Nina zich hardop af. Het idee alleen al versterkte haar misselijkheid met honderd procent.

"Misschien een eland," fluisterde Ellanor. "Die zijn groot."

Opeens wilde ze hem zien. Het was belachelijk. Hier zat ze, oververmoeid, doornat, koud tot op het bot en verdwaald. En opeens was het belangrijk om die eland te zien.

Letty bleef naar de bewegende takken op de oever kijken. "Het komt in elk geval hierheen," fluisterde ze.

Als het maar geen beer is, dacht Nina. Ze wist niet zeker of ze een eland minder erg vond, maar ze moest zich ergens aan vast houden.

Opeens kwam hij tevoorschijn. Een donkere schaduw tussen de begroeiing. Hij was enorm. Ellanor schatte hem twee meter hoog en hij droeg een gewei wat ze met uitgespreide armen nog niet half zou kunnen omvatten.

Hij keek hen recht aan.

"Oh oh," fluisterde Ellanor. Opeens vroeg ze zich af waarom ze dit dier zo graag had willen zien.

"Wow," reageerde Letty en ze week vanzelf achteruit.

Nina zei niets. Ze staarde alleen maar naar dat enorme beest.

Een paar tellen was het doodstil. De vrouwen keken naar de eland en het dier keek strak naar hen.

De eland snoof.

"Misschien kunnen we beter maken dat we wegkomen," siste

Letty toen. Ze meende dat het dier aanstalte maakte om hun kant uit te komen.

"Verder het water op," meende Nina, en ze stak meteen de roeispaan het water in. "Dan kan hij niet bij ons komen."

"Ze kunnen zwemmen," wist Ellanor. Ze had het op de Zwedensite gelezen. "Elanden zijn hele goede zwemmers."

"Ze kunnen vast ook harder lopen dan wij," meende Letty, "Dus laten we toch maar zo snel mogelijk wegroeien."

De eland snoof opnieuw en opeens kwamen ze allemaal gejaagd in beweging.

Ellanor en Nina begonnen verwoed te roeien en Letty peddelde mee met haar handen. Het ging opvallend soepel omdat ze dit keer de wind mee hadden. Ze letten niet zozeer op de eland. Ze wilden alleen maar weg hier.

Geen van hen lette op wat ze deden. Ze roeiden alleen maar in het wilde weg om zo snel mogelijk weg te komen van het grote onbekende dier. De kano wiebelde gevaarlijk, maar niemand scheen het te merken. Totdat hij bijna omklapte. Pas op dat moment schenen ze allemaal uit hun paniek te ontwaken en keken elkaar verschrikt aan.

"Dat was geen goed idee," zei Letty.

"Het scheelde geen haar," meende Ellanor.

"Als we waren omgekiept..." merkte Nina met trillende stem om. Ze maakte haar zin niet af.

"Wij hebben blijkbaar geen wilde dieren nodig om onszelf om zeep te helpen," gromde Letty.

"Wat doen we nu?" vroeg Nina zich paniekerig af. "We kunnen niet in de kano blijven en we kunnen niet naar de oever."

"Hoe moet ik dat weten," reageerde Letty pinnig.

Ellanor zei niets. Ze keek nog een keer naar de plek waar ze de eland hadden gezien. Het beest was allang weer verdwenen.

"Het was jouw idee om naar de tent te roeien," zei Nina. Haar stem had een ruzieachtige toon aangenomen.

"Oh... heb ik het nu gedaan? We zijn met zijn drieën, Nina..."

"En dan hebben er drie schuld? Zo werkt het niet altijd, Letty. Al denk je er alles over te weten."

"Wat bedoel je?"

"Je weet goed wat ik bedoel. Jij en Jeremy..."

Letty trok wit weg. "Nina, ik..."

"Makkelijk hé, om een mening te vormen als ik er niet bij ben. Als ik mij niet kan verdedigen. Hij wil de dingen goed praten zodat hij niet de schuld krijgt tegenover andere. Tegenover jou, in dit geval. Een vertrouwd onderonsje. Maar hij is degene die is vertrokken."

Letty slikte moeizaam. Heel even was ze doodsbang geweest. Maar de angst maakte weer plaats voor irritatie. "Niet zo onverwacht als je beweerde," zei ze.

"Hoe kun jij daarover oordelen? Natuurlijk wist ik dat er problemen waren. Maar niet iedereen vertrekt meteen bij de eerste problemen."

"Niet bij de eerste problemen. Maar wel als er leugens in het spel zijn," ging Letty ertegen in.

"Wat bedoel je daar nu weer mee?"

"Je zei dat je kinderen *wilde*. Net als hij."

"En jij denkt dat het een leugen was? Denk je dat ik niet wilde?"

"Dat denk ik, ja."

"Wat een belachelijke gedachte. Ik wilde niets liever dan kinderen. Een gezin. Ik deed er alles voor. Maar het lukte niet..."

"Hou op, Letty. Wie hou je voor de gek? Je gebruikte de pil. Jeremy vond hem per toeval in je kast toen hij iets zocht."

Nina schrok zichtbaar en staarde Letty aan. Het duurde een paar tellen en toen herstelde ze zich. "Dan had hij ernaar moeten informeren voordat hij conclusies trok," zei ze toen. Haar stem trilde. "Het was in overleg met de dokter. Jer wist dat ik in behandeling was vanwege die kinderloosheid en de pil moest de hormoonbalans herstellen, voordat we weer verder konden gaan met de behandeling."

"De pil moest de hormoonbalans herstellen? Zoiets belachelijks heb ik nog nooit gehoord."

"Heb je ooit wel eens onvruchtbaarheidsbehandelingen ondergaan?"

"Nee, natuurlijk niet, maar..."

"Dan weet je er niets vanaf. Het heeft te maken met een nieuw onderzoek. Maar dat hoef ik jou niet uit te leggen. Waar het om gaat is dat Jeremy een dergelijke ontdekking doet en er dan blijkbaar met iedereen over praat, behalve met mij."

"Hij had geen zin om er met jou over te praten omdat hij zich besodemieterd voelde. Hij dacht dat je steeds beweerde dat je kinderen wilde omdat je niet wilde dat hij wegging. Ondanks het feit dat het huwelijk toch al veel had geleden."

"Dan had hij het mij moeten vragen."

"Misschien had jij het hem moeten zeggen."

"Hier schieten we niets mee op," kwam Ellanor ertussen. De ruzie tussen die twee maakte haar misselijk. Ze kon niet tegen ruzie.

"Op deze manier komen we nooit bij de tent."

"Op een andere manier dan wel?" vroeg Nina, nog steeds kwaad.

"We kunnen het in elk geval proberen. Zoveel mogelijk naar rechts gaan. Op een gegeven moment moeten we toch bij een oever komen."

"We waren net bij een oever."

"Een stukje rechtdoor en dan naar rechts."

"We komen nooit meer bij de oever," mompelde Nina.

"Lekker optimistisch, zoals altijd," merkte Letty op.

Maar Nina en Ellanor begonnen te roeien. De wind was gelukkig alweer gaan liggen, maar het regende nog steeds. Het maakte niet veel meer uit. Ze waren hoe dan ook doornat en voelden het nauwelijks meer. De kano gleed vrijwel geruisloos door het koude donkere water.

Ellanor had overal pijn en de kou nestelde zich tot in haar botten. Tussen Nina en Letty was een kil zwijgen ontstaan.

Letty's gedachten waren verward. Het begin van het gesprek had haar van streek gemaakt. Dat was de belangrijkste reden waarom ze fel had gereageerd. Veel feller dan haar bedoeling was geweest. Als iemand niet het recht had om dat te doen was zij het wel. Nina voelde zich gespannen en misschien zelfs een beetje ziek. Dus Jeremy had het ontdekt. Precies waar ze bang voor was geweest. Wat ze had vermoed. In zekere zin had Letty gelijk gehad. Nina was niet eerlijk geweest tegenover Jeremy. Maar ze had haar reden daarvoor gehad. Ze kon alleen niemand daarover vertellen. Het was haar geheim. Een geheim uit een ver verleden wat haar steeds vaker wakker hield en grote wonden knaagde. Misschien had ze daarom zo heftig gereageerd op Nina. Natuurlijk had ze die morgen al gehoord waar ze met Ellanor over had gepraat, maar toen had ze ervoor gekozen om te doen alsof ze nergens vanaf wist. Juist om deze confrontatie te voorkomen. Juist omdat ze sommige dingen niet eens wilde weten. Maar door de angst en de stress was het er toch uit gekomen en had ze anders gereageerd dan ze had willen doen. En was ze opnieuw geconfronteerd met datgene wat ze probeerde te vergeten.

"Daar" riep Ellanor opeens uit. Ze wees met een trillende hand voor zich uit. "Dat is toch dat witte shirt met blinkers van Letty.

Het shirt wat ze vanmorgen in die boom heeft gehangen?"

Gespannen keken de vrouwen in de aangegeven richting en zagen inderdaad iets wits in de duisternis. Dat kon alleen het shirt zijn.

Een paar tellen dreven ze gespannen zwijgend richting shirt. Geen van hen durfde te juichen. Totdat ze ook de vorm van de tent herkenden.

Op dat moment begonnen ze door elkaar heen te schreeuwen en te juichen. Ze waren bij de tent uitgekomen.

Ellanor en Nina begonnen met hernieuwde energie te roeien en slechts tien minuten later konden ze de kano op het land trekken en drijfnat de tent opzoeken.

Ze trokken onmiddellijk de natte spullen uit, droogden zich af en trokken droge kleding aan. Omdat het buiten geen weer was voor een warm kampvuur, besloten ze het gasstelletje binnen aan te steken voor een klein beetje warmte. Bovendien konden ze zo wat water opwarmen voor een paar mokken koffie. Ze rilden nog steeds na van ellende, maar ze zaten tenminste onder dak. Min of meer dan.

Toen ze eenmaal hun kille handen aan de koffiemokken konden warmen, keek Letty Nina aan.

"Het spijt me," zei ze toen. Het gaat mij niet eens aan.

"Nee. Maar ik had niet zo fel moeten reageren. Je kon het niet weten... Het ligt allemaal nogal gevoelig."

"Ja. Dat snap ik. Vrienden?"

Nina glimlachte. "Vrienden."

Ellanor haalde opgelucht adem. Ze kon werkelijk niet tegen ruzies.

HOOFDSTUK 11

Ellanor sliep slecht die nacht. Het tikken van de regen mocht voor menig kampeerder dan een gevoel van nostalgie opwekken... bij haar veroorzaakte het vooral onrust. Zou de tent droogblijven? Zou het morgen ook nog regenen? Wat moesten ze doen als het regende? Moest ze haar moeder weer bellen?

Ze was vroeg op, zoals de voorgaande dagen, maar er was geen mogelijkheid om buiten te zitten. Het regende nog steeds. Heel even ritste ze de tent open en keek naar buiten. Het meer zag er triest en koud uit en de bossen waren grauw en afwijzend.

Ze trok zich weer terug in het middengedeelte van de tent en maakte wat water warm op het gastoestelletje, terwijl ze met een deken over haar schouders een beetje probeerde te lezen. Ze had het koud en alles voelde vochtig aan. Op dit moment was ze het liefste thuis geweest. Maar thuis was ver weg. En thuis was niet minder kil.

Dit keer was het Nina die als tweede uit haar bed gekropen kwam.

"Ik rook koffie," fluisterde ze. Ellanor had net oploskoffie voor zichzelf gemaakt en glimlachte. " Zou kunnen. Ook wat?"

"Graag. Regent het nog steeds?"

"Ik ben bang van wel. En het ziet ernaar uit dat het voorlopig nog wel even zo zal blijven."

"Gedver. Wat moeten we dan doen?"

"Geen idee."

"Misschien kunnen we ergens heen gaan. Naar dat stadje of zo."

"Misschien."

Ellanor overhandigde Nina een mok koffie. Nina nam hem dankbaar aan en warmde haar handen ermee.

"Weet je... ergens wist ik wel dat Jeremy erachter was gekomen," begon Nina. Ze keek Ellanor niet aan, maar staarde recht voor zich uit.

"Waarom heb je er niet met hem over gepraat?"

"Omdat... ik had mijn redenen."

Ellanor knikte alleen maar.

Nina staarde naar de koffie. Waarom kon ze niet gewoon zeggen hoe het was?

"Hoe was het trouwens met je moeder?" vroeg Nina toen.

"Ach... hetzelfde eigenlijk. Niet echt slecht, geloof ik. Maar ze heeft er nogal moeite mee dat ik nu hier zit. Ze is bang dat haar iets overkomt..."

"Zit dat erin? Dat haar iets overkomt?"

"Haar gezondheid is niet echt geweldig."

"Rot. De gezondheid van mijn moeder ook niet."

"Dat weet ik. Redt ze het wel als je er niet bent?"

"Ze heeft heel veel hulp."

"Ja, dat weet ik. Maar dat is toch niet hetzelfde."

"Dat vind ik ook. Maar het is goed even weg te zijn." Heel even was het stil. "De thuiszorg adviseert een plaats in een verpleegtehuis."

"In een verpleegtehuis?"

"Haar gezondheid gaat steeds verder achteruit. Na die heupbreuk en die longontsteking is ze niet meer echt opgeknapt. Haar gezondheid is slecht. Ze heeft overal hulp bij nodig."

"In dat geval.."

"Ik kan dat niet. Ik kan haar niet zomaar in zo'n tehuis stoppen. Haar afgeven..." Nina slikte moeizaam.

"Misschien moet je het zo niet zien..." probeerde Ellanor.

"Hoe zou jij het zien?" Nina keek Ellanor aan.

Ellanor gaf geen antwoord. Ze zou het ook nooit kunnen doen.

Een paar minuten dronken ze zwijgend hun koffie.

"Nou zeg, wat zijn jullie weer vroeg." Letty kwam uit haar slaapcabine gekropen in haar idiote nachthemd en keek de andere twee slaperig aan.

"Hebben we je wakker gemaakt?" vroeg Ellanor.

"Nee. De geur van koffie maakte mij wakker. Is er nog?"

Ellanor knikte en maakte nog een kop koffie, terwijl Letty erbij kwam zitten en naar het doek boven haar hoofd keek.

"Volgens mij is het nogal nat buiten."

"Jep. Het regent."

"Fijn. Mooi weer om te kanoën dus," reageerde Letty zuchtend. "Wij hebben ook zo'n ding gehuurd..."

"Maakt niet uit," vond Nina. "We verdwalen er toch maar mee."

"Maar we hebben wel een eland gezien," merkte Letty op met een grijns. Ze vouwde haar handen om haar mok en keek de andere twee aan met een kleine schittering in haar ogen.

"Dat wel," gaf Ellanor toe.

"Helaas hebben we ook de vissen iets te fanatiek van dichtbij bekeken," meende Nina.

"Vissen vallen ook onder wild," vond Letty. "Dus zijn ze het bekijken waard. Hebben jullie ook zo'n spierpijn?"

"Ik wel," gaf Nina toe. "Ik wilde het alleen niet zeggen. Ik dacht dat ik de enige was."

Ellanor wilde zeggen dat het voor haar wel meeviel, maar op datzelfde moment voelde ze de eerste stijfheid in haar lichaam optreden en wist dat er voor haar ook geen ontkomen aan was. "Je had het niet mogen zeggen," zei ze. "Tot enkele tellen geleden ging het goed."

"Ik zou je hebben gehaat als je geen spierpijn kreeg," zei Letty. "Wat gaan we vandaag doen?"

"Naar de stad?" stelde Nina weer voor.

"Ah nee," reageerde Letty. "We zouden in de wildernis blijven. Min of meer dan."

"En wat doen? Het giet."

"Dan moeten we iets verzinnen."

"We kunnen wat lezen en kletsen. Misschien even koffie drinken op die camping," stelde Ellanor voor. Misschien was het geen slecht idee om haar moeder nog een keer te bellen.

"Saai," vond Letty.

"Er valt hier verder niets te doen," zei Nina. "Vandaar dat ik voorstelde om..."

"We gaan niet naar de stad," reageerde Letty beslist.

"We kunnen een stukje rondtoeren," stelde Ellanor voor. "We kunnen een kaart halen van Glaskogen op de camping en dan gewoon een rondrit maken. Dan nemen we thee en iets te eten mee en maken er een dagtripje van. Volgens mij kun je hier een aardig eind rondrijden."

"Rondtoeren en picknicken," zei Letty nadenkend. "Dat is nog eens een idee. Met die jeep van jou komen we overal. Misschien zien we nog wild. Dit keer vanuit een wat veiligere omgeving."

Nina knikte ook. Ze was werkelijk liever naar de stad gegaan, maar dit was een aardig alternatief. Alles was beter dan alleen maar in de tent zitten en piekeren. Want dat laatste had ze ongetwijfeld gedaan als ze in de tent waren gebleven. Zeker nu eenmaal het een en ander was opgerakeld.

"We hebben alleen één probleem," stelde Letty. De andere twee keken haar vragend aan.

"We hebben geen auto. Hij staat op de camping."

"Ach ja . Hoe kon ik dat vergeten," kreunde Ellanor.

"En halen met de kano is nu geen optie," meende Nina.

Heel even was het stil.

"We zullen hem moeten halen," besliste Ellanor.

"Hoe?" vroeg Nina.

"Te voet."

"Weet je wel hoe ver het is?"

"Volgens mij valt het wel mee. Een kilometer of vijf, zes, denk ik. Dat is wel te doen. We hebben trouwens niet zo heel veel keuze. Als we tenminste de auto terug willen."

"Ach, we hebben toch niets anders te doen," reageerde Letty luchtig.

"Het regent," bracht Nina hen in herinnering.

"We hebben regenkleding," vond Ellanor.

Daar was niets tegenin te brengen. "Dan moet het maar," gaf Nina toe.

Letty knikte.

"Goed," besloot Ellanor. "Dan drinken we onze koffie, eten iets, maken ontbijt en een lunchpakket, halen een kaart en gaan op stap."

De sfeer werd er meteen beter op. Ondanks de wandeling die in het vooruitzicht lag. Het was een prettig idee om iets in het vooruitzicht te hebben.

Slechts een uurtje later gingen de dames op weg. Ze waren nauwelijks vijf minuten aan het wandelen, toen er een oude volvo aan kwam rijden.

Letty bedacht zich geen moment, sprong op de weg en begon met haar armen te zwaaien.

Ellanor en Nina wilden protesteren, maar de auto remde onmiddellijk af en een stel op leeftijd keek hen nieuwsgierig aan.

In het engels legde Letty uit dat ze op weg waren naar de camping omdat de auto daar stond en vroeg ze of het mogelijk was een lift die kant uit te krijgen. Het bleek inderdaad mogelijk en zo bereikten ze zonder problemen de parkeerplaats van de camping.

Na het koppel uitgebreid te hebben bedankt, sloegen ze zoetigheid en een kaart in en zochten een leuke route uit, die hen door het hele gebied zou leiden.

Het eerste stuk leidde richting Årjäng en ze reden al een hele tijd over een grindweg die veel weg had van een achtbaan toen Letty opeens begon te roepen dat ze moesten stoppen.

"Wat is dat?" vroeg ze aan niemand in het bijzonder toen Ellanor de auto tot stilstand had gebracht. De drie vrouwen staarden naar bouwsels van grove stenen en loopgraven.

Het was Ellanor niet eens opgevallen. Wellicht omdat ze er met haar gedachte niet bij was geweest.

"Het lijkt wel iets uit de oorlog," meende Ellanor.

"Zweden deed toch niet mee aan de tweede wereldoorlog," merkte Nina op.

"Misschien stamt het nog van voor die tijd," meende Letty. "Zullen we even gaan kijken? Het regent nu niet zo hard."

Ellanor parkeerde de auto aan de kant en ze stapten alledrie uit. Als kleine kinderen onderzochten ze de loopgraven, bunkers en tankstoppers. Het was allemaal veel groter dan ze hadden verwacht en steeds ontdekten ze weer nieuwe dingen.

Het was Nina die het bordje met de verklaring zag.

"Ze hebben het voor de zekerheid gedaan," riep ze. "Voor als er oorlog zou komen."

"Wat een werk," zei Letty bewonderend.

Ellanor vond het iets triests hebben. Ze zwierf een beetje rond over de heuvels en keek naar de loopgraven en grauwe gebouwen die veel weg hadden van kleine donkere gevangenissen. En opeens overviel haar het gevoel dat ze zelf in zo'n gevangenis zat. Niet letterlijk natuurlijk, maar het voelde alsof ze in zo'n donkere bunker zat met van die ondoordringbare wanden.

Het was een beklemmend gevoel wat haar bijna haar adem ontnam. Was het de dood van John die dit met haar deed? Voelde ze zich daarom zo opgesloten? Ze realiseerde zich dat de dood van John misschien een rol had gespeeld, maar dat het gevoel er eerder was geweest. Net zo sterk toen ze veel jonger was geweest. Toen ze haar vader had verloren. Iets minder in de tijd daarna. Maar zoveel sterker nu.

Ze strekte haar rug en keek om zich heen. Ze stond op een heuvel en overzag een deel van de loopgraven, bunkers, bossen en de weg die hen hier naartoe had geleid. Ze wenste dat ze een vogel was en haar vleugels kon uitstrekken om simpelweg weg te vliegen. Nergens naar toe. Alleen de vleugels uitstrekken en meedrijven op de wind. Alles vergeten.

Ze schudde die kinderlijke gedachte meteen van zich af en liep naar de andere vrouwen toe. "Zullen we verder gaan?" stelde ze voor.

De andere twee knikten. Ze stapten in de auto en reden door.

Ze waren nog niet zo heel lang op weg toen Letty opeens schreeuwde: " Stop, Daar, wacht.... een eland."

Als vanzelf keek Ellanor meteen rechts van haar. Maar voordat ze de kans kreeg om ook maar iets te zien, merkte ze dat de auto de berm inreed. Hij hobbelde een paar keer, Ellanor trok aan het stuur om hem weer de weg op te krijgen, maar de jeep groef zijn voorwiel in de week geworden grond en kwam met een klap tot stilstand.

Ellanor slaakte een klein gilletje, omklemde het stuur en voelde hoe haar hart bonsde.

Rustig blijven, praatte ze zichzelf in. Rustig blijven.

"Zitten we vast?" klonk Nina's paniekerige stem achter haar.

"Dit is een jeep. We komen er heus wel uit," zei Letty. "Nietwaar

Ellanor?"

Ellanor probeerde helder na te denken. Ze zette de auto in de fourwheeldrive en gaf langzaam gas. Hij leek zich nog verder in te graven.

Ellanor probeerde het stuur in een andere positie te brengen. Zonder resultaat.

"Ellie?" probeerde Letty nog een keer.

Ellanor gaf weer geen antwoord. Ze probeerde nog een keer gas te geven, zag de modder voorbij de ramen vliegen, liet het gas los en stapte uit.

Het voorwiel was bijna volledig ingegraven, het achterwiel gedeeltelijk. De bodem van de auto ruste op het harde gedeelte van de berm, tegen de weg aan.

Ellanor sloeg haar hand voor de mond. Een gebaar wat de andere twee ertoe bracht om ook uit te stappen en de schade te bekijken.

"Oei," reageerde Letty toen ze het zag.

Nina trok wit weg. "Wat nu?"

Ze keken alledrie naar links en naar rechts en zagen niets anders dan een volledig verlaten grindweg.

"En nu?" vroeg Nina weer zorgelijk.

"Picknicken," stelde Letty voor. Ze keek de andere twee aan en haar mond vormde een grijns.

"Picknicken?" reageerde Nina verbijsterd. Het was duidelijk dat ze aan het verstandelijke vermogen van haar vriendin twijfelde.

"Waarom niet?" vond Letty. "We hebben geen bereik, we zitten muurvast, het is nog een heel stuk tot aan de bewoonde wereld en het is etenstijd."

"Maar moeten we niet iets doen?" probeerde Ellanor nog. Ze keek nog een keer naar de weggezakte auto.

"Zoals?" vroeg Letty.

"Geen idee."

"Precies. Uitgraven zal niet lukken vrees ik. Vroeg of laat zal er heus wel iemand langskomen."

"Ik betwijfel het," zei Nina zorgelijk, terwijl ze nog een keer naar links en rechts keek.

"Ik niet. Het is bepaald geen snelweg, maar volgens mij komt hier toch wel af en toe een auto langs en de kans dat die stopt om te helpen is waarschijnlijk groter dan wanneer je in Nederland ergens langs de autoweg staat. Bovendien moet je het positief bekijken. Het regent op het moment niet."

De drie keken even naar boven, waar donkere wolken dreigend overdreven. Het regende inderdaad niet, maar het was nog maar de vraag of dat lang zo zou blijven.

Ellanor haalde even haar schouders op. In feite had Letty gelijk. Er was maar bar weinig wat ze konden doen, dus eten was een goede optie.

"Goed," zei ze daarom. "Dan picknicken we. Misschien kunnen we midden op de weg gaan zitten. Dan worden we in elk geval opgemerkt als iemand langs komt."

"Nou...." Letty keek even naar de jeep. "Ik denk dat we toch wel worden opgemerkt."

Ze pakten de kist met thee, brood, boter, kaas, suiker en jam uit de auto en zochten een redelijke platte steen aan de kant uit om hun spullen op uit te stallen. Ze zaten nog net niet toen de grijze wolken besloten dat ze hun tranen lang genoeg hadden opgehouden en de eerste druppels alweer vielen.

"Oh nee," mompelde Nina.

Zelfs Letty keek een beetje zorgelijk naar boven. "Denk je dat we in de jeep kunnen picknicken?"

"Ik heb een ander idee." Ellanor liep naar de auto, opende de achterklap en haalde er een grote parasol uit.

Letty begon te lachen toen ze het zag en Nina keek alleen maar verbaasd.

Ellanor stak hem in de grond naast de steen en klapte hem open. Enkele tellen later zaten ze met zijn drieën onder de parasol terwijl de regen gestaag op het zeil tikte.

Het had zowaar iets gezelligs.

Terwijl ze hun thee dronken en boterhammen wegkauwden, keken ze naar de jeep.

"John zou dubbelgelegen hebben," zei Ellanor.

"Zou hij niet kwaad zijn geworden?" wilde Nina weten. "Jeremy kon niet zo goed tegen lompigheid."

"Ik weet niet of John echt tegen lompigheid kon," zei Ellanor. "Misschien lachte hij altijd van de zenuwen als ik weer eens iets stoms deed. Maar hij lachte er altijd om."

Letty staarde even in haar thee en keek toen weer naar Ellanor.

"Volgens mij hadden jullie best wel een goed huwelijk."

"Ik geloof het wel. Er waren wel ergernissen en kleine ruzies. Misschien kon je het niet eens ruzies noemen. Misschien waren het slechts meningsverschillen. Maar het ging eigenlijk altijd over niks. Misschien is dat nog het ergste. Dat je je druk maakt over kleine dingen en pas veel te laat beseft dat ze er niet toe doen."

"Dat is altijd zo," meende Nina. "Hoewel Jeremy en ik toch ook regelmatig echt knallende ruzie's hadden."

"Het kan geen kwaad om af en toe knallende ruzie te hebben," meende Letty. "Het lucht op. Tom en ik hebben nooit knallende ruzie. Ik geloof dat ik het wel eens uit probeer te lokken, maar het lukt gewoon nooit. Hij is altijd zo verdraaid verstandig. Ik haat verstandigheid."

"Ik niet," zei Nina. "Ik haatte die ruzies. En ik betwijfel of ze ergens goed voor waren. Want uiteindelijk is hij toch vertrokken."

Ze staarden alledrie een tijdje voor zich uit.

"En toch was er een eland," zei Letty toen.

"Ik heb hem niet gezien," gaf Ellanor toe. "Ik zag alleen de modder."

"Maar hij ons wel," meende Letty. "Hij ligt nu dubbel van het lachen achter een struik. I've got you, denkt hij."

"Dan kan hij maar beter bij mij uit de buurt blijven," vond Ellanor.

"Ze hebben ons in elk geval niet veel geluk gebracht," meende Nina. "Gisteren zorgde een eland ervoor dat we bijna met onze kano ondersteboven op het water lagen en nu zitten we in de modder vast."

"Het was wel idioot gisteren," meende Letty. "Ik bedoel... stel dat iemand het heeft gezien... Eerst slagen we er al in hopeloos te verdwalen, dan begint het te regenen en uiteindelijk komen we nog die eland tegen. Wij zachtjes erheen om hem te zien en dan zien we hem eindelijk en wat doen we? We raken in paniek en weten onszelf bijna te verdrinken. Wij hebben geen wilde beesten nodig om te verongelukken. Wij doen het zelf wel. Zo van... wacht even, meneer eland, u hoeft ons niets te doen. Kijk... we verdrinken ons zelf."

"Hij stond anders gevaarlijk stil naar ons te staren."

"Misschien had hij nog nooit zulke klunzen gezien," meende Ellanor.

"Het moet er nogal lomp hebben uitgezien," bedacht nu ook Letty. Ze begon te lachen. Onwillekeurig lachten Ellanor en later zelfs Nina mee.

"Daar gingen we... de kano op en neer, wij bijna ondersteboven..."

"Die eland heeft vast met zijn ogen gerold."

"De vissen ook. Die hadden zoiets van... toeristen... rare figuren."

"En wij maar gillen."

"En die eland er niets van snappen."

"Als iemand anders ons had gezien..."

Bijna ontging hun het geluid van een naderende auto. Pas toen hij bijna bij hen was, zagen ze hem. Ze hadden inmiddels de slappe lach gekregen en probeerden hun tranen in bedwang te houden toen ze opstonden en de auto tegemoet renden.

De inzittenden, drie jonge kerels met rugzakken, keken verbijsterd naar de drie gillende vrouwen en heel even leek het erop alsof ze in paniek het gaspedaal weer zouden indrukken, maar gelukkig bedachten ze zich en stopten ze. Ze keken even naar de druk bewegende dames en naar de auto en deden erg hun best om ernstig te kijken.

Dat lukte totdat ze uiteindelijk waren uitgestapt en nog een keer naar de auto keken. Toen begon een van de mannen, waarschijnlijk de jongste, een magere slungel met rood haar, te proesten. Onmiddellijk begonnen de andere twee ook te lachen.

Ellanor, Letty en Nina hadden natuurlijk kwaad kunnen worden, maar de schrik was inmiddels verdwenen en deze knapen waren jong genoeg om alles grappig te vinden. Ellanor schatte hen ergens rond de twintig en gezien het Zweedse nummerbord nam ze aan dat het Zweden waren.

"Do you talk english?" vroeg ze daarom voorzichtig toen ze weer wat rustiger waren.

"No," antwoordde een flinke knaap met wild donker haar. Zijn ogen twinkelden een beetje.

"Uhhh car... broken... understand?"

"Nou, ik begrijp het beter als je gewoon plat Amsterdams praat."

Ellanor staarde hem verbijsterd aan. "Maar die auto... het nummerbord..."

"Gehuurd."

"Oeps... sterk."

"Ach... een groot deel van de toeristen hier is Nederlands. Of Duits."

"Blijkbaar. We zijn de greppel ingereden."

"Dat vermoeden hadden we al. Hoe hebben jullie het klaargespeeld?" Er lag een kleine uitdaging in zijn ogen. Ellanor zag hem denken: ´vrouwen achter het stuur´.

"Ik moest uitwijken."

"Uitwijken? Waarvoor? Hier is geen verkeer."

"Voor een eland."

"Een eland. Dat meen je niet... We rijden al dagen rond om er één te zien, en alles wat voor onze auto verschijnt is een eekhoorn en een overjarige haas. En jullie... jullie zien een eland. Ze zijn machtig hé?"

"Ik kon niet zo goed kijken. Ik reed namelijk de greppel in."

"Nou ja, beter de greppel in dan tegen een eland aan. Dan zouden jij en de eland het wellicht niet kunnen navertellen."

"Nee. Maar nu zitten we dus met een probleem..."

"Dat zie ik." De jongens richtten hun aandacht op de auto en liepen er omheen, terwijl ze met hun hoofd schudden, hun lach probeerden in te houden en achter hun oren krabden. Een van hen, zonder meer de knapste van de drie, keek meer naar Letty. Hij was minstens tien jaar jonger, maar zag er goed uit en zat blijkbaar niet met een leeftijdsverschil. Letty leek het niet te merken, maar Ellanor wist wel beter.

"Die krijgen we er zo nooit uit," besloot de rondbuikige jongen uiteindelijk. "Hij zit met de bodem vast op de grond. Slepen is geen optie."

"Niet als we onze huurauto niet willen vierendelen," was de roodharige knaap het ermee eens.

"Maar we moeten de dames toch kunnen helpen," meende de knapperd met een kleine grijns naar Letty. "We kunnen een tractor halen."

"Halen?" vroeg de ronde verbaasd.

"Nou ja... met chauffeur natuurlijk. Een tractor of een kraanwagen of zo. Ze hebben zoiets vast al vaker meegemaakt."

"Kunnen we doen," waren de andere twee het ermee eens. "We rijden naar Årjäng en regelen iets. Jullie zullen hier moeten wachten."

"Ik kan bij de dames blijven," stelde de mooie jongen voor.

De gezette knaap pakte hem bij een oor en trok hem lachend mee. "Nee, nee... we hadden een afspraak," zei hij. Hij knipoogde even naar de vrouwen en beloofde dat ze meteen iets zouden regelen en dan terug zouden komen met het nieuws. Ellanor bedankte hen hartelijk en zwaaide hen nog even uit toen ze wegreden. De andere twee waren inmiddels weer onder de paraplu gekropen, omdat het weer begon te regenen.

"Die ene was wel een stuk," merkte Letty op toen ze weer bij elkaar zaten, omgeven door stilte en regen.

"Veel te jong," vond Nina.

"Absoluut," was Ellanor het met haar eens.

"Ach... "

"Je kunt die knaap niet gaan bederven," zei Ellanor op een plagende moederlijke toon.

"Volgens mij is het tegenwoordig niet meer mogelijk om jongens van rond de twintig te bederven," meende Letty. "Volgens mij kunnen zij ons iets leren."

"Als jij dan maar geen lessen gaat volgen," waarschuwde Ellanor. "Je bent tenslotte getrouwd."

"Ja, dat wel..."

"Ik vond ze alledrie wel grappig," meende Nina. " Ik bedoel...

ik bedoel er helemaal niets mee. Ze waren gewoon wel grappig. Eerst die verschrikte gezichten toen wij naar de auto renden en toen die lachbui van hen. Ontzettend ontactisch natuurlijk, maar wel grappig."

"Ik denk dat ik ook zou hebben gelachen," meende Letty met een blik op de jeep.

"Misschien lachten ze wel van de zenuwen," zei Ellanor. "Het zal je maar gebeuren dat je als jongens onderling op stap bent, rustig een eindje door de natuur toert en dan opeens een horde gillende vrouwen op je af ziet stormen."

"Ze dachten vast dat we hen gingen overvallen," meende Letty gniffelend. "En misschien dat ik die ene best wel zou willen overvallen..."

De twee andere wierpen haar een bedenkelijke blik toe.

"Maar ik doe het natuurlijk niet," zei ze lachend en ze schonk zichzelf nog een kop thee in. Ze begon het inmiddels wat koud te krijgen en de warme vloeistof gaf in elk geval nog de illusie van opwarming.

Tegen de tijd dat de jongens terugkeerden, hadden de vrouwen de rommel al opgeruimd en zaten ze zich dood te vervelen onder de paraplu. Het had een hele tijd geduurd. Ze hadden niet anders verwacht, maar dat betekende niet dat het gemakkelijk was.

Dit keer durfden de jongens meteen te stoppen en liepen regelrecht naar hen toe.

"Er komt een kraanwagen of zoiets. Ik kende het woord niet, maar ze sturen in elk geval iets om jullie uit de greppel te halen. Het kan alleen even duren voordat ze er zijn. Die dingen rijden niet bepaald hard."

"Dat maakt niet uit," zei Ellanor, wat niet helemaal waar was want ze was het wachten meer dan beu. "Als er maar hulp komt."

"Die komt er dus," garandeerde de ronde jongen hen.

"Zitten jullie trouwens op de camping?" wilde de knappe jongen weten. Weer die blik op Letty.

Letty gaf dan ook het antwoord. Ze schudde haar hoofd. "We kamperen in de wildernis, aan het water."

"Stoer."

"We zijn erg stoer."

De jongen glimlachte en stak zijn hand naar Letty uit. "Casper."

Letty glimlachte. "Het spook?"

"Volgens sommigen wel."

"Ik ben Letty. En dat zijn Nina en Ellanor." Ze wees op de andere twee en beleefdheidshalve gaf Casper ook hen een hand.

De andere twee jongens stelden zich nu ook maar voor. De stevige knaap bleek David te heten en de rode Jesper.

"Ik zou jullie wel koffie willen aanbieden, maar ik heb helaas geen koffie bij me," biechtte Ellanor op. "Wel in de tent, maar..."

"We nemen het aanbod graag aan," zei Casper meteen. "Nietwaar?" Hij keek even naar zijn vrienden.

"Onder voorwaarden," reageerde David met een waarschuwende blik op Casper.

Casper grijnsde.

"Goed... dan nodig ik jullie uit voor koffie," zei Ellanor. Ze wist eigenlijk niet zeker of ze daar wel goed aan deed, want het konden net zo goed misdadigers of verkrachters zijn, al zagen ze daar niet naàr uit. Zoiets zag je uiteindelijk niet aan de buitenkant. Maar ze kon ook moeilijk tegen hen zeggen dat ze niet welkom waren omdat ze bang was door hen vermoord te worden.

Dat klonk zo onbeleefd.

"Ik kan jullie alleen het adres niet noemen..."

"Je zou kunnen uitleggen waar het is. Wij hebben voor vannacht een kampeerhut op de camping gehuurd."

"Nou... dan zijn we niet moeilijk te vinden. Je volgt gewoon de weg die door de camping heen loopt totdat je op een bepaald moment aan de linkerkant een tentje met twee koepels aan de waterkant ziet staan. Als het hier allemaal niet teveel tegenzit, staat de jeep er tegen die tijd zelfs naast," zei Ellanor.

"Als jullie weer de straat oprennen als we eraan komen, missen we jullie zeker niet," meende David met een grijns.

"Dan kan er niets mis gaan," meende Letty. "We rennen altijd gillend de straat op als er een groepje ingeblikte mannen wordt geserveerd."

"Zolang jullie ons maar niet consumeren..."

"Weinig kans. We zijn een stel verzuurde vrijsters. We doen daar niet meer aan."

"Zo zien jullie er niet uit," meende Casper en hij doelde duidelijk op Letty.

Letty glimlachte even. "Schijn bedriegt."

De jongens legden uit dat ze hun geen gezelschap konden houden tijdens het wachten omdat ze nog iets met een of andere vergunning moesten regelen in Årjäng en met een stapel verontschuldigingen stapten ze in hun auto en verdwenen weer uit zicht.

Ellanor vond het geen probleem. Ze wist toch al niet goed wat ze tegen die knapen moest zeggen. Ze geloofde ook niet dat Nina meteen op het gezelschap zat te wachten. De enige die het echt leek te amuseren was Letty, al probeerde ze het te verbergen. Maar Letty was altijd blij met iedere vorm van aandacht.

De kraanwagen kwam ongeveer een uur later. De Zweed die het ding bestuurde, bekeek de jeep met een vermoeide blik, schudde even zijn hoofd, mompelde iets onverstaanbaars en bevrijdde de auto uit zijn benarde positie alsof het allemaal niets te betekenen had. De rekening die hij hun in de handen drukte konden ze later wel een keer betalen, zei hij en hij vertrok zoals hij was gekomen.

Langzaam en vermoeid.

De regen barstte helemaal los toen de drie weer in de auto zaten en ze besloten dan ook maar om de rondrit voor gezien te houden en na koffie met gebak in Årjäng weer terug te keren naar te tent, die er verzopen en depressief uitzag in zijn nu grauwe omgeving.

Terwijl de regen de tijd voorbij tikte, hielden de vrouwen zich bezig met wat lezen, voor zich uit staren en iets te eten te maken.

Ellanor vroeg zich af hoe het verder moest als er de volgende dag weer zoveel hemelwater op hen neer zou vallen en of ze helemaal geveld zou worden door haar medevakantiegangers als ze dan zou voorstellen om naar huis te gaan.

Ze vroeg zich af hoe het met haar moeder was en realiseerde zich dat ze nu te veel tijd had om na te denken over alle dingen die er thuis konden misgaan. In dat opzicht was het prettig dat ze die avond bezoek kregen. Van mogelijke moordenaars en verkrachters weliswaar, maar er bestond natuurlijk ook altijd de kleine kans dat ze ongevaarlijk waren en voor afleiding konden zorgen.

De heren in kwestie kwamen vroeg op de avond, wat prettig was want het voorkwam dat de dames helemaal dood gingen van verveling. Ze brachten bovendien goed weer mee, wat nog prettiger was, gezien ze onmogelijk met zijn allen in de kleine ruimte tussen de koepels hadden kunnen zitten en het wat provocerend leek om hen in de slaapcabines toe te laten.

Precies toen de mannen arriveerden, opende het grijze wolkendek zich boven hun hoofden en liet een vale avondzon toe om nog heel even de aarde aan te raken, alvorens hij zich naar het andere deel van de wereld zou gaan begeven.

De mannen hadden hun eigen stoelen meegenomen, wat erg

handig was, gezien Ellanor, Nina en Letty alleen de picknicktafel met de vier zitjes bij zich hadden. Bovendien hadden ze twee flessen wijn meegebracht. Na alle regen en kou van die dag konden de dames dat wel gebruiken. Hun eigen alcoholvoorraad was dusdanig geslonken dat ze hem niet meer hadden aangesproken. Ze konden uiteindelijk niet voorspellen of er nog een dag zou komen waarop ze de laatste druppels nog zeer hard nodig zouden hebben.

De mannen namen meteen de taak op zich om het natte hout op de vuurplek weer tot leven te brengen en bleken daar opvallend bedreven in. Dat ze zelf een netje droog hout hadden meegenomen, hielp daar natuurlijk ook bij.

Nina verdeelde wijn over drie plastic wijnglazen en drie plastic limonadeglazen en Ellanor zette een schaaltje met köttbullar, een soort gehaktballetjes, tussen hen in. "Zie het als een bitterbalgarnituur," verkondigde ze.

Als snel verspreidde de warmte van het vuur en de alcohol zich en raakten ze in een geanimeerd gesprek over Amsterdam, de wallen, drugsgebruik en tulpen. Zelfs Zweden kwam ter sprake en de jongens bleken er heel wat meer van af te weten dan zij.

Het duurde een tijdje voordat Ellanor opmerkte dat Letty en Casper zich een beetje van de rest hadden afgezonderd en een gesprek leken te voeren wat zich alleen tussen hen afspeelde. Het irriteerde haar een beetje, maar omdat ze daarvoor geen goede reden kon verzinnen, deed ze alsof ze het niet merkte.

Ze merkte dat Nina hetzelfde deed.

De jongens maakten het niet al te laat. Rond tien uur, toen de duisternis zijn intrede deed, raapten ze hun spullen bij elkaar en stapten ze in hun auto.

Casper en Letty namen apart afscheid. Het had iets intiems, zonder dat er echt iets gebeurde.

"Volgens mij mocht je die Casper wel," merkte Ellanor op. Ze probeerde een vrolijke plagende toon in haar stem te leggen, maar het klonk eigenlijk een beetje zuur. Ik word echt een verzuurde vrijster, schoot het door haar heen.

Letty keek Ellanor aan en glimlachte een beetje. "Het was een leuke jongen. Knap en zo."

"En tien jaar jonger," merkte Nina op. Ook bij haar was er een licht, ongetwijfeld onbedoeld, venijn hoorbaar.

"Ach... "

"Heb je iets met hem afgesproken?" vroeg Ellanor. Ze vroeg zich af of ze het echt wilde weten. Ze zou zich ergeren als het zo was.

"Nee," zei Letty.

Ellanor had dit antwoord niet verwacht en keek Letty onderzoekend aan. "Nee?" Zelfs Nina's interesse was gewekt.

"Nee."

"Maar ik dacht..." begon Nina. Ze kleurde een beetje.

"Hij wilde wel. Ik niet."

"Is het toch vanwege Tom?" wilde Ellanor weten.

Letty haalde haar schouders op. "Waarschijnlijk wel."

"Tja... heel even dacht ik... stom natuurlijk. Je bent nog nooit vreemd gegaan. Je flirte wel, maar..."

"Wat weet jij daar nou van?" vroeg Letty. Er lag een onbestemde blik in haar ogen. "Ik ga slapen," kondigde ze aan. Ze wachtte niet op een reactie, maar verdween in haar slaaptent.

Ellanor en Nina keken elkaar aan.

"Ik vraag mij af wat ze met die laatste opmerking bedoelde," vroeg Nina zich hardop af.

"Ik vraag mij af of ik het wel wil weten," antwoordde Ellanor.

"Ik ga ook naar bed, Nien. Ik ben gebroken."

Nina knikte. "Ik denk dat ik maar hetzelfde doe. De wijn stijgt naar mijn kop."

Ellanor keek even naar boven, naar de heldere hemel en de eerste sterren die er verschenen. Morgen zou de zon schijnen.

Ze ging haar slaaptent in en kroop in de slaapzak zonder de moeite te nemen om zich uit te kleden. De kou was weer terug in haar lijf gekropen en ze moest er niet aan denken om ook maar iets uit te trekken. En waarom zou ze? Er was niemand die het zag.

Terwijl ze zich oprolde in de slaapzak en luisterde naar het gekraak van het luchtbed, dacht ze aan John. John had er altijd om gelachen dat ze het vaak zo koud had als ze naar bed was gegaan. Hij had gemopperd als ze zijn koude voeten tegen zijn warme lijf had gedrukt, maar hij was er nooit kwaad om geworden. Waarschijnlijk zou hij het vreemd hebben gevonden als ze het op een dag niet meer had gedaan. Het was een van de vele trekjes van John geweest die ze altijd als vanzelfsprekend had gezien. Waarbij ze nooit had stilgestaan. Tot op het moment dat hij voor altijd was verdwenen. Na die ruzie...

Nog heel lang luisterde Ellanor naar de geluiden van de nacht en de wind die zacht tussen de bomen doordrong en een fluisterend geluid produceerde. Ze wist niet hoe laat het was toen ze eindelijk in slaap viel. Ze wist alleen dat ze toen heel erg moe was.

HOOFDSTUK 12

Toen ze de volgende ochtend wakker werd, drong het niet meteen tot haar door waar het tikkend geluid vandaan kwam. In feite was het niet moeilijk te herkennen als het geluid van regen op het tentzeil. Zeker niet nadat ze dat al een dag hadden meegemaakt. Maar het duurde een poosje voordat het werkelijk tot haar doordrong. Misschien wel omdat ze ergens dacht dat het niet kon. Want het was de vorige avond helder geweest en ze had zeker geweten dat de zon hun wereld weer zou verwarmen. Maar dat was dus niet zo. Omdat ze toch op een vergissing hoopte ritste ze de tent open en keek naar buiten. Ze keek naar de miljoenen kringetjes op het water, die door de regendruppels werden gevormd en ze wierp een blik op de hemel, in de hoop ergens een blauwe vlek te ontdekken. Tevergeefs... slechts witte en grauwe wolken dreven in een aaneengesloten dek over haar heen.

Ellanor zuchtte diep, trok een regenjack aan en liep richting struiken om haar behoefte te doen.

Toen ze terugkwam in de tent was Letty al wakker. Ze had een joggingbroek en een dikke trui aangetrokken en maakte net het gasstelletje aan.

"Wow... ook al op?"

"Ik had niet zoveel keuze. Ik was niet meteen in de stemming voor een koud bad."

Ellanor keek haar verbaasd aan.

"Ik lag tegen de tent aan. Ik weet dat die verkoper daarvoor waarschuwde, maar ik had het niet in de gaten. En nu is mijn slaapzak dus nat."

"Oh verdorie."

"Zeg dat wel. Ik kan dus wel iets warms gebruiken."

"Ik ook."

Ellanor ritste de tent weer dicht en huiverde even.

"Wat een rotweer," mompelde Letty.

"Nogal. We kunnen de rommel hier afbreken en een motel of zoiets in de stad zoeken." En dan naar huis, dacht Ellanor.

Maar Letty schudde haar hoofd. "Ik wil niet opgeven."

"Maar het weer..."

Letty keek Ellanor onverwacht fel aan. "Ik wil niet opgeven. Mijn hele leven kies ik al voor de makkelijkste weg. Ik wil gewoon niet opgeven nu."

"Goed," zei Ellanor langzaam. Dit was een kant van Letty die ze niet goed kende. Het was waar dat Letty altijd voor de makkelijkste weg koos. Maar Ellanor had nooit het idee gehad dat ze daarmee zat.

"Dan kunnen we vandaag wat gaan rondtoeren," stelde Ellanor voor. "Ik moet mijn moeder nog bellen..."

"Waarom?" vroeg Letty. Ze keek Ellanor uitdagend aan.

"Dat weet je wel..."

"Ik weet alleen dat je je benen onder je lijf uitrent voor je moeder zonder er ooit iets voor terug te krijgen. Ik heb het je eerder gezegd en ik zeg het nog een keer. Je moeder is een egoïstisch mens die jou gebruikt en jij laat het gebeuren. Verdorie Ellanor, hou toch eens op met het zielige slachtoffer uit te hangen. Het is niet jouw schuld dat John dood ging en het is niet jouw verantwoording om jouw moeders leven inhoud te geven."

"Ik had ruzie met John en..."

"Ieder stel heeft wel eens ruzie met elkaar, Ellanor. Wordt wakker. Die ruzie heeft helemaal niets met zijn dood te maken. Het is gewoon een ongelukkige samenloop van omstandigheden en meer dan dat zou John er nooit van gemaakt hebben. Daarvoor was hij veel te nuchter. De enige die daar een drama van maakt ben je zelf, zodat je je kunt rondwentelen in een poel van zelfmedelijden en schuld en je moeder helpt je daarbij."

"Zo is het helemaal niet," reageerde Ellanor ontdaan. De woorden waren onverwacht hard aangekomen. "Je weet er helemaal niets van. Je hebt geen idee..." Ellanor begon te huilen. Het overviel haar opeens. Ze was eigenlijk gewoon kwaad, maar opeens was er iets gebroken.

Letty keek haar wat ontdaan aan en streelde toen onhandig haar arm. "Oh verdorie Ellanor, sorry. Ik had niet zo rot moeten doen. Ik bedoelde het helemaal niet zo. Ik ben gewoon in een rotbui en zocht gewoon iets om op te pikken. Sorry Elly... het spijt me. Als je weg wilt..."

Ellanor wilde wel antwoord geven, maar het lukte vooralsnog niet. Ze bleef maar huilen en huilen. Zelfs toen Nina uit haar slaaptent kwam gekropen, hield het niet op. De andere twee zeiden een tijd lang helemaal niets. Af en toe voelde ze een aai over haar schouder of arm. Ze was zich ervan bewust dat er koffie werd gezet en dat de andere twee zich niet goed een houding wisten te geven, maar het duurde een hele tijd voordat ze zichzelf onder controle had. En nog voordat ze zover was, kwam de schaamte. Natuurlijk had Letty rot gedaan, maar het stond totaal niet in verhouding met de uitbarsting die zij kreeg en ze had geen flauw idee waar het vandaan was gekomen. Het was er gewoon opeens geweest.

Ze trilde nog een beetje toen ze een mok koffie van Nina aannam, maar het huilen werd uiteindelijk toch minder.

"Het komt door het weer," meende Nina. "Daardoor krijgen we een slecht humeur en kunnen we niets meer van elkaar hebben."

"Dan zegt dat veel over onze karakters," mompelde Letty mistroostig. "Na een dag regen slaan we elkaar de koppen in. Nou ja... zo is het natuurlijk niet. Ik was gewoon erg vervelend en dat had ik niet moeten doen. Niet onder deze omstandigheden. Ik ben gewoon in zo'n verschrikkelijke rotbui."

"Na gisteravond?" reageerde Nina. Ze probeerde het als een grapje te laten klinken, maar het kwam niet helemaal zo over.

Letty keek haar wat vinnig aan. "Wat bedoel je?" Weer was er die strijdachtige ondertoon in haar stem.

"Nou ja... niets bijzonders. Ik merkte alleen dat Casper en jij... "

"Niets Casper en mij."

"Ik bedoelde het niet zo," reageerde Nina meteen op verontschuldigende toon. "Ik zag dat hij je leuk vond en persoonlijk zou ik wel gecharmeerd zijn van dat soort aandacht. Ik krijg het nooit. En als ik het zou krijgen, zou ik niet weten wat ik ermee aan moest." Ze grinnikte even nerveus.

"Ik ook niet," zei Letty en haar schouders zakten een beetje. De vinnigheid was weer volledig verdwenen.

Ellanor en Nina keken haar nieuwsgierig aan.

"Ik weet wat jullie denken," zei Letty. Ze staarde naar haar koffiemok. "Letty... die altijd met iedereen flirt, overal mee lacht en blij is met alle aandacht..."

Ze nam een klein slokje en staarde nog een poosje naar de grond.

"Maar zo is het helemaal niet. Ik heb dat alleen lange tijd niet uitsluitend anderen maar ook mijzelf wijsgemaakt. Vroeger... het klinkt opeens zo lang geleden... maar voor Tom had ik het ene vriendje na het andere en ik slaagde er redelijk goed in om mijzelf wijs te maken dat ik dat geweldig vond. Dat ik in feite simpelweg niet in staat was om een relatie aan te houden omdat het mij doodsbang maakte, drong niet tot mij door. Misschien ook wel, maar ik was erg goed in verdringen. Maar toen leerde ik Tom kennen en het leek eigenlijk goed te gaan. Ik deed het niet helemaal in mijn broek van angst, dus voor mijn doen... En nu begon Tom dus over kinderen krijgen, een gezin vormen, samen oud worden... dat soort dingen. En ik begon alle negatieve kanten van hem uit te vergroten. Geen makkelijke opgave, want zoveel negatieve kanten heeft hij niet. Hij pikt zo'n beetje alles van mij, werkt hard en is een betrouwbare partner. Saaiheid ligt dus voor de hand. Als je vriendje na vriendje hebt versleten –bij voorkeur jongens die niet deugen- dan is een vaste partner natuurlijk al snel saai. Vooral als hij dan ook nog eens betrouwbaar is."

Nina wilde iets zeggen, maar Letty tilde haar hand op. "Ik weet het. Betrouwbaarheid is een goede eigenschap. Maar als je zoekt kan je alles zo verdraaien dat het beter in het perspectief past zoals je dat op dat moment wilt hebben."

Ze nam nog een slokje koffie en bestudeerde de grond verder.

"Die Casper was wel een stuk en ik moet eerlijk zeggen dat ik Tom gisteren vergat. Nou ja... niet echt vergat natuurlijk. Alleen bleef ik mijzelf stug voorhouden dat onze relatie toch al naar de knoppen was en dat ik niet meer van hem hield. Dus ik dacht er werkelijk aan om met Casper... nou ja, ik hoef het niet uit te leggen. En toen besefte ik dus dat ik het weer deed..."

"Wat?"

"Vreemdgaan."

"Maar je hebt toch niets met Casper gedaan?"

"Nee. Maar het scheelde niet veel. Ik besefte net op tijd dat ik het gewoon weer deed. Vreemdgaan. Vluchten. Mijzelf een reden geven om te vluchten. Mijzelf overtuigen dat mijn relatie met Tom gedoemd is om te mislukken."

"Maar je hebt het niet gedaan," concludeerde Nina bemoedigend.

Ellanor stond echter stil bij Letty's gehele verklaring. "*Weer* deed? Dat je het bijna *weer* deed?"

Letty knikte.

"Je bent dus vreemd gegaan?"

"Oh," reageerde Nina wat ontdaan. Het was blijkbaar nog helemaal niet tot haar doorgedrongen.

"Wanneer? Met wie?" vroeg Ellanor.

"Doet dat er toe?"

"Nee, dat niet. Maar... "

Eindelijk tilde Letty haar hoofd op en keek ze de andere twee vrouwen aan.

"Ik ben een tijdje geleden vreemd gegaan. Ik denk dat het mis ging toen Tom over trouwen en kinderen begon. Ik raakte in paniek en begon iets met een ander. Een stomme vluchtreactie. Iets anders kan ik het niet noemen."

"Ging je alleen vreemd of..."

"Het stelde niet echt iets voor, maar toch... Het was stom en ik haatte mijzelf. Het had absoluut nooit mogen gebeuren. Om meerdere redenen niet. En ik deed het alleen omdat ik in paniek raakte. En ik ben bang dat het opnieuw gebeurt als ik weer bij Tom ben. Verdorie... waarom kan ik niet een gewone relatie onderhouden?"

"Misschien heeft het met je ouders te maken," opperde Nina. "Uiteindelijk zijn die ook gescheiden. Misschien heb je daarom geen vertrouwen in een relatie."

"Ze zijn niet alleen gescheiden, maar hebben je ook in de steek gelaten," wist Ellanor. "Een psycholoog zou zijn therapie daarop richten."

"Waarschijnlijk wel, maar ik geloof niet in psychologen. Ik geloof niet in het doorspitten van het verleden."

"Het kan soms helpen," meende Nina.

"Onzin," vond Letty. "De dingen zijn nu eenmaal zoals ze zijn. Papa is gelukkig met zijn vriend in zijn dure appartement in de randstad en mama zuipt zich lam aan de wijn in Frankrijk, terwijl haar nieuwe echtgenoot zich kapot werkt om haar financieel te geven wat hij emotioneel niet aankan. Ik paste niet in het plaatje. Zo is het nu eenmaal en dat moet ik maar accepteren."

"Dat is niet altijd gemakkelijk."

"Nee. Het leven is niet altijd gemakkelijk. Maar waar het om gaat is dat ik weer op het punt sta om mijn relatie te verbreken zoals ik altijd alles heb afgebroken. En daarom wil ik dit niet afbreken. Dat kan ik niet. Ik moet iets afmaken. Wat blijft er anders nog voor mij over?" Ze keek de andere twee aan en die knikten.

"We blijven gewoon hier," besliste Ellanor. "We houden deze week vol. Al sneeuwen we volledig in."

"Dat hoop ik toch niet," zei Nina een beetje zorgelijk. Daarna glimlachte ze. "Maar we blijven inderdaad hier. Misschien lukt het mij dan om mijzelf te bewijzen. Om mijzelf ervan te overtuigen dat ik niet helemaal zo hopeloos ben als ik denk. Zoals Jeremy denkt. Dat ik mij kan redden in een minder gemakkelijke situatie. Ook zonder hem."

"En misschien moet mijn moeder zich leren redden zonder mij," zei Ellanor toen. "Al is het maar voor een paar dagen." Ze keek even naar Letty. "Je hebt gelijk. Ik doe erg mijn best om te verzuipen in zelfmedelijden en schuldgevoelens. Misschien wordt het werkelijk tijd om eens goed na te denken. En misschien is het dan inderdaad beter om heel even niet met mijn moeder te praten. Gewoon om even helemaal tot mijzelf te komen."

"Het lijkt hier vanmorgen wel een biechtstoel. Zullen we ons eens volproppen met dik besmeerde crackers?"

"Goed idee," vond Ellanor. En Nina maakte nieuwe koffie voor iedereen.

"Ik ga vissen, kondigde Letty na het eten aan.

De twee anderen keken Letty verbijsterd aan. "Vissen?"

"Ik heb een visuitrusting bij me."

"Je hebt nog nooit gevist," meende Ellanor.

"Ik merk wel dat je weinig van mij afweet. Ik heb mijn halve leven gevist. Als kind was het de enige manier om af en toe met mijn vader op te trekken. Hij viste om mijn moeder te ontvluchten. En in mijn puberteit viste ik om mijn tijd met jongens door te brengen. Ik had meestal geen geld om op stap te gaan en vissen was een goed alternatief."

"Ik heb nooit geweten dat je viste," bekende Ellanor.

"Het is ook al erg lang geleden. Maar vandaag wil ik gaan vissen. Naast een ideale vluchtmethode is het ook een manier om je kop leeg te krijgen. Volgens mij heb ik dat nodig."

"Maar het regent."

"Ik heb een regenpak."

"Oh."

"Niets voor mij," zei Nina. Ze huiverde even. "Dan drink ik liever koffie in de stad."

Letty glimlachte even.

"Waarom ga je niet even naar de stad," stelde Ellanor voor.

"Ga je dan mee?"

"Nee. Ik wil niet naar de stad. Maar je kunt de jeep lenen."

"Ik heb nog nooit in dat ding gereden."

"Weet ik."

"Ik weet niet of ik dat durf."

Ellanor bedacht zich dat ze niet wist of ze hem durfde uit te lenen, maar het was nu wat laat om dat te zeggen en het zag ernaar uit dat Nina er geen gebruik van zou maken. "Dat beslis je zelf," zei ze daarom.

Ze ruimden samen de ontbijttrommel op en Letty kleedde zich aan om te gaan vissen. De hoeveelheid kleding die ze aantrok zou waarschijnlijk nauwelijks meer beweging toelaten dan het voorzichtig in het water werpen van de lijn en tegen de tijd dat ze eindelijk klaar was, zag ze er dan ook uit als een michellinmanneke, maar ze zou het in elk geval niet koud krijgen. Ze haalde haar visserspullen tevoorschijn, bestaande uit een samengevouwen hengel, drie blinkertjes, stukjes brood,vlees en een stoeltje, en kondigde aan dat ze vertrok.

"Kun je vis vangen met brood en ham?" informeerde Nina wat onzeker.

"Ja hoor. Althans... theoretisch is het mogelijk. Maar ik kan jullie niet verzekeren dat we vanavond gegrilde vis eten."

"We hebben nog blikvoer," meldde Ellanor met een grijns.

"Altijd een goed alternatief. Ik vertrek. Wens me succes."

"Succes. En val niet in het water," zei Ellanor. "Met die kledingkast die je aan je lijf hebt, kom je nooit meer boven."

"Dat is ook een oplossing."

"Ah bah Letty..."

"Grapje." Letty zwaaide nog een keer en vertrok.

"Wat een idee," mompelde Nina, terwijl ze door de opengeslagen flappen van de tent Letty nakeek.

"Ach,.. ik kan me voorstellen dat het rustgevend is," meende Ellanor.

"Wist jij het?" vroeg Nina.

"Wat?"

"Dat ze een relatie met een ander heeft gehad."

"Natuurlijk niet."

"Ik snap het evengoed niet. Hoe ze zoiets kan doen..."

"Dat heeft ze verteld. Ze raakte in paniek."

"Dat weet ik. Maar dan nog. Ze had er toch met Tom over kunnen praten."

"Natuurlijk. Maar we kiezen allemaal wel eens een minder gezond alternatief." Zoals ruziemaken, dacht ze erachteraan.

Nina keek peinzend door de flappen naar buiten. Dat uitgerekend zij moest zeggen dat er over dingen gepraat moesten worden. Uitgerekend zij...

Ze voelde de onrust weer in haar lichaam en het idee dat ze de rest van de dag hier in de tent moest doorbrengen veroorzaakte een soort paniekreactie.

"Meende je dat?" vroeg ze.

"Wat bedoel je?"

"Dat ik de jeep kon lenen. Je doet dat normaal nooit."

"Nee. Dat weet ik. Maar ik meende het."

"Waarom ga je niet mee?"

"Nee. Liever niet."

"Oh. Nu weet ik niet wat ik moet doen. We zouden samen..."

"We hoeven niet alles doorlopend samen te doen. Ga lekker naar de stad. Ik blijf hier en lees een beetje. Ik ben moe."

Nina staarde een paar tellen voor zich uit. "Goed," besloot ze uiteindelijk.

Ze kleedde zich aan, pakte haar beurs en wendde zich weer tot Ellanor.

"Je weet het zeker?"

"Ja."

"Mag ik de sleutel?"

Ellanor pakte de sleutel en overhandigde hem aan Nina. Het bezorgde haar een weeïg gevoel in haar buik. John had de auto nooit willen uitlenen en als vanzelf had zij dat ook nooit gedaan. Tot nu. Het voelde als een misdaad. Maar ze negeerde het en dwong zichzelf tot een glimlach naar Nina toe. "Veel plezier."

"Dank je." Nina aarzelde nog even toen ze vertrok, maar uiteindelijk ging ze de tent uit en startte de auto. Het duurde nog even voordat ze wegreed en dat had er waarschijnlijk alles mee te maken dat ze eerst zeker wilde weten hoe de auto werkte. Maar uiteindelijk reed ze toch weg.

Ellanor bleef alleen achter in de tent en opeens was het wel heel erg stil. Ze hoorde geen stemmen, geen dierengeluiden en zelfs geen wind. Alleen het tikken van de regen op het tentzeil was hoorbaar.

Omdat ze nog geen zin had om te gaan lezen, ruimde ze een beetje op. Zelfs de slaapcabines bracht ze op orde en zoals ze had verwacht had Letty niet echt iets met de slaapzak gedaan. Omdat hij toch behoorlijk nat was aan één kant, hing Ellanor hem over een van de lage stoeltjes in het tussenstuk van de tent en zorgde ze ervoor dat er nergens meer iets tegen het zeil aanleunde.

Pas daarna pakte ze haar boek en probeerde ze te lezen.

Hoe zou het met mama zijn? Niet aan denken... ze redt zich wel. Maar als er iets gebeurt? Ze kan mij niet bereiken. Als ze nu in paniek raakt? We hadden ruzie.... nee, we hadden geen ruzie. Nou ja, zij ziet het als ruzie. Ze kan van slag zijn en... niet aan denken.

Ellanor zuchtte diep en probeerde zich opnieuw op het boek te concentreren.

Ik had die ruzie met John niet moeten maken. Maar ik had het niet kunnen weten. Maar daardoor heeft hij niet opgelet. Daardoor is hij van die steiger gevallen. Hij was van streek en toen.... niet aan denken.

Ellanor gooide haar boek aan de kant en keek nog een keer naar buiten. Ze zag Letty niet meer. Waarschijnlijk had ze verderop een stekkie gekozen om niet gezien te worden.

Heel even kwam het bij Ellanor op dat ze misschien toch Casper zou treffen en gewoon niet wilde dat zij en Nina het wisten. Maar direct daarna bedacht ze dat dat onwaarschijnlijk was. Alleen al vanwege de kleding die Letty had aangetrokken. Aan de andere kant kon dat natuurlijk ook afleiding zijn geweest. Uiteindelijk kon ze zich niet voorstellen dat Letty werkelijk van vissen hield.

Maar ze had natuurlijk wel een vishengel bij zich gehad.

Ellanor schudde haar hoofd. Nu ging ze zich zelfs druk maken over Letty.

Letty was wel de laatste waar ze zich druk over moest maken. Haar jeep daarentegen... wat als Nina de greppel inreed?

Ellanor schudde haar hoofd. "Ik moet iets gaan doen," mompelde ze.

Ze bedacht zich niet langer, maar trok warme kleding en een regenpak aan, kroop de tent uit, ritste hem dicht en ging op weg.

Ze had geen doel voor ogen. Ze wilde gewoon iets doen. Lopen. Desnoods oneindig ver lopen. Totdat die onrust eindelijk verdween.

Ze volgde de grindweg eerst een stukje en sloeg toen een zandpad in. In het begin had ze het koud en huiverde ze regelmatig. Maar naarmate ze langer liep, verdween de kou uit haar lichaam en voelde ze de regen nauwelijks meer. Het was stil in de bossen. Er stond nauwelijks wind en de dieren leken volledig verdwenen. Het straalde een typische rust uit, waardoor het leek alsof zelfs de ademhaling gemakkelijker werd.

Ellanor liep in een stevig tempo door.

Ze dacht aan het gesprek wat ze die morgen met Letty had gevoerd. Aan de woede die ze op dat moment had gevoeld. Maar die woede was zeker niet alleen op Letty gericht geweest, maar was vooral voortgekomen uit haar eigen onzekerheid. Want in zekere zin had Letty gelijk. Het laatste half jaar had haar moeder geen enkele keer aan Ellanor gevraagd hoe het met haar ging. Hoe ze zich voelde. Het enige wat steeds opnieuw ter sprake was gekomen was moeder zelf. Hoe zij zich voelde. Iedere keer als Ellanor over John was begonnen, had moeder het gesprek afgekapt en was over zichzelf begonnen. Nee... dat was niet helemaal waar. Ze had een bepaalde houding ten opzichte van Ellanor gehad als die de dood van John ter sprake bracht. Een houding waaruit bleek dat ze van mening was dat Ellanor schuld had aan Johns dood. Ze had het nooit met die woorden gezegd, maar ze had het laten voelen. Ellanor groef dieper in haar herinneringen en probeerde bewijzen daarvoor te vinden. Maar die bewijzen waren er niet. Het was slechts een gevoel geweest. Of had Ellanor zich dat zelf wijsgemaakt? Omdat ze zichzelf schuldig voelde? Omdat ze zichzelf de schuld gaf?

Want uiteindelijk was er natuurlijk die ruzie geweest. John was kwaad geweest. Van streek misschien. En Ellanor had niet de moeite genomen om het goed te maken voordat hij aan het werk ging, zoals ze meestal had gedaan. Ze had hem in zijn sop willen laten gaar koken. Haar eigen belang voorop gezet. En ze was zelfs te trots geweest om als eerste contact op te nemen. En dat terwijl ze het had moeten weten...

En John was dus aan het werk gegaan. Moe en van streek. Hij had niet opgelet. Niet gemerkt dat er iets mis was met die steiger...

Ellanor haalde diep adem. Misschien had haar moeder gelijk gehad.

Nee, zo mocht ze niet denken. Haar moeder had met haar moeten praten. Haar moeten opvangen zoals zij al bijna haar hele leven haar moeder opving. Maar haar moeder had dat nooit gedaan. John had het die avond voor zijn ongeluk nog gezegd. Hij had dingen gezegd die in dezelfde richting kwamen als datgene wat Letty had gezegd en het was een van de redenen geweest waarom de ruzie was geëscaleerd. Ze had het hem kwalijk genomen. Ze was woedend op hem geworden en had alles erbij gehaald. Ze had zijn toenaderingspoging die avond afgeweerd. En toen was hij dus de volgende morgen zwijgend vertrokken. Toen was hij gestorven. Waarom was ze zo verschrikkelijk kwaad geworden?

Diep binnenin wist ze het wel. Ze wist dat hij gelijk had gehad. Haar moeder had altijd alleen eisen aan haar gesteld. In elk geval vanaf het moment dat haar vader was gestorven. En misschien had haar moeder daar wel een reden voor gehad. Want was het uiteindelijk niet allemaal haar schuld geweest?

Ellanor duwde haar handen dieper in haar zakken en liep stug door. Ze had geprobeerd ermee te leven. Ze had er een weg in gezocht en dat gedaan wat ze haar moeder schuldig was. Maar het was nooit genoeg. En nu was John dus ook dood. Weer door haar. En haar moeder... Als haar moeder iets overkwam... ze wist hoe zeer haar moeder van streek raakte als ze een meningsverschil hadden. Ze wist dat haar moeder daar niet tegen kon. En haar moeder was tenslotte niet zo jong meer. Ze had een zwak hart. Uitgerekend nu kon dat fataal zijn. Nee, zo mocht ze niet denken. Als ze zo ging denken... Ze schudde haar hoofd alsof ze daarmee die gedachten van zich af kon schudden en stapte in een stevig tempo door. Ze keek niet precies wel pad ze nam, welke richting ze uitliep. Ze liep alleen maar steeds verder en verder terwijl ze de gedachten aan haar moeder probeerde te verdringen.

Ze richtte haar aandacht op de bekentenis die Letty had gedaan. Ze had dus een korte verhouding gehad. Niet omdat ze werkelijk verliefd was geworden op een ander, maar omdat ze bang was. Bang voor een relatie. Bang om zich te binden.

In zekere zin waren ze allemaal bang. Letty was bang voor een vaste relatie, Ellanor was bang voor alles wat er kon gebeuren met de mensen om haar heen. En Nina. Nina was bang om alleen verder te gaan. Ze had geen keuze, maar ze was er wel bang voor. Ellanor vroeg zich af of het verhaal van Nina over die pil klopte. Ze wilde Nina graag geloven. Ze wilde het werkelijk. En toch... er was iets in de houding van Nina geweest... Maar zo mocht ze natuurlijk niet denken.

Ellanor aarzelde even op een kruising en nam een open pad rechtsaf. Ze dacht er niet over na. Ze keek niet naar de bomen, de struiken, de eekhoorntjes vlak naast haar die ruzie maakten in een boom en de boomklever die naarstig opzoek was naar insecten. Ze keek nergens naar. Ze liep alleen maar verder.

Deze vakantie had ze een paar keer heel even een moment van vrijheid gevoeld. Van geluk bijna. Maar ze had het zichzelf niet toegestaan. Het voelde zo verkeerd om blij te zijn nu John dood was. Nu haar moeder leed. En toch... Toch was ze dit donkere gat ook verschrikkelijk zat. Verdiende ze het werkelijk om daarin te blijven zitten? Ze was geneigd dat bevestigend te beantwoorden.

Ze dacht weer aan John. Ze zag hem voor zich terwijl hij naast haar in bed lag. Ze herinnerde zich hoe ze vaak tegen hem aankroop, haar hoofd op zijn borst lag en zijn arm om haar schouders heen voelde. Ze herinnerde zich de geborgenheid die ze dan voelde. Alsof ze in een klein holletje lag. Ze zag weer hoe hij zat te lachen bij een tekenfilm van de Roadrunner. Als een klein kind. Ze zag hem een biertje drinken met zijn vrienden en schuine moppen tappen. Ze zag zijn gezicht als ze weer opeens moest opdraven voor haar moeder.

Ze wist niet hoelang ze liep. Ze dacht er niet bij na. Ze was zo diep in haar gedachten verzonken dat ze helemaal niet bezig was met de afstand die ze aflegde. Ze was niet bezig met haar omgeving en ze was niet bezig met de tijd die verstreek.

Totdat het eindelijk tot haar doordrong dat haar voeten pijn deden en de spieren in haar benen protesteerden. Toen pas stopte ze en keek ze om zich heen. Overal bossen. Natuurlijk overal bossen. Ze zat uiteindelijk midden in een natuurgebied. Een natuurgebied wat ze totaal niet kende.

Ze realiseerde zich dat ze misschien een beetje ver was afgedwaald.

Ze keek in de richting waar ze vandaan was gekomen en besefte dat ze totaal niet op haar omgeving had gelet. Ze zag nu pas het grote gespleten rotsblok, de enorme den, de berken... Heel even werd ze overvallen door een gevoel van paniek.

Ze had geen flauw idee waar ze zat of waar de grindweg was.

Maar ze dwong zichzelf rustig adem te halen en logisch na te denken.

Ze draaide zich om en liep terug in de richting waar ze vandaan was gekomen. Ze zou de kruisingen heus wel herkennen en ze zou zich heus wel herinneren waar ze langs was gekomen. Alles wat ze nu moest doen was gewoon terug lopen. Dan zou het vanzelf goed komen.

Ellanor stapte opnieuw stevig door. Dit keer deden haar voeten pijn en was ze moe. Maar ze stond zichzelf niet toe om daaraan toe te geven. Want helemaal was haar angst niet verdwenen. Daarom bleef ze in een hoog tempo doorwandelen, al het ongemak hardnekkig negerend.

Al bij de eerste kruising aarzelde ze. Ze had verwacht dat het haar op zijn minst iets zou zeggen. Dat er minstens één aanknopingspunt zou zijn wat haar duidelijkheid zou verschaffen over de richting waar ze vandaan was gekomen.

Maar ze zag in dat ze werkelijk niet had opgelet. Ze koos een richting die haar het meest waarschijnlijk leek, zonder precies te weten waarom. Onwillekeurig voerde ze haar tempo op, terwijl ze het ene pad na het andere volgde en tot de conclusie kwam dat ze helemaal niets herkende. Totdat uiteindelijk de pijn in haar voeten en benen te overheersend werd en ze zich gedwongen voelde om een pauze te nemen. Ze ging op een grote steen zitten die aan de zijkant van het pad lag en merkte nu pas dat ze hijgde. Ze had veel te hard gelopen. Misschien hyperventileerde ze ook een beetje. Ze steunde met haar handen op haar knieën en leunde een beetje voorover, in een poging haar ademhaling en emoties weer onder controle te krijgen. Het regende nog steeds. Haar regenpak was kletsnat en zij had dorst.

Ze tilde haar hoofd op, keek naar boven, opende haar mond en stak haar tong uit. Regen kletterde neer op haar gezicht, haar tong en haar mond. Het meeste leek simpelweg haar keelgat te ontwijken, maar een beetje vocht kreeg ze toch binnen. Misschien zou ze ook honger hebben gehad, als de zenuwen haar geen maagkramp hadden bezorgd. Maar dat was wel gebeurd en ze voelde zich totaal niet meer in staat om verder te gaan.

Ze keek om zich heen en zag opnieuw alleen maar bossen. Geen open plekken, geen grindweg, geen huis, niets wat in de verste verte op beschaving leek. Misschien had ze steeds alleen maar rondjes gelopen.

Ze moest iets doen. Nadenken. Een strategie verzinnen. Verder lopen.

Maar in plaats daarvan begon ze te huilen.

Hier zat ze nu, op een steen temidden van de eeuwig zingende bomen. Natgeregend, zonder eten, zonder schuilmogelijkheid en zonder ervaring om zich in de wildernis te redden. Ze zou altijd hier moeten blijven en uiteindelijk zouden ze hier slechts een skelet terug vinden. Haar vriendinnen zouden tegen die tijd depressief zijn geworden van de zorgen en haar moeder zou een hartaanval hebben gekregen. En ze begon nog veel harder te huilen. Ze wilde helemaal niet dood.

Ze zat daar een hele tijd. Het leek alsof er geen einde kwam aan het huilen. Het was meer dan alleen het verdwaald zijn. Het was meer dan alleen de angst. Het was alsof er een sluis was opengezet van een overvol meer. Het leek gewoon niet meer te stoppen. In elk geval niet totdat haar keel pijn deed, haar ogen rood en gezwollen waren en haar achterwerk schroeide van het zitten op de steen.

Toen pas werd ze eindelijk rustiger en probeerde ze opnieuw na te denken. Nieuwe doemgedachten die zich onmiddellijk meldden, drong ze resoluut naar de achtergrond en ze dacht na.

De zon. Als er iets was waarop je kon vertrouwen was het de zon. Alleen was er nu geen zon. Nee... dat was niet waar. Er was wel een zon, maar die had zich lafhartig verscholen achter de wolken. Maar hij was er wel.

Ellanor begon de hemel af te speuren, op zoek naar de schuilplaats van de zon en vond hem. Die ene plek waar het lichter was achter de wolken. Waar heel af en toe een straaltje tussendoor wilde dringen... Daar moest de zon zijn.

Ze zag ook dat de bomen iets in een bepaalde richting waren gebogen. Dat had te maken met de wind, meende ze. Ze wist het niet zeker, maar dat deed er verder niet toe. Het kon haar helpen om een richting aan te houden.

Alles wat ze nu moest doen was de zon in haar rug houden. Of van voren, maar dat deed er al net zo min toe, als het maar steeds dezelfde plek was. Ze keek even op haar klok en zag dat het al bijna twee uur was. De zon zou dus langzaam maar zeker zakken, en niet stiekem naar de andere kant verhuizen. Dat gaf in elk geval een houwvast.

Ze ging staan, haalde diep adem, besloot dat ze de zon maar beter aan de achterkant kon houden, bestudeerde in welke richting de bomen waren gebogen en begon weer te lopen. Ze had het gevoel alsof iemand met een brander haar voeten eraf probeerde te schroeien en ze deed erg haar best het te negeren. Haar leven stond op het spel. Dan kon ze zich niet druk maken om een paar voeten. Ze had lang geleden een programma op de televisie gezien over een man die tijdens een klimtocht vast kwam te zitten en dreigde dood te gaan op die plek. Hij sneed zijn eigen voet af en wist de beschaving kruipend te bereiken. Hij had het overleefd. Nauwelijks, maar toch. Als die man dat kon, kon zij ook de pijn in haar voeten negeren. Al deden ze werkelijk verdraaid veel pijn.

Ze kwam bij een paar kruisingen, maar aarzelde dit keer niet over de richting. Ze keek regelmatig naar de plek waar de zon zich ongeveer bevond achter haar en bepaalde aan de hand daarvan welk pad ze nam. En het ging goed. Zo goed dat haar hoop weer terugkwam.

Wie zei dat zij zich niet kon redden in de wildernis? Ze glimlachte even bij die gedachten. Heel even vergat ze zelfs haar pijnlijke voeten. Ze zou zelf de weg terugvinden naar het pad. Ze zou zichzelf redden. De andere twee zouden zich ondertussen wel afvragen waar ze was. Althans Letty. Nina was misschien nog in de stad. Maar Letty zou het zich afvragen. Misschien waren ze ongerust. Misschien waarschuwden ze zelfs de politie. Nee... nog niet. Niet nu al. Maar ze zou zichzelf redden. Het kon werkelijk niet lang meer duren voordat ze een weg of huis bereikte. Ze stapte stevig door totdat ze een korte pauze nam om haar plaats te bepalen. Ze speurde de hemel af op zoek naar de lichtere plek in de wolken waar de zon zich ergens bevond. Het wolkendek was wat grijzer geworden en het duurde een tijd voordat ze de plaats min of meer kon bepalen. En die was niet meer achter haar, maar rechts van haar.

Verbaasd keek ze achter zich, naar het pad wat ze had gevolgd. Het was geen recht pad geweest. Geen enkel pad was recht. Maar ze had toch steeds het gevoel gehad min of meer dezelfde richting uit te lopen. En in dat gevoel had ze zich dus vergist. Ze voelde een beginnende paniek opkomen, die ze hardnekkig probeerde te onderdrukken. Gewoon doorlopen totdat de zon weer achter mij is," dacht ze. Alsof iemand daarboven, die niet meteen moeders liefste was, het had gehoord, begon het weer harder te regenen. Ellanor probeerde stug door te lopen, maar verloor steeds meer elk gevoel voor richting. Haar voeten voelden aan alsof ze over gloeiende, scherpe kolen liepen. Er waren mensen die zoiets voor hun plezier deden, maar ze kon zich niet voorstellen dat zij ooit tot die groep zou behoren.

Slechts af en toe rustte ze even uit. Haar keel deed pijn en haar spieren konden elk moment exploderen. Hoewel de drang om te rusten steeds groter werd, merkte ze dat ze erna steeds moeilijker op gang kwam. Het was net alsof uitgerekend na een kleine pauze haar voeten nog meer pijn deden en iedere spier in haar lichaam met kracht protesteerde. Maar ze kon niet opgeven. Ze kon hier de nacht niet doorbrengen. Meerdere keren keek ze op haar gsm, maar er was geen enkel bereik. Nergens.

Ze ploeterde door en vroeg zich af wat Letty en Nina nu deden. Zouden ze begrijpen dat er iets aan de hand was? Dat moest haast wel. Nina en Letty wisten dat Ellanor geen geoefende wandelaarster was. Ze begrepen heus wel dat ze niet voor haar plezier mijlenver door het bos ging strompelen. Ze zouden mensen waarschuwen. Zoekacties regelen. Ze zouden haar niet in de steek laten.

Ellanor haalde diep adem en herhaalde dat laatste een paar keer voor zichzelf. Om meteen daarop te bedenken dat het onmogelijk was om iemand in deze bossen te vinden. Het was geen doen om na te gaan welke paden ze had genomen. Ze had de hele dag gewandeld. De hele dag de ene afslag na de andere genomen. Hoe moest een ander weten waar ze heen was gegaan als ze het zelf niet eens wist.

Onwillekeurig dacht ze weer even aan haar moeder. Hoe moest zij zich redden zonder Ellanor? Hoe zou ze reageren als het nieuws haar zou bereiken dat haar dochter vermist was in de bossen en dat iedere kans op het levend terugvinden inmiddels was verstreken?

Ze zou kwaad worden, schoot door Ellanor heen. Ze zou kwaad worden omdat Ellanor haar dan in de steek had gelaten. Meteen daarna schudde ze weer haar hoofd. Nee... zo mocht ze niet denken. Haar moeder zou rouwen. Huilen. Toch?

Niet aan denken, hield ze zich voor. Niet aan denken nu. Gewoon doorlopen. De weg zoeken.

Maar de weg leek oneindig. Het ene pad na het andere doemde op. Geen grindweg. Geen huis. Geen mens. Ellanor voelde hoe de stilte en eenzaamheid om haar heen haar steeds meer beklemde. Het was alsof ze erin stikte.

Ze bleef doorlopen. Maar ze was moe. Doodmoe. Steeds slechter slaagde ze erin haar ogen op het pad gericht te houden. Steeds vaker struikelde ze over de gladde stenen en boomwortels, waarmee de paden bezaaid waren. Totdat ze uiteindelijk uitgleed over een spekgladde natte boomwortel en met een klap terechtkwam op de grond. Onmiddellijk schoot een scherpe pijn door haar enkel en haar knie. Ze krabbelde moeizaam overeind, maar merkte dat ze niet meer goed kon staan. Zodra ze dat probeerde schoot diezelfde pijn weer door haar enkel.

Hij is gebroken, dacht ze. Oh nee, hij is gebroken.

Ze hinkte naar een boomstronk en ging erop zitten. Ze zag dat haar regenbroek en de jeans, die ze eronder aan had, bij de knie kapot waren en er sijpelde een beetje bloed naar buiten. Voorzichtig rolde ze de pijpen omhoog en zag een flinke schaafwond en snee in haar knie. De knie brandde, maar de pijn was nog niets vergeleken met de pijn in haar enkel.

Ze deed voorzichtig haar schoen uit. Ze probeerde haar enkel daarbij niet aan te raken, maar het deed evengoed pijn. Nu zag ze ook bloed in haar sokken, bij haar tenen. Ze realiseerde zich dat dat van het lopen kwam. Drukwondjes, opengetrokken blaren... kwaaltjes van ongeoefende wandelaars die in een keer de Kennedymars probeerden te lopen. Voorzichtig rolde ze de sok omlaag. Aan de enkel was nog niet veel te zien. Hij leek wat dikker. Maar dat was alles.

Ellanor bleef een tijdje zitten terwijl ze opnieuw haar mobieltje tevergeefs controleerde en nog een keer om zich heen keek. Misschien kon ze zo meteen weer lopen. Als de ergste pijn was weggetrokken. Ze wist niet hoe lang ze daar zo zat, maar op een bepaald moment kreeg ze het koud. Het regenwater zocht zich stilaan een weg door de goedkope regenjas heen en sijpelde door haar kleding heen, op zoek naar haar huid. Ze huiverde, trok haar sok weer omhoog en wilde haar schoen aandoen. Het ging niet meer. Haar enkel was nu werkelijk gezwollen en het bovenste gedeelte van haar voet was ook dikker en dat maakte het onmogelijk om in haar schoen te stappen. De pogingen die ze ondernam waren bijzonder pijnlijk. En bijzonder zinloos.

Nu kon ze zelfs haar schoen niet meer aan. Hoe moest ze zo verder?

Ze begon opnieuw te huilen en wist dat ze op het punt stond om het op te geven.

Een tijd lang huilde ze simpelweg. Ze had niet de illusie dat het iets zou oplossen, maar het was precies wat ze nodig had. Gewoon huilen. Niemand die het hoorde.

Pas na een hele tijd, misschien wel een uur of nog langer, merkte ze dat ze weer rustiger werd en voelde ze zich in staat om na te denken.

Letty en Nina mistten haar op dit moment zeker. Daarvan was ze overtuigd.

Ze zouden allang hebben begrepen dat ze was verdwaald en naar haar zoeken.

Misschien was het het beste om te blijven waar ze was. Ze keek naar haar gezwollen voet. In feite had ze ook geen andere mogelijkheid. Ze kon niet lopen. Ze zou het kunnen als ze wist dat ze dan regelrecht naar de bewoonde wereld liep en dat ze het alleen tot dan hoefde vol te houden, maar dat wist ze dus niet. Het was helemaal niet uitgesloten dat ze zich steeds verder in de problemen zou werken. Bovendien was het wellicht moeilijker om haar te vinden als ze zich verplaatste.

Blijven wachten leek dus de beste optie. Alleen was het verdraaid koud. Ze was inmiddels koud tot op haar bot en rilde onafgebroken. Haar handen en voeten deden pijn en in haar hoofd verspreidde zich een doffe pijn. Bovendien kreeg ze honger. Het zou snel avond worden.

Hoelang zou ze het hier volhouden?

Ze begon haar armen en benen te bewegen om de kou enigszins te verdrijven en vroeg zich af of ze de aandacht op de een of andere manier kon trekken. Een vuur maken was een veel gebruikte methode, maar alles was kletsnat en ze had geen lucifers. Overdag lichtsignalen geven zou ook niet werken. Bovendien had ze geen zaklamp bij zich. En geluid produceren? Ze zou om hulp kunnen roepen. Ja... dat zou ze kunnen doen. Wellicht hoorde niemand haar, maar uitsluiten kon je het ook niet. Hier in de stilte droeg ieder geluid ongelooflijk ver. Dat dacht ze tenminste.

Ze haalde diep adem en schreeuwde een paar keer om hulp. Het enige antwoord wat ze kreeg was haar eigen echo.

Ze zakte weer een beetje ineen en probeerde opnieuw wat te bewegen om warm te blijven. Iedere keer als de stemmen in haar hoofd haar hoop de grond in probeerden te boren met opmerkingen zoals: het heeft geen zin, niemand die je hier vindt, je komt hier nooit weg en meer van dat soort ellende, drukte ze die met kracht weg. Ze weigerde op te geven.

De seconden werden minuten, de minuten uren. En de uren kropen voorbij. Van tijd tot tijd schreeuwde ze om hulp en luisterde ze naar de zwakke echo. Ze deed vreemde oefeningen om warm te blijven en stond meerdere malen op met de gedachte dat ze misschien toch beter weer kon gaan lopen. Maar de pijn in de enkel en de ondoordringbare bossen om haar heen deden haar steeds opnieuw van gedachten veranderen.

Uiteindelijk werd het rillen wat minder. Ze werd moe. Onvoorstelbaar moe. De pijn in haar handen en voeten werd minder, maar haar spieren voelden stug en stijf aan. Haar ademhaling was oppervlakkig en traag. Eigenlijk wilde ze alleen nog maar gaan liggen en slapen.

Uitgerekend op dat moment hoorde ze iets. Ze kwam overeind, maar het leek alsof alles in slowmotion gebeurde. Daarom duurde het even voordat ze hem zag.

Eigenlijk zag ze de hond het eerste. Het was een zwart-witte middelgrote hond die met zijn hele lichaam kwispelde toen hij Ellanor zag. Alsof hij een oude vriendin begroette, stormde hij op haar af en drukte zijn snoet tegen haar gezicht.

Daarna zag ze zijn begeleider pas. Het was een blonde kerel, ergens rond haar eigen leeftijd, met een ongeschoren gezicht en heldere blauwe ogen.

"Ellanor?"

Ellanor knikte. Haar hand gleed vermoeid door de zachte warme pels van de blije hond. Ze had verwacht dat ze zou opspringen en juichen als iemand haar vond, maar alles wat ze nu kon opbrengen was een wat aarzelende aai door de zachte pels en dat kleine knikje.

De kerel grijnsde en zei iets in een walki talki. Ellanor had geen flauw idee wat hij zei, maar het had ongetwijfeld met haar te maken.

De kerel ging op zijn hurken voor haar zitten en keek haar aan.

"Je ziet er ellendig uit. Hoog tijd dat we je hier weg halen..."

"Nederlands?" Meer dan dat ene woord kon Ellanor er niet uitbrengen. Maar hij zou de vraag wel begrijpen.

Hij knikte dan ook. "Finn. "

"Fin?"

"Finn. Mijn naam. Nederlands van oorsprong."

Ellanor knikte.

Finn keek naar de schoenloze enkel.

"Nogal dik. Omgeslagen?"

"Ja."

"Ziet er pijnlijk uit. Je kunt hem het beste niet gebruiken. Leun maar op mij." Zonder een reactie af te wachten, hielp hij haar overeind en legde haar arm over zijn schouders. Haar schoen had ze nog in haar andere hand geklemd.

"Kom," zei hij. Hij begon langzaam te lopen. Ellanor hinkte min of meer mee, terwijl de hond vrolijk om hen heen dartelde. Hij had geen notie van de ernst van de situatie.

"Ver?" vroeg Ellanor. Ze hijgde. Het kostte haar meer inspanning dan ze had verwacht en het vooruitzicht kilometers op deze manier door het bos te moeten lopen, was niet aanlokkelijk. Maar ze was in elk geval niet meer alleen. Al was het nog ver. En al was ze nog zo verschrikkelijk moe.

Maar Finn schudde zijn hoofd. "We zijn vlak bij de grindweg. Als je een paar meter was doorgelopen, was je op de weg terechtgekomen."

Hij had de zin nauwelijks uitgesproken of het bos week uiteen en ze kwamen op de grindweg die ze al die tijd had gezocht. Alles bij elkaar was het nauwelijks tien minuten hinkelen van de plek waar ze had gezeten geweest.

"Ik wist niet… Ik had geen idee…" hakkelde ze verbijsterd.

"Ik denk dat je je gevoel voor oriëntatie bent kwijt geraakt," zei Finn. "Als je niet weet waar je op moet letten, kan dat hier snel gebeuren."

Ze had willen protesteren. Ze had geweten waarop ze moest letten. Het was alleen op de een of andere manier niet gelukt. Maar ze kon de energie tot protest niet meer opbrengen. In feite kon ze niets meer opbrengen.

"Kom," zei Finn. "Daar kun je zitten." Hij wees op een boomstronk.

Ellanor liet zich meevoeren naar de zitplaats en liet zich opgelucht op het hout zakken. Iedere stap, iedere beweging deed pijn. Ze was zo door en door moe. Nog steeds wilde ze slechts gaan liggen en slapen. Maar Finn zou haar geen kans geven.

"Er komt dadelijk iemand hierheen met de auto. Mijn eigen auto staat een heel eind hiervandaan en het leek mij geen goed idee om jou dat hele stuk nog te laten afleggen. Je moet zo snel mogelijk naar het ziekenhuis. Je bent onderkoeld, oververmoeid en iemand moet naar die enkel van je kijken."

Ellanor knikte slapjes.

Finn ging naast haar zitten. "Ik wil niet brutaal zijn, maar ik moet voorkomen dat je verder onderkoeld raakt," zei hij. Hij sloeg zijn arm om haar heen en trok haar tegen zich aan. Ellanor nam vaag zijn geur op. Hij rook naar aarde, gras en aftershave. En hij was warm. Een kort commando van de man was voldoende om de hond aan de andere kant naast haar te laten plaatsnemen. Ze voelde zijn warme pels tegen haar lichaam drukken. Het was prettig.

Ze wist niet hoelang ze op de auto wachtten. Ze was het volledige gevoel voor tijd kwijtgeraakt. Het interesseerde haar ook niet meer. Ze wilde alleen maar zo blijven zitten. Maar toen de rode pick-up voor hen stopte, sprong de hond weer op de grond en liet

Finn haar los.

De kerel in de Pick Up, een man van rond de vijftig met een rond, rood gezicht en zeer weinig haar, grijnsde van oor tot oor en plaatste een opmerking die ze niet verstond. Finn zei lachend iets terug en hielp Ellanor overeind.

"Are you all right?" vroeg de man met een zwaar accent. Hij grijnsde nog steeds.

Ellanor knikte een klein beetje. Eigenlijk had ze geen flauw idee of ze all right was. Het voelde niet zo. Maar ze leefde in elk geval nog.

Finn hielp Ellanor op de achterbank in de auto. Zijn hond nam onmiddellijk naast haar plaats, alsof hij de taak op zich had genomen om op haar te letten. Misschien was dat ook wel zo.

"Ik rij even mee," besliste Finn. "Misschien kan je wat hulp gebruiken in verband met de taal. En Johan hier komt in het engels ook niet veel verder dan 'hoe gaat het met je'. En gezien het nogal beroerd met je gaat…" Hij glimlachte even en stapte zelf voorin. De pick-up kwam met het geluid van een tank in beweging en liet een donkere wolk achter toen ze wegreden.

Er was veel wat Ellanor nog wilde zeggen, maar gedurende de hele weg kreeg ze geen woord over haar lippen. Haar gedachten sprongen van de hak op de tak en ergens leken wat verbindingen te zijn weggevallen.

Tegen de tijd dat ze de kliniek bereikten, bibberde ze weer.

Finn vroeg haar om even te wachten. Hij sprong uit de auto, rende weg en kwam enkele tellen later terug met een rolstoel van het ziekenhuis. Ellanor vond het eigenlijk een beetje raar, maar ze zei er niets over. Al helemaal niet toen ze merkte dat ze nauwelijks op haar benen kon staan toen ze uit de auto stapte.

Het leek wel alsof haar spieren in gelatinepuddinkjes waren veranderd. Ze liet zich in de stoel helpen en het grote gebouw inrijden.

Ze had ergens het gevoel dat ze het allemaal niet echt meemaakte. Dat het een soort droom was. Of iets wat buiten haar om plaats vond. Ze keek toe hoe Finn met een verpleegster achter de balie praatte, zonder er al te veel bij te voelen. Ze zag de verpleegster een zorgzame blik op haar werpen, maar reageerde niet.

Kort daarna zette Finn haar stoel weer in beweging en reden ze door een klapdeur een lange gang op, met aan de linkerkant allemaal behandelkamers. Een eerste-hulp afdeling, nam ze aan. Op aanwijzing van de verpleegster, reed Finn haar een van de kamers binnen. Als vanzelfsprekend hielp hij haar van de stoel op de onderzoekstafel en wilde net iets zeggen, toen een andere verpleegster, een jong smal ding met pagekapsel, de kamer binnenliep en zich vriendelijk voorstelde. Zij en Finn wisselde enkele woorden, waarnaar zij zich weer in het engels tot haar richtte.

Ze vroeg Ellanor hoe het ging, knikte begrijpend toen Ellanor duidelijk maakte dat ze zich niet erg goed voelde en vroeg haar toen om te gaan liggen.

Finn trok zich met een klein excuus terug terwijl de verpleegster haar uit de natte kleding hielp en in een thermodeken wikkelde. Daarna sloot ze haar aan op een monitor die hartslag, pols en bloeddruk moest meten. Haar temperatuur werd ook opgemeten en de verpleegster maakte duidelijk dat de arts op weg was naar haar.

Terwijl de verpleegster een infuusnaald inbracht, waar Ellanor verder nauwelijks iets van voelde, kwam de arts binnen. In de eerste instantie dacht Ellanor dat het een verpleegster was. Het was een jonge vrouw met lange blonde paardenstaart. Maar ze stelde zich voor als arts en bekeek de gegevens die ze van de verpleegster kreeg, terwijl ze vragen stelde.

"U bent onderkoeld," vertelde de arts in goed verstaanbaar engels. "We willen ervoor zorgen dat u langzaam opwarmt, omdat het lichaam daar het beste op reageert in uw situatie. Lust u thee?"

Ellanor knikte. "Prima. Een van de verpleegsters zal u zo meteen thee met suiker brengen. De suiker zorgt voor het aanvullen van het glucosegehalte in uw bloed. Dat verlaagt namelijk door het rillen en is mede verantwoordelijk voor het verlies van energie. U heeft ook last van uw enkel?"

Ellanor knikte.

De arts ging naar het voeteinde en bekeek de enkel aandachtig, palpeerde hem voorzichtig en voerde een functieonderzoek uit. Hij was nog steeds erg pijnlijk en Ellanor kreunde kort toen ze er te hard op drukte.

"Ik denk niet dat uw enkel gebroken is," concludeerde de arts uiteindelijk. "Maar voor de zekerheid wil ik toch een röntgenonderzoek laten doen. De verpleegster zal u zo meteen naar die afdeling brengen. Daarna komt u hier terug en regelen we een opname. Vanwege de onderkoeling wil ik u graag vannacht hier houden."

Ellanor knikte alleen maar. Ze had niet eens de energie om te schrikken van een ziekenhuisopname.

De dokter verdween en weer een nieuwe verpleegster bracht haar een warme kop thee. Ze knoeide bij het drinken ervan, maar niemand scheen het erg te vinden.

De jonge verpleegster met het pagekapsel en de nieuwkomer, met blonde vlechten, verwijderden de slangen waarmee ze als een robot aan de monitor was verbonden en zetten het bed van de remmen af om haar naar de röntgenafdeling te brengen. Veel meer dan voorbij flitsende witte muren en plafonds met platte lampen zag Ellanor niet. Haar ogen vielen af en toe dicht en haar spieren leken zachter te worden, een vage spierpijn achter latend.

Ze rilde niet meer en het was net alsof de losse gedachteflarden zich opnieuw schikten in haar hoofd. Eerst dacht ze even aan haar moeder. Wat als ze haar niet hadden gevonden? Wat was dan van haar moeder geworden? Ze kwam niet met een antwoord. Ze dacht opeens aan Nina en Letty. Nina en Letty wisten vast nog niet dat ze was gevonden. Ze waren vast ongerust.

"Mijn vriendinnen. Ik moet ze bellen," wist ze eruit te brengen. Ze praatte opdat moment waarschijnlijk erg gebrekking engels, maar de verpleegster met het pagekopje begreep haar blijkbaar en keek om.

"Uw vriendinnen?"

"Ze weten niet dat ik hier ben."

"We zullen hen zo snel mogelijk bellen. Zodra we terug zijn op de eerste hulp," beloofde de verpleegster.

Ellanor ontspande weer een beetje en realiseerde zich meteen daarna dat haar vriendinnen helemaal geen bereik hadden met hun telefoons in Glaskogen. Ze had de neiging zich daarover weer druk te maken, maar kon het niet helemaal opbrengen. Ze was eenvoudigweg nog te moe. Ze liet zich naar de röntgenafdeling brengen en deed braaf wat er van haar werd verlangd toen de foto's werden gemaakt. Aan Nina en Letty dacht ze weer toen ze terug op de eerste hulp kwam.

Ze noemde het nog een keer tegenover de pageverpleegster die haar weer in de onderzoekskamer plaatste en die verdween met de woorden dat ze een mogelijkheid zou zoeken. Maar het was niet de verpleegster die bij haar terugkwam. Het was Finn.

"Je vriendinnen zijn op de hoogte," zei hij meteen toen hij de kamer binnenkwam. "Een van de mannen is het hun gaan zeggen zodra we je gevonden hadden. Zij hadden je namelijk als vermist opgegeven. Ik neem aan dat ze elk moment hier zijn. Eigenlijk had ik hen hier al verwacht."

"Ze zullen wel verdwaald zijn," zei Ellanor met een zwak glimlachje.

"Hé, je lacht alweer."

"Ik probeer het."

Hij wilde nog iets zeggen, maar de arts met de lange blonde staart verscheen weer.

"Er is niets gebroken," zei ze met een geruststellende lach. "Je enkel is behoorlijk gekneusd en je zult er wel even last van houden, maar het gaat over. Ik wil je alleen vannacht hier houden, zoals ik eerder al zei. Je wordt dan aangesloten op de monitor en krijgt elk halfuur een warme drank aangeboden totdat je lichaam weer de juiste temperatuur heeft. Ik verwacht niet dat het heel erg lang zal duren. Daarna zal nog een bloedproef worden genomen en de temperatuur in de gaten worden gehouden. Als morgenvroeg alles goed is, wat ik wel verwacht, kun je weer naar huis. Of naar de camping."

Ellanor knikte. Het idee om weer naar de tent te gaan trok haar niet bijzonder aan, maar het ziekenhuis was ook geen perfecte plaats om vakantie te houden.

Hoewel ze eigenlijk geen zin meer had in vakantie. Hoewel ze eigenlijk alleen nog maar naar huis wilde.

De dokter verdween weer geruisloos uit de kamer, als een soort geestverschijning op witte gympen.

"Het ziet ernaar uit dat je voor vannacht een hotelboeking hebt," zei Finn.

"Dit is niet helemaal wat ik in gedachte heb als ik aan een hotel denk," zei Ellanor met een klein lachje. Ze merkte dat het praten al aanmerkelijk beter ging.

"Ik heb je nog niet bedankt."

"Bedank Frits maar. Hij heeft je gevonden."

"Frits?"

"De hond."

"Hoe heeft hij mij gevonden?"

"Hij is erop getraind. Hij vind het heerlijk om te doen."

"Gelukkig."

"Ja."

Heel even was het stil.

"Waarom trok je alleen het bos in?" vroeg Finn toen.

"Ik wilde even alleen zijn. Nadenken. En daardoor lette ik niet op. Ik verdwaalde. Stom."

"Je bent niet de eerste die het overkomt. Gemiddeld twee mensen per maand. Voor het merendeel toeristen, maar het overkomt ook Zweden."

"Er is hier gewoon te veel bos."

"Gelukkig wel."

Finn wilde nog iets zeggen, maar de deur zwaaide open en Nina en Letty vielen min of meer de kamer binnen.

"Ellanor. Goddank. Waar was je?'

"Wat deed je in dat bos? Ik dacht dat je opgegeten was."

"Ik was er gewoon ziek van."

"Wat heb je? Moet je hier blijven? Heb je iets gebroken?"

De meiden vuurden zoveel vragen op haar af, dat ze niet eens de kans kreeg om ze tot zich door te laten dringen, laat staan antwoord te geven. Ze zag nog net dat Finn bij wijze van groet glimlachend zijn hand even opstak en zich vervolgens terugtrok. Zoveel vrouwen waren waarschijnlijk wat veel van het goede.

Ellanor wachtte totdat de vragen een beetje waren uitgedoofd en keek haar vriendinnen aan.

"Mag ik nu iets zeggen?"

"Sorry. Ik geloof dat we als een stel kippen zonder koppen over je heen vielen. We waren ook zo bang…" zei Nina.

Letty knikte heftig.

"Ik liep vanmorgen het bos in. Ik wilde nadenken. Ik lette niet op waar ik liep en opeens was ik verdwaald."

"Dat hebben we gemerkt. Je kwam maar niet terug en uiteindelijk zijn we naar de camping gereden en hebben alarm geslagen. Toen hebben ze een aantal mensen verzameld. Ik neem aan dat die kerel van net er eentje van was? Ze zeiden dat de man die je had gevonden je naar het ziekenhuis had gebracht?"

Ellanor knikte.

"Leuke vent," vond Letty met een kleine grijns.

"Alsof Ell daar nu haar hoofd naar heeft staan," meende Nina hoofdschuddend.

Maar geen van hen ging erop door. Ellanor werd ondergebracht in een kamer, aangesloten op een monitor en elk half uur getemperatuurd. Het duurde niet lang totdat haar lichaam weer een normale temperatuur had en Ellanor zich een stuk beter voelde. Al bleef ze moe en al bleef de spierpijn zeuren. En al bleef haar enkel meer dan pijnlijk.

Letty en Nina bleven zo lang mogelijk bij haar.

"Om je gezelschap te houden," zei Nina.

"Omdat het in het ziekenhuis warmer en droger is dan in de tent," zei Letty.

Maar uiteindelijk moesten ze toch gaan en lieten ze Ellanor alleen achter in het vreemde ziekenhuis. Zodra ze alleen was drongen de eerste gedachten aan haar moeder zich weer aan haar op. Ze vroeg zich af of ze haar niet moest bellen. En of haar moeder niet van haar zou eisen dat ze onmiddellijk terug zou komen. En of dat ook niet het beste was. En toen viel ze in slaap. Gewoon… midden onder het piekeren. Haar ogen vielen dicht en ze zakte ontspannen weg in het zachte bed, tussen de schone en warme dekens.

HOOFDSTUK 13

Het was niet de eerste keer dat Ellanor wakker werd toen de warme stralen van de zon op haar gezicht vielen. Het was wel de prettigste manier van wakker worden tot nu toe. Iedere voorgaande keer waren er verpleegsters geweest die iets van haar moesten, terwijl ze steeds alleen maar wilde slapen. Maar nu werd ze wakker van de warmte. En van de man die naast haar bed stond.

Ze herkende hem onmiddellijk: Finn.

Ze glimlachte en bedacht zich dat ze er vreselijk uit moest zien. Om zichzelf daarna meteen weer kwalijk te nemen dat het voor haar een rol speelde.

"Ik heb je, volgens mij, nog niet bedankt," zei ze.

"Nog niet."

"Bij deze dan?"

"Eerlijk gezegd wil ik je er niet zo gemakkelijk vanaf laten komen."

Ellanor keek de man verbaasd aan.

"Zodra ze je hier weg hebben gestuurd, mag je mij een keer uitnodigen voor een fika."

"Een wat?"

"Fika. Koffie met iets lekkers erbij."

Ellanor glimlachte. "Klinkt leuk. Afgesproken. Eerlijk gezegd hoop ik dat ze mij snel genoeg naar huis sturen."

"'Huis' is volgens mij ver weg."

"Bij wijze van spreken dan."

"Ik heb net de dokter gesproken. Ze zijn je eigenlijk al moe hier."

Hij grijnsde breed. "Engels spreken is vermoeiend. Ik denk dat je zo meteen op straat staat."

"Gelukkig. Ik voel mij verder goed. Onhandig, een beetje dom

192

en hulpeloos, dat wel. Maar lichamelijk goed."

"De rest trekt ook wel bij."

De binnenkomst van een arts maakte een einde aan het gesprek. Finn knikte even beleefd naar hem en trok zich terug. "Ik kom je zo meteen nog even lastig vallen," beloofde hij eerst nog fluisterend.

De arts, een kleine wat kalende man met een zenuwtrek aan zijn oog, bekeek Ellanor alsof hij een vreemd, niet thuis te brengen, voorwerp zag. Hij schraapte drie keer zijn keel voordat hij in aarzelend engels stelde dat volgens de laatste proeven alles goed was met haar. Het zag ernaar uit dat ze geen schade aan haar avontuur had overgehouden. Hij leek bijna opgelucht toen hij haar kon meedelen dat ze om die reden kon gaan. "Doe nog rustig aan met die enkel," waarschuwde hij haar. "Hij is gekneusd. Bewegen, maar niet zwaar belasten.

De arts verdween weer haastig en zij bleef alleen achter in die ziekenhuiskamer. Achter een dichtgetrokken gordijn trok ze de jeans en het sweatshirt aan wat haar vriendinnen haar de vorige dag hadden gebracht, maar ze had geen idee hoe ze thuis moest komen. Uiteindelijk werkte de mobiele telefoons van Nina en Letty niet in Glaskogen.

"Kan ik binnenkomen?" hoorde ze een inmiddels bekende stem vragen.

Ze antwoordde bevestigend en trok het gordijn open. Ze hoefde uiteindelijk alleen nog maar sokken en schoenen aan te trekken.

"Ik zie dat ze je kwijt willen?" reageerde Finn.

Ellanor knikte. "Het schijnt dat ik lang genoeg droog en warm heb gelegen."

"Je moet er niet teveel aan wennen," meende Finn grijnzend. "Kom…"

"Waarheen?"

"Ik breng je naar je tent. Je kunt die andere twee dames niet bellen en ik neem aan dat ze ervan uit gaan dat ze hier niet voor de middag terecht kunnen. Je kunt daar natuurlijk op wachten…"

"Ik neem je aanbod liever aan," bekende Ellanor. Ze wilde terug naar Nina en Letty. Ze moest haar moeder even bellen.

Ellanor stond op en liep met Finn door de lange gangen naar buiten. Het lopen was pijnlijk, maar ze bewoog rustig en hinkend, waardoor het wel te doen was.

De grijze wolken waren opgelost in het niets en een blauwe hemel beloofde betere tijden. De zon bood een aangename warmte. Ellanor sloot heel even de ogen en genoot van de warmte op haar huid. "Heerlijk, die zon."

"Echt wandelweer," merkte Finn op.

Ellanor lachte. "Ik blijf naast de tent zitten."

"Blijf je wel nog in Glaskogen?" vroeg Finn toen ze instapten.

Ellanor begroette Frits, die in de auto wachtte en dacht even na. "Ik weet het niet," zei ze uiteindelijk. "Misschien is het beter om naar huis te gaan. Erg veel kan ik niet met die enkel doen en ik weet niet of ik nog opgewassen ben tegen meer avonturen. Bovendien is mijn moeder alleen…" Ze maakte de gordel vast en keek door de voorruit naar buiten toen ze wegreden. "Dat was een van de dingen waarover ik aan het piekeren was toen ik rondwandelde in de bossen. Mijn moeder. Het was een van de redenen waarom ik niet oplette."

"Is er iets mis met je moeder?" informeerde Finn.

"Nee, niet echt. Maar ze kan slecht tegen alleen zijn."

"Sommige mensen hebben dat."

"Ja. Ik weet het."

"Is je moeder nog maar alleen?"

"Ja."

"Gescheiden? Of is ze weduwe?"

"Weduwe."

"Het spijt me."

"Al heel lang. Ik was dertien toen hij stierf."

"Dan is hij jong gestorven."

"Veel te jong."

"Ongeluk?"

Ellanor staarde even voor zich uit. "Zelfmoord," zei ze toen. Ze schrok van haar eigen openhartigheid. Hoe kwam ze erbij om dit te zeggen?

"Lijkt me ellendig voor jullie," reageerde Finn. "Zelfmoord laat veel opengetrokken wonden achter. Veel vragen. Veel schuldgevoelens."

Ellanor slikte moeizaam en knikte.

"Is je moeder daarom niet graag alleen? Kampt ze met schuldgevoelens of is ze bang dat jou iets overkomt? Of dat je misschien iets soortgelijks zult doen?"

"Ze is bang dat mij iets overkomt," zei Ellanor. "Omdat ze dan op zichzelf is aangewezen."

"En dat kan ze niet aan?"

"Nee."

"Zwaar voor je."

"Voor mij?"

"Ik neem aan dat je je verantwoordelijk voelt…"

"Natuurlijk. Ik…"

"Dat bedoel ik."

" Oh." Ellanor staarde door de voorruit naar buiten. Het meningsverschil met Letty van een dag eerder schoot door haar hoofd, net als haar gedachtegang tijdens haar beruchte wandeling. Haar gevoelens waren tegenstrijdig en verwarrend. Daarom ging ze er verder niet op in.

Finn leek dat ook niet van haar te verwachten. Hij reedt soepel de stad uit, richting Glaskogen.

"Woon je al lang hier?" informeerde Ellanor. Ze had al een tijdje niets gezegd en de stilte voelde wat ongemakkelijk aan.

"Sinds mijn tiende. Mijn moeder is Zweeds. Mijn vader Nederlands. Hij had een goede baan in Nederland en daarom woonden we daar. Maar toen zijn bedrijf failliet ging, besloten ze naar Zweden te trekken. Ik vond het verschrikkelijk. Ik had vriendjes in Nederland en voelde niets voor een oud huis op het platteland, tussen de koeien. Ik heb er een aardig drama van gemaakt, waar mijn ouders nu nog over praten."

"Maar uiteindelijk ben je in Zweden gewend?"

"Uiteindelijk wilde ik hier niet meer weg. Maar dat heeft ruim een jaar geduurd, waarbij ik mijn ouders genoeg verwijten heb gemaakt om de rest van hun leven mee vooruit te kunnen."

Ellanor glimlachte even. "Dat zullen ze niet zo leuk hebben gevonden."

Finn haalde zijn schouders op. "Mijn ouders zijn nuchtere mensen. Ze wisten dat ik mij heus wel zou redden."

"En ze hadden dus gelijk."

"Absoluut."

"Ik weet niet of ik hier zou kunnen wonen. De taal lijkt mij ontzettend moeilijk en dan die ruimte en stilte.."

"Ik neem aan dat niet iedereen hier kan wennen. Dat is ook maar goed ook want dan zou het hier veel te druk worden. Maar hoe dat voor jou zit, kan ik niet inschatten. Ik ken je niet goed genoeg."

"Nee. Eerlijk gezegd kan ik het zelf ook niet inschatten. Maar ik heb wel een probleem met stilte."

"Waarom?"

"Waarom?"

"Ja, waarom?"

Ellanor dacht er even over na. "Ik geloof dat ik er nerveus van word."

"Zou kunnen. Dat hebben meer mensen. Sommigen omdat ze gewoon volk om zich heen moeten hebben, anderen omdat ze dan geconfronteerd worden met hun eigen gedachten en dat kan moeilijk zijn."

Ellanor knikte alleen maar even.

"Hoe komen jullie erbij om midden in Glaskogen te gaan kamperen?" wilde Finn weten. "Voor zover ik van je vriendinnen heb begrepen zijn jullie geen ervaren kampeerders en zijn jullie nog nooit eerder in Zweden geweest. Vanwaar dan die keuze?"

"Nou…om het kort te houden…. Mijn man is een half jaar geleden overleden en ik raakte in een soort depressie, geloof ik. Omdat mijn vriendinnen zich nu eenmaal graag overal mee bemoeien, besloten ze dat ik er maar eens uit moest. Dat zijzelf ook problemen hadden, speelde daarin mee. Nina's man vertrok namelijk nogal onverwacht en Letty voelde zich niet meer helemaal gelukkig in haar huwelijk. Na de nodige glazen wijn besloten we dat we maar eens een uitdaging moesten aangaan om onszelf te bewijzen en kozen voor een kampeertocht naar zweden. Een strandvakantie of cultuurreis leek ons minder geschikt voor dit doel."

"Je man overleden? Hij kan nog niet erg oud zijn geweest."

"Nee. Zesendertig. Hij viel van een steiger."

"Ellendig."

"Ja."

"Ik weet het niet… maar het lijkt mij dat je dat op een half jaar tijd niet verwerkt."

"Nee. Maar ik geloof ook niet dat ik echt bezig was met de verwerking. Eerder met het tegenovergestelde."

"Ik neem aan dat iets dergelijks veel los maakt bij iemand."

"Veel te veel."

Finn knikte even, terwijl hij de grindweg opreed.

"Wat doe je hier? Je werk bedoel ik?" vroeg Ellanor.

"Zelfstandige. Timmerwerk vooral. Ik maak ook grappige dingen van boomstammen. Bankjes, tafeltjes en zo, maar ook trollen en kabouters."

"Leuk."

"Weet ik. Toeristen zijn er gek op." Hij grijnsde even. "Wat doe jij?"

"Renovaties van schilderijen en muurschilderingen. Vooral dat laatste en dan vaak in kerken."

"Lijkt mij mooi werk."

"Dat is het ook. Maar ik heb het al heel lang niet meer gedaan. Sinds de dood van John niet meer."

"Misschien lukt het om het na de vakantie weer op te pakken."

"Misschien."

Finn vertelde nog het een en ander over Glaskogen en over de dieren die er leefde en voordat Ellanor het in de gaten had, stopten ze al bij de tent.

Nina en Letty brouwden koffie boven hun gaspitje en staarde verbaasd naar de auto die naast hen parkeerde.

Toen ze zagen dat Ellanor erin zat, begonnen ze breed te lachen en te zwaaien.

"Volgens mij hebben ze koffie," zei Ellanor voorzichtig.

"Ik heb nu helaas geen tijd. Wanneer vertrekken jullie?"

"Een uur geleden zou ik hebben gezegd: morgen. Maar ik heb mij bedacht. Eén dag meer of minder… Overmorgen dus," zei Ellanor. Ze glimlachte erbij."We zouden hier zeven dagen kamperen. Overmorgen is de zevende dag en om de een of andere reden wil ik niet eerder weg. Een beetje maf… Maar het scheelt maar één dag en het voelt beter om die ene extra dag nog te blijven."

"Dan neem ik graag je uitnodiging aan om morgenmiddag ergens koffie te gaan drinken."

Ellanor begon te lachen."Goed," zei ze. "Ik zou beledigd zijn geweest als je dat niet had gedaan."

Ellanor groette hem wat klungelig en keek hoe hij wegreed.

"Ell… je bent alweer hier. We hadden het net over het bezoekuur. We wisten niet precies wanneer het was. Maar we hoeven het dus niet meer te weten," begon Letty vrolijk. "Het stuk heeft je al naar huis gebracht." Ze keek even in de richting waarin hij was verdwenen. "Wanneer hebben jullie afgesproken?"

Nina stelde nog geen vragen. Ze glimlachte naar Ellanor. "Fijn dat je er weer bent. Trek je niets aan van Letty. Die begrijpt niet dat we niet allemaal meteen achter de kerels aan zitten." Ze keek Letty plagend aan.

"Goede kansen zijn er om gegrepen te worden," vond Letty. "Kom… er is koffie."

Ellanor ging bij haar twee vriendinnen zitten en nam een mok koffie aan van Nina.

"Fijn dat je weer terug bent," zei Nina nog een keer. "Je wilt niet weten wat we gisteren hebben doorgemaakt. Nou ja… belachelijk natuurlijk om dat te zeggen. Uiteindelijk heb jij veel meer doorgemaakt. Maar we waren echt zo bang…. We hebben het er nog de hele avond over gehad."

Ellanor glimlachte voorzichtig. "Dat was een van de eerste dingen waar ik aan dacht toen ik verdwaald was. Dat jullie ongerust zouden zijn."

"Reken maar," zei Nina vol overtuiging. "We dachten dat je was opgevreten door een eland."

"Volgens mij eten die geen mensen."

"Ze zijn er anders groot genoeg voor."

Ellanor nam een klein slokje koffie. Hij was sterk en ze huiverde even.

"Letty heeft hem gezet," merkte Nina meteen lachend op. "Volgens mij is ze bang dat we in slaap vallen."

"Volgens mij heb ik voor de komende weken genoeg geslapen," meende Ellanor.

"Ja…je hebt het nodige meegemaakt," vond Nina. "Hoe voel je je nu?"

"Goed. Uitgerust. Mijn enkel doet nog pijn, maar dat kan nog wel even zo blijven. En natuurlijk prikken de wondjes op mijn voeten." Ze trok meteen haar schoenen en sokken uit en wiebelde met haar tenen.

Letty en Nina keken even naar de gehavende voeten.

"Het lijkt wel alsof je ermee in de vleesmolen hebt gezeten," vond Letty.

"Zo erg is het nu ook weer niet," zei Ellanor lachend.

"Het zal wel helen. Maar je hebt veel meegemaakt," zei Nina nog een keer. Ze keek Ellanor peinzend aan. "Letty en ik hebben het erover gehad. Het leek ons beter om naar huis te gaan. Je kunt niets met die enkel en na alles wat er is gebeurd…"

Letty keek Ellanor ook onderzoekend aan, maar zei niets.

"Ik wil eigenlijk overmorgen pas gaan," zei Ellanor. Ze keek haar vriendinnen een voor een aan. "Overmorgen is het de zevende dag en we hadden afgesproken dat we tot de zevende dag hier zouden blijven."

"Maar toen wisten we nog niet wat er zou gebeuren," bracht Nina ertegen in.

"Nee. Maar ik heb evengoed het gevoel dat ik dit moet afmaken. Ik kan daar geen goede reden voor geven. Het is alleen een gevoel."

"Ik weet wat je bedoelt," zei Letty toen. "Ik heb ook tegen Nina gezegd dat ik zelf ook liever zou blijven, maar dat we zouden gaan als jij dat zou willen."

"Maar de omstandigheden…" bracht Nina er nog wat zwak tegenin.

"Ik kan niet zo goed lopen, maar ik kan zwemmen en kanoën," zei Ellanor. "Bovendien is het eindelijk weer goed weer. Ik kan ook gewoon aan de waterkant zitten."

"Zo is dat," vond Letty.

Nina leek het er nog niet helemaal mee eens te zijn, maar knikte toch maar.

Ze dronken een paar tellen zwijgend koffie. De zon verspreidde meer warmte dan Ellanor had verwacht. Het water was spiegelglad en de bossen hadden een frisgroene kleur. Ze hoorde hier en daar een geluid wat ze niet kon thuisbrengen, maar over het algemeen was het doodstil. Een stilte die ze op dit moment bijna prettig vond. Maar dat kwam waarschijnlijk omdat ze niet alleen was.

"Het spijt me," zei Letty opeens. Ze keek naar Ellanor.

"Wat?" vroeg Ellanor.

"Wat ik gistermorgen zei. Over je moeder."

Ellanor dacht even na. "Volgens mij meende je ieder woord ervan."

Letty perste even haar lippen opeen. "Het is mijn mening. Dat is bepaald niet het evangelie, maar het is hoe ik het zie. Maar ik had het niet op die manier moeten zeggen."

"Dat weet ik niet. Je zei gewoon je mening."

"Nogal bot. Eerlijk gezegd heb ik mij daarover gisteren behoorlijk wat verwijten gemaakt. Je was van streek na dat meningsverschil en ik dacht… nou ja…"

"Zolang je maar niet dacht dat ik mijzelf iets aan had gedaan," zei Ellanor. Ze keek Letty aan. "Ik dacht er wel over na. Dat is een van de redenen waardoor ik niet oplette waar ik liep. Ik dacht na over de dingen die jij had gezegd, maar ook over datgene wat ik voelde en over John. Ik denk dat het goed was om erover na te denken. Eerlijk gezegd denk ik dat je in bepaalde opzichten gelijk hebt. Ik voel mij verantwoordelijk voor mijn moeder."

"Er is niets mis met verantwoordelijkheidsgevoel ten opzichte van je moeder," meende Nina. Ze had nog heel even gehoopt dat ze eerder naar huis zouden gaan omdat ze zich zorgen maakte over haar moeder. Maar ze zou haar tijd moeten uitzitten.

"Wel als het te ver gaat," vond Letty.

"Ik weet niet of het te ver gaat," vond Ellanor. Ze staarde peinzend voor zich uit.

"Het was mijn schuld dat mijn vader er een einde aan maakte," zei ze toen. Ze beet op haar onderlip en speelde met het lepeltje in haar koffie.

De twee anderen keken haar stomverbaasd aan.

"Hoe kan dat nu in hemelsnaam jouw schuld zijn?" vroeg Letty verbijsterd. "Je was verdorie pas dertien of zo."

"Ik maakte ruzie met hem. Regelmatig. Maar die ene dag…"

"Allicht maakte je ruzie met hem. Je was een puber. Iedere puber maakt ruzie met zijn ouders."

"Ik zei dat hij een slappeling was. Ik weet niet eens meer waar het over ging, maar die opmerking plaatste ik. Omdat hij thuis niets te zeggen had."

"Iedereen zegt wel eens dingen."

"Daarna pleegde hij zelfmoord. Mijn moeder zei dat hij de ruzies met mij niet meer verdroeg. Dat hij zich gekrenkt voelde in wat ik zei en deed. Dat hij het niet meer aankon. Hij had een briefje achter gelaten. Daarin schreef hij dat hij het niet meer aankon."

Letty schudde heftig haar hoofd. "Ik kan het mij niet voorstellen. Nee… ik kan het echt niet. Heb je die brief gezien? Heb je gezien dat hij jou als oorzaak noemde?"

"Nee, dat niet…"

"Waarom neem je het dan zonder meer aan?"

"Haar moeder gaat heus niet liegen," meende Nina. "Al had haar vader het nooit zo mogen doen."

Letty gaf geen antwoord.

Ellanor schudde haar hoofd. "Ik geloof niet dat ze liegt…"

"Misschien wel, misschien niet," zei Letty. "Maar ze had, hoe dan ook, de schuld niet bij jou mogen neerleggen. Het is een beslissing van je vader geweest en als hij de ruzies met jou als oorzaak noemde, wat ik betwijfel, dan had hij maar erg weinig nodig. Iedereen weet hoe pubers zijn."

"Maar toch…" bracht Ellanor ertegenin. "Het gebeurde na een ruzie en mijn moeder moest zich alleen redden…"

"Waarvan ze jou de schuld gaf en waardoor ze nog steeds vindt dat je haar iets schuldig bent," vulde Letty aan. "Sorry… ik had er niet meer over willen beginnen, maar ik vind dit zoiets… Je was nog een kind. Je bent niet schuldig aan de dood van je vader en je hoeft geen schuld in te lossen bij je moeder. Je hoeft ook niet te accepteren dat zij het zo doet voorkomen. En ik vind…"

Letty stokte midden in de zin en staarde Ellanor aan.

"Je had ruzie met John vlak voor zijn dood."

Ellanor knikte. "Oh… vandaar. Elly…geef jezelf alsjeblieft daar niet ook nog de schuld van. John had een rotongeluk. Jij kon daar niets aan doen."

"Maar als ik geen ruzie had gemaakt…"

"Was het ook gebeurd."

"Ook als hij beter had opgelet? Omdat hij dan niet aan het piekeren was geweest over die ruzie?"

"Elly, wordt wakker. Het lijkt mij toch dat je John beter kent dan ik. En zelfs ik weet dat John niet iemand was die lang over zoiets piekerde. Ik durf te wedden dat hij die avond allang weer lag te snurken, toen jij je nog druk lag te maken…"

"Ja maar in dit geval…"

"In dit geval had hij een ongeluk na een ruzie. Toeval. Maak er niet meer van dan het is." Nu knikte zelfs Nina. "Ik denk dat Letty gelijk heeft," zei ze. "Tot op zekere hoogte. Zelf denk ik dat je je moeder altijd wat schuldig bent, omdat het nu eenmaal je moeder is. Maar ik geloof niet dat je de schuld van de dood van je vader en John op je moet nemen. Ik geloof niet dat dat goed is."

"Ik weet wel zeker van niet en ik vind ook niet dat je moeder je daar steeds aan moet herinneren. Maar dat is mijn mening," zei Letty. En ze dronk nog een slok koffie.

"Maar even iets heel anders…" Er kwam een kleine glimlach op haar mond. "Heb je met het stuk nog iets afgesproken?"

"Eh.. ik zou morgen met hem koffie gaan drinken."

"Kijk!"

"Het heeft niets te betekenen. Ik wil hem alleen bedanken."

"Ja, ja…"

"Echt."

"Is het een leuke vent?"

"Hij is aardig."

"Aha."

"En meer hoeft hij niet te zijn want we gaan alleen koffie drinken. Overmorgen zijn we weer op weg maar huis."

"Tegenwoordig hebben we internet en telefoon. En een vliegreis naar Nederland of Zweden stelt ook niet zoveel voor."

"Daar ben ik nog lang niet aan toe."

"Dat kan ik mij voorstellen. Maar ik zou hem toch niet laten weglopen. Vraag op zijn minst zijn e-mail adres."

"Je bent niet wijs."

De drie vrouwen dronken hun koffie op, terwijl ze ieder voor zich in hun eigen gedachte wegzonken.

HOOFDSTUK 14

"We gaan met de kano weg," besliste Letty na het middageten. Ze ging meteen staan en keek de andere twee enthousiast aan. "We moeten dat ding morgen terugbrengen, dus moeten we er echt nog een keer gebruik van maken."

"We verdwalen met die boot," zei Nina.

"Alleen als we ver weg gaan. Maar we kunnen toch in de buurt blijven. Gewoon een beetje ronddobberen, zonnen en vuurrood worden."

"Ik vind het eigenlijk wel een goed idee," zei Ellanor. Ze hadden een beetje rondgehangen en gerommeld rondom de tent en ze begon het stilzitten een beetje moe te worden. Te meer omdat haar hoofd geen enkele manier van rust leek te kennen.

"We gaan niet ver weg?" informeerde Nina argwanend.

"We blijven in de buurt," beloofde Letty.

Zelfs Nina ging na die belofte akkoord en een half uurtje later dobberden ze op het meer. Ze roeiden een beetje rond, hielden de omgeving goed in de gaten en namen vaak een pauze waarbij ze simpelweg een beetje op het water dreven en vissen bestudeerden.

Ellanor vond het aangenaam. Het zachte wiegen had een rustgevende invloed op haar en de warmte van de zon leek tot in haar verkilde botten door te dringen.

"En dames…" vroeg Nina. "Iemand koffie?"

"Je hebt koffie?"

"Gemaakt toen jullie met de afwas bezig waren. Goed van mij, nietwaar? Ik lijk wel een huisvrouw." Ze grijnsde en haalde een thermoskan, kopjes en koekjes uit haar rugzak tevoorschijn.

De kano deinde gevaarlijk toen ze met de uitdeling begon en Nina hield zich krampachtig vast. Maar er gebeurde niets. De kano kwam onmiddellijk tot rust toen Letty weer stilletjes zat en de dames genoten van de rust en de koffie.

"Hoe zou het zijn?" vroeg Letty opeens. "Een kind?"

"Druk. Leuk. Moeilijk. Ik weet het niet," zei Ellanor. Ze had zich er tot nu toe geen voorstelling van kunnen maken. Ze beschikte niet over voldoende fantasie om zichzelf als moeder te zien en ze geloofde niet dat kinderen alleen maar leuk waren. Maar er was wel iets speciaals met kinderen krijgen…

"Een grote verantwoordelijkheid," zei Nina. Ze slikte moeizaam en keek naar het water. "Een hele grote verantwoordelijkheid."

Letty keek Nina een paar tellen aan. Nina leek het niet te merken.

Letty wilde iets zeggen, maar slikte haar woorden uit.

"Je hebt gelijk," zei ze toen maar. Ze staarde even voor zich uit. "En toch…"

"Ik heb een kind," zei Nina toen. Ze keek geen van de andere vrouwen aan. Haar handen spanden zich krampachtig om haar koffiemok.

Ellanor en Letty keken Nina verbijsterd aan. "Wat bedoel je?" vroeg Letty.

"Dat ik gelogen heb."

"Waarover?"

"Over heel erg veel. Maar vooral over het feit dat ik kinderen wilde en dat de pil te maken had met de onvruchtbaarheidsbehandeling."

"Je wilde echt geen kinderen?" constateerde Letty.

"Ik durfde het niet aan."

"Waarom zei je niets tegen Jeremy?"

"Omdat… omdat ik bang was om hem te verliezen. Jeremy… Jeremy had nogal een zwak voor andere vrouwen. Altijd al gehad. Ik dacht dat hij er overheen zou komen. Als we maar… Nou ja…

ik had het nooit zo mogen doen. Ik was alleen zo bang… En ik hield mij voor dat het wel zo ver zou komen. Dat ik mij er op een dag toe zou kunnen zetten."

"Maar dat lukte niet?"

Nina schudde haar hoofd.

"Maar dat kind…" begon Ellanor. "Je zei dat je een kind had."

"Een dochter. Ze is nu zestien jaar."

"Maar waar is ze dan?"

Nina haalde haar schouders op, "Geen idee. Ik was te jong en ik kon de verantwoordelijkheid aan. Tenminste… dat werd mij gezegd. Mijn ouders regelden een adoptie. Misschien ook omdat ze zich schaamden. Mijn vader vooral. Mijn moeder had die blik in haar ogen… Ik vergeet het nooit. Ik heb mijn dochter nooit mogen vasthouden. Ik kreeg haar in een witte kamer van een buitenlandse kliniek en ze werd meteen weggepakt. Het was afschuwelijk."

"Oh nee…" mompelde Letty ontzet.

Ellanor staarde voor zich uit. "Waarom heb je nooit iets gezegd?" wilde Ellanor weten.

Nina haalde kort haar schouders op terwijl ze naar het water staarde. "Schaamte, denk ik. Ik deed er niets tegen, weet je. Ik liet de beslissingen aan anderen over. Ik had ertegenin kunnen gaan. Maar dat deed ik niet. Ik liet het toe. Zonder verzet."

"Je was nog een kind."

"Ik was zestien."

"Een kind nog."

"Kinderen hebben geen seks."

"Hoe zat het met de vader?"

"Een jongen uit mijn klas. Nogal populair. Het bleek een weddenschap te zijn. Ik was het tutje van de klas en zijn vrienden hadden hem uitgedaagd. Ik wist nergens van en was tot over mijn

207

oren verliefd. Hij was lief en begrijpend. Nou ja… hij speelde dus goed toneel. Ik kwam er later pas achter. Ik heb hem nooit gezegd dat ik in verwachting was."

"Je had hem ervoor moeten laten dokken," vond Letty.

Nina glimlachte triest.

"Waarom ga je niet naar haar op zoek?"

"Denk je werkelijk dat ze mij zou willen zien? De zogenaamde moeder die haar simpelweg heeft afgegeven?"

"Ze zou het begrijpen."

"Dat betwijfel ik. Uiteindelijk is het gewoon zo. Ik heb haar afgegeven. Weggedaan. Alsof het om een voorwerp ging."

"Ik denk niet dat je het zo kunt stellen," vond Ellanor. "Je had geen keuze."

"Die had ik wel."

"Goed. Misschien had je die wel. Maar je was niet in staat om hem te maken."

"Dat was mijn fout."

"Dat was jouw leeftijd. Jouw omstandigheden."

"Wil je daarom je moeder niet laten opnemen in een verpleeghuis?" vroeg Letty. "Omdat je bang bent dat je haar dan ook afgeeft?"

Nina keek Letty even aan en knikte. "Ik kan haar toch niet zomaar naar een verpleegtehuis doen. Ik heb toch mijn verplichtingen als dochter. Het is al erg genoeg dat ik de verplichtingen als moeder niet ben nagekomen."

"Dat zie je toch verkeerd," vond Letty. "Je moeder laten opnemen is niet hetzelfde als haar afgeven omdat dat gemakkelijker is."

"Wat is dan het verschil? Als ik haar laat opnemen, doe ik dat toch omdat het gemakkelijker is."

"Dan doe je dat omdat je niet voor je moeder kunt blijven zorgen. Omdat je moeder nu eenmaal vierentwintig uur per dag begeleiding nodig heeft en je daarvoor doorlopend van andere mensen afhankelijk bent. Omdat je het niet alleen *kunt* doen. Dat wil niet zeggen dat je haar daarom in de steek laat. Je kunt haar bezoeken. Zo vaak je wilt. Je kunt naar haar toe gaan en met haar praten, voor haar zorgen en alles doen wat je wilt doen. Maar je weet dan dat ze ook wordt verzorgd als je even niet beschikbaar bent. Dat is het verschil."

Nina gaf geen antwoord.

"Nina… waarom heb je het niet tegen Jeremy gezegd?" wilde Letty weten.

"Ik was van plan het te zeggen. Het was alleen… het goede moment kwam nooit. Nou ja… slap natuurlijk. Ik durfde niet."

"Hij zou het hebben begrepen. Hij had je de tijd kunnen geven." Nina keek Letty aan. "Denk je werkelijk dat hij het zou hebben begrepen?"

Letty onderdrukte de neiging om zich van die vastpriemende ogen te af te wenden. "Natuurlijk," zei ze. Ze loog en ze wist dat Nina dat wist.

"Het is zoals het is," zei Ellanor. "En ik ben dus niet de enige met schuldgevoelens. Misschien moeten we ze maar op een hoop vegen en hier in het water gooien."

"En dan hard wegroeien," vulde Letty aan. Ze wilde haar eigen schuldgevoel er ook wel bijgooien. Maar het zat nog te diep in haar binnenste verborgen.

"Ik weet niet of ik ooit zover kom," zei Nina.

Ze dronken hun koffie, aten hun koeken op en staarden naar het deinende water. Het was Letty die voorstelde om verder te gaan.

Ze werd onrustig en moest iets te doen hebben. Ze wist verdraaid goed waar de onrust vandaan kwam. Ze wilde er alleen niet over praten.

HOOFDSTUK 15

"Laten we er eentje op drinken," vond Letty, toen ze na het avondeten bij een kampvuur zaten.

"Waarop?" wilde Nina weten.

"Op het feit dat we vanmiddag niet zijn verdwaald met de kano."

Ze grijnsde en haalde een fles wijn tevoorschijn. "Bovendien is het de een na laatste fles. Morgen beginnen we weer spullen te pakken en overmorgen gaan we weer naar huis. Dan mogen we ons nu nog even laten gaan."

Ze pakte drie glaasjes en schonk in zonder vragen te stellen.

Het was aangenaam buiten. Het koelde af, maar het was windstil en de hemel boven hen was vrij van wolken. Het vuur verspreidde een aangename warmte en gezelligheid en de stilte werd slechts hier en daar verbroken door een uil, die ergens in de buurt zijn jachtterrein had.

Het lag niet in Letty's bedoeling om zware onderwerpen aan bot te laten komen. Ze had het afgelopen middag moeilijk genoeg gehad en wilde iedere andere confrontatie vermijden. Waarom ze dan toch over Tom begon, was haar een raadsel. Mogelijk was de wijn een oorzaak.

"Verdien ik Tom eigenlijk wel?" vroeg ze zich hardop af.

"Hoe bedoel je?" vroeg Ellanor.

"Eigenlijk is Tom een prima vent. Goed... misschien niet uitgesproken spannend of zo. Maar hij werkt hard, is een goed mens en doet alles voor mij."

"Dat is waar," was Ellanor het met haar eens.

"Tom is in elk geval stabiel," vond Letty.

"Maar ik niet," zei Letty. Ze staarde in het vuur. "Ik ben niet stabiel. Ik maak een punt over allerlei onnozele dingen. Ik wil van alles, zonder te weten wat ik wil…"

"We maken allemaal ruzie over dingen die het niet waard zijn," meende Ellanor. Ze dacht weer aan de laatste ruzie die ze met John had gehad. "Als je er later over nadenkt…"

"Misschien maakte ik ook teveel ruzie," zei Nina nadenkend. "Misschien is dat wel een van de redenen…"

"Kom op, Nina. Jij maakte niet veel ruzie. Je pikte teveel," vond Letty.

"Hoe kom je daar nu bij?"

"Het is gewoon zo. Je bent altijd zo… Laat maar." Letty nam snel nog een flinke slok.

"Zo wat?" drong Nina aan.

"Laat het toch rusten," zei Ellanor. Ze werd hier nerveus van. Zo meteen was er weer ruzie.

"Laat maar." Letty wuifde de vraag weg.

"Nee. Ik wil het weten," drong Nina aan.

"Zielig. Zo. Nu weet je het."

"Zielig? Zielig? Hoe bedoel je dat nu weer? Hoezo zielig?"

"Gewoon. Slachtoffer. Je laat alles over je heen komen en voelt je dan tekort gedaan."

"Dat is helemaal niet waar. Zo is het niet…"

"Och Nina, hou op. Zo is het wel en dat weet je. Altijd. Ook nu Jeremy is weggelopen. Je deed alsof er niets aan de hand was en hij onverwacht die beslissing heeft genomen. Maar zo goed ging het niet. Je had het vanmiddag over andere vrouwen. En je zou het niet nodig hebben gehad om te doen alsof je aan kinderen toe was, als je zeker van je relatie was geweest…"

"Goed… we hadden wel eens ruzie. En hij heeft wel eens iets gehad met een ander. Maar verder… Als ik had geweten dat hij de pil had gevonden…"

"Had je hem dan de waarheid gezegd?" daagde Letty Nina uit.

"Of had je hem hetzelfde verteld als mij de eerste keer?"

"Ik had hem natuurlijk de waarheid verteld."

"Waarom dan pas? Waarom niet van het begin af aan?"

"Dat heb ik uitgelegd."

"Je was bang hem te verliezen. Maar zo werkt het nu eenmaal niet. Als dat nodig is om een relatie in stand te houden, dan zit er iets verkeerd."

"Helemaal niet. Het was gewoon… ik heb uitgelegd hoe het was."

"Ja. Dat alles goed was. Goed genoeg in elk geval. Maar het was niet goed en Jeremy heeft dat meer dan eens tegen je gezegd. Hij twijfelde er zelfs aan of het wel een goed idee was om samen kinderen te krijgen. Voordat hij die pil ontdekte…"

"Hoe kom je daarbij? Hoe kan jij dat nu weten?"

"Gewoon…" Letty wendde zich van Nina af en nam nog een stevige slok.

"Je had niet zo over je heen moeten laten lopen," zei ze toen.

"Kunnen we ergens anders over praten," probeerde Ellanor nog een keer.

Letty wierp haar een nijdige blik toe. "Waarom? Waarom ben je toch zo bang voor ruzies? Laat maar… we weten waarom. Hoog tijd dat je dat eens verandert. Niemand van ons gaat dood van een ruzie."

"Maar het is niet leuk," mompelde Ellanor.

Niemand gaf antwoord.

Een paar minuten lang was het stil.

"Je had niet zoveel van hem moeten pikken," mompelde Letty toen.

"Dat deed ik niet," vond Nina.

"Die andere vrouwen…"

"Het had niets te betekenen. Het stelde niets voor. Hij deed er niets mee. Niet echt…"

"Oh nee?"

"Nee. Alleen de laatste keer. Dat was anders."

"Wat was daar anders aan?"

"Ik denk dat zij anders was. Dat zij de reden was…."

" Ach, hou op. Jeremy is een stuk en een leuke vent. En dat weet hij. Daar maakt hij gebruik van."

"Hij zou het niet hebben gedaan als die vrouw er niet op had aangedrongen."

"Denk je dat nu heus?"

"Dat is zo. Wat weet jij daar nu vanaf?"

"Ik was die ander." Letty schrok zelf van haar bekentenis. Ze wendde zich met een ruk af.

"Jij?" reageerde Nina geschokt. Ze staarde Letty aan.

Zelfs Ellanor keek Letty nu gespannen aan. Op de een of andere manier had ze gevoeld dat er iets was. Maar dit had ze niet verwacht.

"Waarom hou ik mijn kop niet?" gromde Letty in zichzelf.

"Jij bent die ander?" informeerde Nina opnieuw. Ze staarde Letty aan.

Letty dronk gehaast haar glas leeg. "Die ander is wat veel gezegd…"

"Hoe zou je het dan willen noemen?"

"Een vergissing? Een stommiteit?" noemde Letty.

"Hoe kan zoiets nu een vergissing zijn? Een simpele vergissing? Je hebt zelf een man. Je weet dat Jeremy getrouwd is. Ik dacht dat we vrienden waren?" Nina's stem sloeg over.

"We zijn vriendinnen en ik heb een grote stommiteit begaan. Denk maar niet dat ik dat niet besef. Ik zou er alles voor over hebben om het ongedaan te maken, maar dat kan ik niet. En dan kan ik ook nog niet mijn kop erover houden. Het spijt me,

Nina."

"Het spijt me is niet genoeg. Ik ben Jeremy kwijt. Door jou toedoen."

"Alsjeblieft Nina. Jeremy grijpt gewoon iedere kans die hij krijgt. Ik ben niet de enige met wie hij vreemd ging en dat weet je zelf ook best. Ik weet niet wat hij bedoelt als hij zegt dat de andere vrouwen niets voorstelden, maar ik denk dat hij dan wil zeggen dat het avontuurtje met hen niets voorstelde. Niet dat er niets is gebeurd."

"Wat weet jij daar nu vanaf?" vroeg Nina woedend.

"Ik weet hoe hij is en dat weet jij ook. Maak je daarover niets wijs."

"Ik hield van hem."

"Dat is niet altijd genoeg. Hij hield niet genoeg van jou. Hij zeurde over jou. Ik liet hem zeuren. Mijn fout."

"Je liet hem wel meer doen dan alleen zeuren."

"Ja. Helaas wel."

"Maar hoe… hoe is het gebeurd?"

"Ik weet niet of het zin heeft om erover te praten…"

"Ik wil het weten."

"Hij kwam bij mij thuis langs. Tom was aan het werk en dat wist hij. Hij kwam wel vaker aan als Tom er niet was. Ik had hem al meteen eruit moeten zetten, maar ik deed het niet. We waren uiteindelijk vrienden en hij deed niet verkeerd. Hij wilde alleen praten. Nou ja…. praten… eigenlijk zeurde hij over jou."

"En jij gaf hem natuurlijk gelijk."

"Nee. Ik was het met hem eens dat het niet goed was dat je alles opofferde voor je moeder omdat je haar niet wilde laten opnemen, maar ik zei dat ik het wel begreep. Ik was het ook niet met hem eens dat je te veel zeurde, maar wel met het feit dat je eens wat beter voor je eigen mening moest opkomen. En ik was het niet met hem eens dat jij moest veranderen. Je kunt geen mensen veranderen en dat heb ik hem gezegd. En toen kwam hij met het verhaal van de pil. Ik begreep ook niet waarom je zo had gehandeld en ik kon mij zijn woede wel voorstellen. Maar ik vond dat hij er met jou over moest praten. Maar ik was niet in de positie om hem dat te zeggen. Ik had de dag ervoor met Tom een heftige discussie gehad over het krijgen van kinderen. Ik had tegen Tom gezegd dat ik niet wist of ik aan kinderen toe was en Tom had mij verweten dat ik nog niet eens aan een relatie toe was. Hij verweet mij dat ik bindingsangst had. Het maakte mij woedend en ik vertelde het Jeremy, diezelfde avond. En toen ging het fout. Jeremy zocht toenadering en ik deed er niets tegen. Ik liet het gebeuren. Ik weet niet waarom. Misschien wel omdat ik mijzelf wilde bewijzen dat ik Tom niet nodig had. Weet ik het… In elk geval ging het te ver en ik had er al spijt van voordat het tot een einde kwam. Maar zelfs toen deed ik niets. Integendeel. We hadden een relatie voor de indrukwekkende duur van één week. Pas toen Jeremy verdere plannen bleek te hebben, stuurde ik hem weg. Hij begreep het niet. Of hij wilde het niet begrijpen. Hij zocht nog een hele tijd toenadering en ik scheepte hem af. Uiteindelijk vluchtte ik dus. Naar Zweden met jullie. Ik haatte mijzelf. In zekere zin doe ik dat nog. Ik bedonderde Tom en ik bedonderde jou. Daarom ben ik niet goed genoeg voor Tom. En daarom ben ik een waardeloze vriendin."

Nina staarde Letty een tijdje aan en begon toen te huilen. Letty zocht voorzichtig toenadering, maar Nina wilde er niets van weten.

"Weet Tom ervan?" vroeg Ellanor.

Letty schudde haar hoofd.

"Misschien kun je er maar beter met hem over praten."

"Dan vertrekt hij."

"Misschien wel."

Letty knikte. "Je hebt gelijk." Ze snoof een paar keer en haalde diep adem. "Ze zeggen wel eens dat het oplucht als je met de waarheid boven tafel komt. Ik kan niet zeggen dat het werkelijk zo voelt." Ze keek naar Nina.

"Het spijt me. Het klinkt waardeloos, ik weet het. Maar meer kan ik niet doen. Alleen zeggen dat het mij spijt."

"Je hebt gelijk," zei Nina. "Het is waardeloos."

Ze dronk haar glas leeg en ging de tent in. Ellanor en Letty hoorde het luchtbed kraken toen ze erop ging liggen.

"Ik had echt mijn mond moeten houden," zei Letty.

Ellanor schudde haar hoofd. "Vroeg of laat was het er toch uit gekomen. Dan kan ze het beter van jou horen."

"Ik had het beter niet kunnen doen. Idioot die ik ben."

Ellanor gaf daar geen antwoord op. Natuurlijk had ze het beter niet kunnen doen. Maar er viel nu niets meer aan te veranderen.

Hoofdstuk 16

Finn verscheen rond twee uur de volgende dag bij de tent. Zoals steeds had hij Frits bij zich, die iedereen enthousiast groette. Maar hij was de enige die enthousiasme aan de dag legde. De vrouwen schonken hem allemaal een klein lachje en een aai, maar de stemming was ver beneden het nulpunt. Finn leek het wel te merken, maar zei er niets over. Hij groette iedereen vriendelijk en wendde zich tot Ellanor. "Ik hoop dat je het niet vergeten bent…"

"Nee. Ik had je alleen nog niet zo vroeg verwacht. We moeten de kano nog terug brengen. We hadden vanmorgen terug willen roeien, maar het is er niet van gekomen." Ze maakte een hulpeloos gebaar en wierp de andere twee vrouwen een vluchtige blik toe. Letty zat met een boek tegen een boom en Nina vouwde kleding.

Ze schonken geen aandacht meer aan Ellanor, Finn of de hond.

Finn knikte even begrijpend. "Ik kan de kano wel terugbrengen," stelde hij toen voor. "Hij kan op het dak van de auto. Ik heb spanbanden bij me."

"Graag," zei Ellanor. Het idee om met Nina en Letty te gaan roeien trok haar niet bijzonder aan.

"Wat is er aan de hand," informeerde Finn, toen ze later in de auto zaten. Ze hadden tegen die tijd de kano alweer afgeleverd.

"Wat problemen…"

"Dat idee had ik ook al. Nou ja, je hoeft er natuurlijk niet over te praten…"

"Letty heeft een korte affaire met Nina's man gehad."

"Ai."

"Voorzichtig uitgedrukt."

"Dat lijkt me dan een goed moment voor je om ergens koffie te gaan drinken met een vent die je verder niet kent."

"Nou ja… je hebt mijn leven gered."

"Dat klinkt erg dramatisch. Hou het er maar op dat ik je een beetje heb geholpen. Het was trouwens Frits die je vond."

"Misschien moet ik dan maar met hem koffie gaan drinken,"

"Hij mag de lunchroom niet binnen."

"Jammer."

Finn grijnsde. "Ik ben een goede vervanger."

Het etablissement wat hij uitzocht was gemoedelijk. Er waren zithoekjes opgesteld in verschillende stijlen, elk voor zich knus en gemoedelijk. Het uitgestalde gebak zag er heerlijk uit en de koffie kon je zelf pakken. Ellanor koos voor een groot kleurig stuk gebak met veel room. Finn was ook niet bescheiden en zocht een stuk taart uit wat nauwelijks op zijn bord paste. Ze namen plaats in de zithoek bij het raam en Ellanor merkte dat ze een klein beetje nerveus was. Ze hoopte dat hij het niet merkte.

"Gaan jullie morgen terug naar Nederland?" wilde Finn weten.

"Dat is wel de bedoeling. Als Nina en Letty elkaar niet voor die tijd vermoorden."

"Nogal een pijnlijke situatie. Het schijnt dat dit soort bekentenissen altijd tijdens een vakantie of iets dergelijks worden gedaan. Uitgerekend op een moment waarop je elkaar niet uit de weg kunt gaan."

"Misschien wel juist daarom."

"Misschien wel. Denk je dat het nog goed komt tussen hen?"

"Geen idee. Het is niet niets. Aan de andere kant was Jeremy, de ex van Nina, toch al bepaald geen lieverdje, heb ik begrepen. Ik wist het niet, maar aan de hand van wat ik nu hoorde…"

"De ex? Nina is niet meer met hem getrouwd?"

"Nee. Hij is vertrokken. Hij gaf haar de schuld, maar misschien was hij het gewoon zelf zat."

"Het is altijd gemakkelijker om een ander de schuld te geven."

"Ja. Dat is zo." Ellanor zweeg even en keek door het raam naar buiten. "Mijn moeder gaf mij de schuld van de dood van mijn vader. Ze zei dat hij het had gedaan omdat ik altijd ruzie met hem maakte. Hij kon er niet tegen."

"Hoe oud was je?"

"Dertien."

"Maken pubers van dertien niet altijd ruzie?"

Ellanor haalde haar schouders op.

"Rot voor je."

"Wat?"

"Dat je moeder je de schuld gaf. Lijkt me niet fair."

"Wat is eerlijk?"

"Verantwoordelijkheid nemen."

"Misschien was het mijn fout. Hij schijnt het gezegd te hebben."

"Ik kan er niet over oordelen. Als het zo is, dan was je vader ook niet eerlijk."

"Mijn vader was een kanjer. Ik besefte dat alleen niet altijd."

"Wie wel op die leeftijd?"

"Ik kan nog steeds niet tegen ruzies. Ik word helemaal akelig van dat gedoe tussen Nina en Letty."

"Het is een rotsituatie, maar het is niet jouw schuld."

"Nee, dat niet. Maar toch…"

"En je kunt niet altijd iedere ruzie vermijden."

"Nee, dat kun je niet."

Weer was het een paar tellen stil. "Vertel eens iets over jezelf," zei Ellanor toen. Ze wist zelfs een glimlach tevoorschijn te toveren. Finn glimlachte terug en vertelde over zichzelf. Over zijn werk en over het land waar hij woonde. Ellanor vertelde over haar werk en over de dingen die ze had meegemaakt. Eindelijk lukte het haar om een beetje te ontspannen.

Toen Finn met haar door Glaskogen terugreed, speet het haar bijna dat ze de volgende dag naar huis zou gaan. Ze probeerde zichzelf voor te houden dat het niets met Finn te maken had, maar zelfs zichzelf kon ze niet voor de gek houden. Ze kon het alleen maar belachelijk vinden dat ze er zo over dacht.

Ze was een beetje in gedachten verzonken en keek naar de voorbij schuivende bomen, toen Finn opeens remde.

Geschrokken keek ze hem aan.

"Daar," zei Finn. Hij wees rechts van hem en toen zag Ellanor hem ook. Een eland met een jonkie, die op haar gemak wat blaadjes van een boom stond te eten.

"Een eland met een baby," fluisterde Ellanor. "Wat is ze groot. En dat kleintje… zo lief."

"Ik schat twee meter schofthoogte. De moeder natuurlijk."

"Gigantisch."

"Elanden zijn gigantisch."

"Die poten. Het lijken wel giraffenpoten."

"Elanden leven veel in en rondom water en moerassen. Die poten zijn daar handig."

Ze bleef door de ruit naar buiten kijken en merkte opeens dat ze wel erg dicht bij Finn was geschoven. Finn keek niet meer door het raam naar buiten. Hij keek naar haar.

Ellanor wendde haar blik tot hem en merkte dat ze weer nerveus werd. Toch schoof ze niet meteen terug. Hij stak zijn hand uit en streek met een zacht gebaar wat haren uit haar gezicht.

Ellanor huiverde.

Zijn hand rustte even op haar wang. Daarna trok hij haar voorzichtig naar zich toe en kuste haar.

Ze beantwoorde de kus even, maar schoof daarna verschrikt achteruit, terwijl ze hem bleef aankijken.

"Sorry," zei Finn. Hij keek weer door de voorruit en trok langzaam op. Enkele tellen later stopte hij weer en keek haar aan.

"Ik lieg."

"Hè?"

"Het spijt mij niet."

"Wat?"

"Dat ik je kuste. Ik vond het vanmiddag erg gezellig en ik baal van het idee dat je morgen weer vertrekt."

Ellanor slikte even moeizaam. "Ik eigenlijk ook," gaf ze toe.

"Maar het is beter zo. John is pas een half jaar geleden gestorven. Ik ben nog niet toe aan iemand anders. Ik ben nog nergens aan toe. Al helemaal niet aan iemand die vijftienhonderd kilometer van mij vandaan woont. Ongeacht hoe graag ik je mag."

"Je hebt natuurlijk gelijk. Het kan nooit werken. Maar toch…"

"Het kan niet," zei Ellanor beslist.

Finn knikte even en gaf weer gas.

Slechts twintig minuten later waren ze bij de tent. Geen van hen had nog iets gezegd.

Dat deed Finn pas toen ze uit wilde stappen. Nog een keer trok hij haar voorzichtig naar haar toe en kuste haar wang. Hij drukte haar een kaartje in haar hand. "Als je wilt bellen of mailen…"

"Ik denk niet dat dat gebeurt."

"Misschien niet. Misschien wel." Hij glimlachte nog een keer even, liet haar los, keek toe hoe ze uitstapte en reed weg zonder nog een keer om te kijken.

Ellanor keek hem na.

"Je bent verliefd op hem," merkte Letty op. Ze was ongemerkt naast Ellanor komen staan.

"Doe niet zo raar. Ik ken hem net."

"Nou en?"

"Bovendien is John pas een half jaar geleden overleden. Er gaat geen dag voorbij dat ik daar niet aan denk."

"Er verlangt ook niemand van je dat je niet meer aan hem denkt. Maar je moet ook je eigen leven weer oppakken."

"Ter zijner tijd."

"Stel de dingen niet te lang uit." Letty legde een arm om Ellanors schouders. "Ik weet waarover ik praat."

"Bepaalde dingen had je beter wel kunnen uitstellen," ontglipte Ellanor.

Letty trok een grimas. "Je bedoelt mijn bekentenis… dat was niet de bedoeling. Althans… niet bewust. Niet op dat moment."

"Je bekentenis… je avontuurtje met Jeremy."

"Mijn avontuurtje was een regelrechte stommiteit. Dat weet ik. Maar ik kan het niet ongedaan maken."

"Nee. Waar is Nina?"

"Een stukje lopen. Tenminste… ik zag haar opeens wegwandelen. Ze praat niet met mij. Ik kan het haar niet kwalijk nemen."

"Geen goed idee om te gaan wandelen."

Letty glimlachte even. "Geen zorgen. Nina trekt niet het bos in om te verdwalen. Haar kennende blijft ze netjes op het pad, zodat ze zich op een bepaald moment kan omdraaien en teruglopen. Ze is bang in het bos."

"Misschien niet onder deze omstandigheden."

"Onder deze omstandigheden ook. Ze weet dat ik niet de enige ben met wie Jeremy wat had en dat ook zonder mij het huwelijk kapot was gegaan. Het is alleen ellendig dat ik een van zijn liefjes was. Ellendig en ontzettend stom van me. Ik heb daarmee mijn vriendschap met Nina verspeeld. En dat terwijl Nina meer waard is dan Jer. Al was me dat voorheen niet helemaal duidelijk. Misschien omdat ik het liefst naar iedereen toe wat afstand bewaar. Naar vriendinnen en naar mannen toe." Ze keek even peinzend voor zich uit en schudde toen haar hoofd.

"Kom… we drinken samen een stoere frisdrank. Het is onze laatste dag samen. Of wil jij ook niets meer met mij te maken hebben?"

"Ik vind dat je een enorme stommiteit heb begaan, maar ik wil je niet kwijt als vriendin." Ze omhelsden elkaar en liepen naar de tent.

"Ik vind het evengoed ellendig voor Nina," bekende Letty, toen ze vruchtensap voor hen allebei had ingeschonken. "Natuurlijk was het allemaal niet zo goed tussen Jer en haar zoals ze zichzelf wijs probeerde te maken en ik vind nog steeds dat ze eerlijk had moeten zijn over die dochter, maar toch… ik was haar vriendin."

"Het is ellendig voor haar," gaf Ellanor toe.

Ze staarden een paar tellen zwijgend naar het water. Ze hoorde pas dat Nina weer terug was, toen ze achter hen stond en de keel schraapte.

Verbaasd keken Ellanor en Letty om.

"Nina…" reageerde Ellanor. Letty knikte even voorzichtig en dronk haastig haar glas leeg.

"Hoe was je middag?" vroeg Nina. Haar stem haperde een beetje.

"Leuk."

"Leuke kerel?"

"Ja."

"Dus?"

"Dus niets. Hij woont in Zweden, ik in Nederland. John is pas een half jaar geleden overleden en het laatste waar ik nu op zit te wachten zijn nieuwe complicaties."

Nina haalde even haar schouders op. Letty stond op en wilde weglopen.

"Je hoeft niet voor mij weg te lopen," merkte Nina op.

Letty stokte in haar bewegingen en keek haar vriendin aan.

"Je bent nog steeds een idioot vanwege je avontuurtje met mijn man, maar ik wil je niet kwijt als vriendin."

"Ik weet dat ik een idioot was, maar…"

"Een grote idioot. Maar laten we eerlijk zijn… als jij het niet was geweest, was het een ander geweest en ik vermoed zo dat het idee van Jeremy afkwam. Je had natuurlijk moeten weigeren. Maar dat heb je niet gedaan en dat vind ik idioot. En slap. Uiteindelijk was hij wel de man van je vriendin."

"Het was idioot en slap," gaf Letty toe. Ze keek Nina recht aan. "Geen redenen waarom?"

Letty schudde haar hoofd. "Ik ga niet allerlei smoesjes aanvoeren. Ik had het gewoon niet moeten doen. Klaar."

"Niet teveel gedronken? Of misschien omdat je zelf erg vast zat? Of omdat Jer aandrong?"

Letty schudde haar hoofd. "Die dingen deden er niet toe. Het had

223

gewoon niet mogen gebeuren."

Nina dacht even na. "Jeremy kwam altijd met dat soort excuses," zei ze toen. "Ik ben blij dat jij dat niet doet."

Letty stak haar hand naar Nina uit. "Ik kom ook met excuses," zei ze toen. "Naar jou toe."

"Ik weet niet of ik het zomaar kan vergeten…"

"Dat hoef je niet te doen. Je mag kwaad zijn. Je mag vragen stellen. Daartoe heb je alle recht…"

Nina knikte en nam de uitgestoken hand aan.

Daarna liep ze de tent in en rommelde wat. Ellanor en Letty hoorden dat ze huilde. Maar het leek hen beter om Nina even alleen te laten.

"Wat ga je doen als we terug zijn?" vroeg Nina later aan Letty. Het was avond en ze zaten met de laatste wijn bij het kampvuur. Letty staarde een paar tellen naar de vlammen en speelde met het glas in haar handen. "Met Tom praten."

"Ga je het hem zeggen?"

Letty knikte.

"En dan?"

"Als hij mij nog wil, gaan we samen verder. Misschien wordt het toch tijd om een echte binding aan te gaan. Ik weet nog niet zeker of ik het kan. Maar ik wil het proberen."

Nina knikte.

"En jij?" wilde Letty weten.

"Ik? Opnieuw beginnen, denk ik. Als het lukt. Nadenken. Over mijn moeder. Over mijn dochter. Over mijn huwelijk. Mijn ex-huwelijk."

De twee vrouwen keken Ellanor aan. "Hoe zit het met jou?"

Ellanor haalde even haar schouders op. "Misschien wordt het tijd dat ik mijn werk weer oppak," zei ze toen.

"En je moeder?" wilde Letty weten.

Ellanor haalde haar schouders op. "Weet ik nog niet."

"En het stuk?"

Ellanor glimlachte. "Niets."

"Je kunt hem op zijn minst mailen."

"Misschien. Misschien ook niet. Ik ben er nog niet aan toe."

"Onzin," vond Letty. "Maar dat bepaal je zelf."

HOOFDSTUK 17

Vier weken later.

Ellanor liep de woning van haar moeder binnen. Nu kwam ze voor de zoveelste keer op het afgesproken tijdstip terwijl haar moeder nog niet thuis was. Het begon haar te irriteren en wat rusteloos liep ze door de woning.

Waarom kwam ze toch nog steeds iedere keer braaf opdagen op de momenten waarop haar moeder dat wilde, ondanks het feit dat het eigenlijk helemaal niet uitkwam met haar werk? Waarom ging ze er niet eens tegenin, zoals ze zich al zo vaak had voorgenomen? Waarom gaf ze steeds opnieuw gehoor aan haar moeders wens -of was het een eis?- om samen te eten? En dat terwijl haar moeder het blijkbaar niet zo belangrijk vond om zichzelf aan de afgesproken tijdstippen te houden. Maar was dat ooit anders geweest?

Ellanor zag de pannen op het vuur staan. Blijkbaar was het de bedoeling dat ze vast begon met de bereiding van het eten. Maar hoe kon ze dat doen als ze nog niet eens wist wanneer haar moeder thuis zou komen. Wilde ze het wel doen? Ze keek even onder de deksels en liep nog maar een keer door het huis. Het was er stil. Zo stil dat ze de klok hoorde tikken. Het deed haar denken aan de bezoekjes aan haar grootouders toen ze nog klein was. De stilte en het tikken van die klok…

Toen de bel van de voordeur ging, schrok ze. Ze herstelde zich echter meteen, glimlachte om haar eigen reactie en liep naar de deur. Een man die ze niet kende stond met een verontschuldigde blik voor de deur en keek haar wat verbaasd aan.

"Is Jantine er niet?" wilde hij weten.

"Nee. Ik ben haar dochter. Ze zal zo wel komen, maar…"

"Ik kom alleen de bijdrage voor de buurt ophalen. We hebben

een krans gekocht voor Lieve Burgers. Die is drie dagen geleden overleden."

"Mam had het erover. Een hartstilstand of zo?"

"Ja. Ze is in haar slaap gestorven. Een zachte dood." Hij glimlachte mild. "Je moeder had een bijdrage klaar liggen, zei ze vanmorgen. Maar ik kan later wel even terug komen…"

"Ik zal wel even kijken of ik het kan vinden," bood Ellanor vlug aan.

Ze liep de woonkamer in en zocht naar een enveloppe met geld. Haar moeder legde nooit zomaar ergens geld neer. Alles ging altijd in een enveloppe. Dus als er geld klaar lag voor die krans, dan zat dat ongetwijfeld ook in een enveloppe.

Ellanor zocht gehaast de kasten af en keek vluchtig in de laatjes. In eerste instantie kon ze helemaal niets vinden. Pas toen ze de onderste la opende, zag ze een heel stapeltje enveloppen en kaarten. Ze pakten het stapeltje op, keek het na, kwam tot de ontdekking dat het lege enveloppen en ongeschreven kaarten waren en wilde het weer terug leggen toen ze het doosje achter in de la zag staan. Ze herkende het vrijwel onmiddellijk. Ze had het als kind vaker zien staan en erin willen kijken, maar haar moeder had het nooit goed gevonden. Het was *haar* doosje, had ze altijd gezegd. Haar doosje met haar persoonlijke herinneringen. Ellanor had er nooit in gekeken. Ook nooit de kans ervoor gekregen. Op datzelfde moment zag ze een envelop, met buurtbijdrage erop geschreven, op de grond liggen. Half onder de kast. Ze duwde de lade terug en raapte de envelop op. Ze bracht hem naar de meneer voor de deur en liep terug naar de bewuste lade.

Ze aarzelde nog toen ze hem opentrok en toen ze de doos eruit pakte, voelde ze zich ronduit gemeen. Toch ging ze ermee op de grond zitten en opende de doos. Er zat van alles in. Brieven, kaarten, foto's en zelfs een gedroogd bloemetje.

Langzaam bekeek Ellanor de attributen. De foto's toonden een jong stel, waarin ze vrijwel onmiddellijk haar moeder en haar vader herkende. Ze zagen er gelukkig uit. Sommige foto's waren ergens in een bergachtig landschap genomen, andere op een terras of in een tuin. Eentje in een dierentuin. Op alle foto's lachten haar ouders naar de kamera, terwijl hun handen in elkaar gestrengeld waren. Ellanor slikte een brok weg, terwijl ze verder keek. Ze las stukjes van brieven, waarin haar vader zijn liefde verklaarde voor haar moeder. De meeste waren geschreven in de tijd dat ze nog verloofd waren. Ze las ook teksten aan de achterkant van de kaarten. Haar vader. Zonder uitzondering.

Ze meende iets te horen en stokte in haar bewegingen. Ze verwachtte dat haar moeder binnenkwam, maar dat gebeurde niet. Ellanor keek nog een keer naar de inhoud van de doos en wilde hem weer dichtmaken, toen ze een brief zag met haar eigen naam.

Gespannen pakte ze hem op. Ze herkende meteen het handschrift van haar vader.

'*Liefste Elleke*' begon het. Zo had hij haar altijd genoemd. 'Elleke'. Als beginnende puber had ze die naam gehaat. Nu bracht het herinneringen bij haar boven aan warmte en liefde.

'*Liefste Elleke.*

Als je dit leest, ben ik er niet meer. Het spijt me. Ik ben een weg ingeslagen die laf is. Dat weet ik. Maar ik zie geen andere mogelijkheid meer.

Ik ben ziek, Elleke. Je hebt vast gemerkt dat ik veel ruzie heb. Met jou, maar ook met je moeder.

Ik vergeet dingen. Soms wordt ik opeens heel boos en ik weet achteraf niet eens meer waarom. Soms weet ik niet meer welke dag het is. En wat ik heb gedaan.

Ik ben ziek Elleke. Ik verzin het niet. De dokter heeft het gezegd en ik weet niet meer wat ik moet doen.

Je moeder zegt dat het onzin is. Ze is boos. Ze is de laatste tijd heel vaak boos. Omdat ik veranderd ben. Omdat ze het niet begrijpt.

Maar ik ben echt ziek Elleke. Alzheimer, zei de dokter. Soms krijg je het heel jong. Het is een akelige ziekte, Elleke. Het vreet gaten in mijn geheugen. Het zorgt ervoor dat ik alles vergeet. Soms vergeet ik zelfs hoe ik de televisie moet aanzetten of hoe mijn boormachine werkt.

En ik word niet meer beter.

Ik ben zo verschrikkelijk bang Elleke. Ik wil de ruzies niet meer. Ik wil die angst niet meer.

Het spijt me, Elleke.

Ik hou van je.

Paps.'

Ellanor staarde naar de brief. Ze dacht aan die laatste ruzie. Opeens wist ze weer waar het over ging. Ze zou met een vriendin naar een feestje gaan. Haar vader zou haar brengen. En opeens had hij gezegd dat hij niets had beloofd en dat ze niet mocht gaan. En zij was heel boos geworden. Net als al die andere keren dat hij iets had afgesproken en het niet was nagekomen. Dat hij dingen zei die niet klopten. Haar dingen verweet. Vreemd deed. Ze hoorde niet dat iemand het huis binnenliep.

Pas toen haar naam door de kamer schetterde en ze haar moeder woedend in de deuropening van de keuken zag staan, besefte ze dat ze niet meer alleen was.

"Waarom zit je tussen mijn spullen te snuffelen?" viel haar moeder woedend uit. "Heb je geen respect voor persoonlijke zaken? Voor privé-zaken? Wat denk je dat je…"

"Waarom heb je het nooit gezegd?" vroeg Ellanor.

"Wat gezegd?"

"Dat papa ziek was."

"Je vader was niet ziek. Hij was kerngezond en in de bloei van zijn leven. Zet die doos weg."

"Hij heeft een brief aan mij geschreven. Vlak voordat hij zelfmoord pleegde. Je hebt hem nooit aan mij gegeven."

"Er staat allemaal onzin in."

"Hij was voor mij bestemd. Je had hem moeten geven."

"En dan? Hij pleegde zelfmoord na die ruzie…"

"Je had zelf de hele tijd ruzie met hem. Hij schrijft het."

"We hadden wel eens een meningsverschil. Maar na die ruzie met jou…"

"Mam, hou op. Hij was ziek."

"Hem mankeerde niets. Hij was nog jong. Het had nooit zo mogen gaan."

"Hij had Alzheimer."

"Niemand krijgt Alzheimer op die leeftijd."

"Het kan voorkomen. Het overkwam papa."

"Hij haalde zich dingen in zijn hoofd."

"En de arts?"

Haar moeder klemde haar lippen opeen en gaf geen antwoord.

"Het was niet mijn schuld," zei Ellanor. Ze keek haar moeder recht aan.

Haar moeder gaf weer geen antwoord en Ellanor voelde iets van de vertwijfeling die haar moeder ooit had gevoeld. De pijn, de angst om te verliezen… de boosheid. Over alles wat haar was afgenomen.

"Je had mij die brief moeten geven," zei Ellanor zacht. "Je had er nooit over mogen liegen." Ze duwde de brief in haar eigen zak, sloot de doos en zette hem weg.

"Ik hield van hem," zei haar moeder slechts.

"Dat weet ik."

Ellanor stond op en liep naar het fornuis. Ze begon te koken. Haar moeder dekte de tafel en probeerde te doen alsof er niets was gebeurd. Het lukte niet helemaal.

Later die dag schreef Ellanor een mail naar Finn. Het was niet de eerste mail die ze hem stuurde. Maar het was wel de meest intense. Ze schreef over de brief die ze had gevonden en de gevoelens waarmee dat gepaard was gegaan. Schuldgevoelens, woede, pijn en verdriet.

"Weet je wat ik denk?" Besloot ze haar mail. *"Ik denk dat mama het nooit echt heeft kunnen verwerken. Niet de mededeling dat haar man Alzheimer had. Niet de veranderingen die het teweeg bracht. En niet de beslissing die papa had genomen. Ik denk dat ze erg boos was. Op alles en iedereen. En ik denk dat ze de behoefte had om de schuld ergens neer te leggen. Om iets wat ze niet begreep verklaarbaar te maken. En dat ze zich krampachtig wilde vasthouden aan en het enige wat ze nog had. Mij. Ik denk dat dat alles haar heeft verbitterd en haar tot dat heeft gemaakt wat ze nu is. Ik verwacht niet dat het nog veranderd en ik ben niet meer boos op haar. In zekere zin begrijp ik het wel. Ik vind het niet eerlijk. Maar ik begrijp het wel."*

HOOFDSTUK 18

Weer een maand later zat Ellanor met Letty en Nina in de woonkamer van haar eigen huis.

"Volgens mij kom je niet meer terug," zei Letty. Ze pruilde er zelfs een beetje bij.

"Natuurlijk kom ik nog terug. Ik heb hier nog mijn huis en mijn werk."

"Ik ben benieuwd."

"Ik ook," zei Nina. "Maar als ze daar blijft, heeft ze gelijk. Iedereen heeft het recht om een nieuw leven op te bouwen."

Ellanor glimlachte naar Nina. "Jou is het in elk geval aardig gelukt."

Nina glimlachte terug. "Het gaat nog niet bepaald van een leien dakje."

"Nee. Maar het begin is er."

"Ja. Dat is er."

"Goed toch."

"Ik wil mijn dochter gaan zoeken."

"Echt?"

"Ja. Ik wil haar op zijn minst een keer zien. Ik wil weten of het goed gaat met haar."

"Groot gelijk," vond Ellanor.

"Ik weet het niet. Misschien wil ze mij niet eens kennen."

"Dat is altijd mogelijk," meende Nina. "Maar dan heb je nog de kans om te zien hoe het met haar is en om het af te sluiten."

"Ja, dat is zo. Maar ik hoop evengoed dat ze mij wil leren kennen. Ik verwacht geen grote dingen. Alleen de kans om in haar ogen te kijken en mijzelf ervan te overtuigen dat het goed is. Ik ben alleen soms zo bang… stel dat het niet goed is?"

"Waarom zou je daarvan uit gaan?" vroeg Nina. "Het zal best goed met haar zijn en hoe dan ook… je moet gewoon duidelijkheid voor jezelf hebben."

"Ja, dat moet. Hoe zit dat met jou?" Ze keek naar Letty. "Ik zag je laatst met Tom in de bistro in de stad…"

Letty glimlachte. "Dat was onze eerste date sinds mijn vertrek. Weet je dat ik zelfs zenuwachtig was? Als een bakvis tijdens het eerste afspraakje." Ze giechelde even

"Hoe was het?" wilde Ellanor weten.

"Fijn. Hij heeft nog veel vragen, maar het was fijn om weer bij hem te zijn. Ik ben met hem mee gegaan naar huis. Het was vreemd om ons huis weer binnen te komen. Zo vertrouwd en tegelijkertijd vreemd."

"Denk je dat je weer bij hem intrekt?"

"Als hij dat wil."

"Hij stelde toen een tijdelijke scheiding voor. Hij heeft nooit gezegd dat hij voorgoed van je af wilde."

"Nee. Dat weet ik. Maar hij had daar wel toe kunnen komen."

"Ik geloof niet dat dat gebeurt."

"Nee. Ik geloof het ook niet." Letty glimlachte weer.

"Hoelang blijf je weg?" vroeg Letty toen aan Ellanor.

"Een maand. Misschien wat langer."

"Klinkt spannend. En het stuk heeft een huisje voor je geregeld?"

"Ja."

"Je had toch ook bij hem kunnen logeren?"

"Dat leek mij geen goed idee. Zo goed kennen we elkaar nog niet."

"Twee maanden."

"Ik mail twee maanden met hem. Maar we hebben elkaar nog maar weinig echt ontmoet."

"Me dunkt."

"Ik neem liever de tijd."

"Groot gelijk," vond Nina.

Ellanor glimlachte even. Ze keek ernaar uit om Finn weer te ontmoeten. Meer dan ze wilde toegeven.

HOOFDSTUK 19

Een half jaar later zat Ellanor met half gesloten ogen in de auto. Om haar heen ging de wereld schuil onder een dikke witte koude deken. De banden van de auto maakten een licht knarsend geluid terwijl ze door de sneeuw reden. Ellanor was moe en de warmte van de radiator zorgde ervoor dat ze een beetje wegdroomde. Ze dacht aan het afscheid op het vliegveld.

Aan Letty, wiens dikke buik steeds beter zichtbaar werd. Ze zou niet bij de geboorte van Letty's kind kunnen zijn. Maar niets stond een bezoek in de weg als het zover was. Ze dacht ook aan Nina, nog vol van haar eerste ontmoeting met haar dochter. Het was een ontmoeting op neutraal terrein geweest, in een kleine lunchroom in de stad. Maar het was voor Nina het mooiste moment van haar leven geweest. Ze zou haar dochter opnieuw ontmoeten en een keer samen met haar Nina's moeder opzoeken, die nu in een verpleegtehuis was opgenomen. Want Nina's dochter wilde haar roots weten. Ze wilde niet de ouders vergeten die haar hadden opgevoed. Ze hield van hen. Maar ze wilde weten waar ze vandaan kwam. En waarom het was gegaan zoals het was gegaan. Ellanor wist zeker dat ze die dochter op een dag ook zou ontmoeten. Ze keek er nu al naar uit. En wie weet zou Nina op een dag een andere partner vinden. Al moest ze daar nu nog niet aan denken.

Van haar moeder had ze geen afscheid genomen op het vliegveld. Haar moeder haatte vliegvelden. Ze haatte ook afscheid nemen, maar sommige dingen waren onvermijdelijk. Al had ze haar best gedaan om het te voorkomen.

Haar moeder was nog dezelfde moeder die ze al jaren was. En toch was er iets veranderd. Toch was de verhouding iets veranderd. Maar misschien had dat vooral met Ellanor zelf te maken. Met het feit dat ze weigerde om zich nog langer schuldig te voelen. En met het feit dat het niet zo moeilijk meer was om haar eigen weg te gaan. Ze had nog met de gezinszorg gepraat. Met de vrouw die haar moeder zo vaak een bezoekje bracht. Ze was erachter gekomen dat er niets mis was met haar moeders hart. Tenminste niet puur lichamelijk. Maar de dood van haar vader had onuitwisbare sporen nagelaten bij haar moeder. Psychische schade aangericht. En zij, Ellanor, had het niet beseft. Nu pas… nu ze het wist, zag ze het en begreep ze het. Nee. Het was niet meer zo moeilijk om haar eigen weg te gaan. Maar haar moeder zou een speciale plek in haar hart houden en ze zou haar vaak bezoeken. Ondanks de beschuldigen waarmee ze ongetwijfeld steeds opnieuw zou worden geconfronteerd.

Ze glimlachte even en draaide zich loom half om. Ze keek naar Finn, die achter het stuur zat. Finn keek naar haar en glimlachte. "Ik ben blij dat je eindelijk thuis komt," zei hij. Hij legde zijn hand op de hare. Hij voelde warm en aangenaam aan.

"Ik ook," zei Ellanor.